神仏に抱かれた作家　中勘助

——『提婆達多』『犬』『菩提樹の蔭』インド哲学からのまなざし——

木内英実

目次

序にかえて　7

第一部　インド三部作の時代的背景　15

第一章　森鷗外の『阿育王事蹟』の位置づけ　17

はじめに　17

一　忠臣・軍神像が建立された都市空間　18

二　陸軍軍医森林太郎による「うた日記」収録詩歌　21

三『阿育王事蹟』に描出された王権　24

おわりに　26

第二章　中勘助と同年代の文学者による仏教学並びにインド哲学受容　28

一　石川啄木　32

二　秋田雨雀　40

三　久末淳　49

第二部　インド三部作論　61

第一章　『提婆達多』　63

一　『提婆達多』における仏伝　63

二　『銀の匙』から『提婆達多』に至る救済の思想　84

第二章　『犬』　121

一　『犬』の成立をめぐって　121

二　『犬』における人物造型　138

第三章　『菩提樹の蔭』　163

一　インド歌劇『シャクンタラー姫』の影響　163

二　『菩提樹の蔭』の成立をめぐって　181

第四章　インド三部作解釈の地平　206

一　『阿育王事蹟』のインド三部作への影響　206

二　インド三部作の位置づけ　209

三　『鳥の物語』に至る鷗外『阿育王事蹟』の影響　211

第三部　中勘助参考文献目録（鈴木一正・木内英実編）　215

巻末資料　253

一　主要参考文献一覧　254
二　初出一覧　261
三　中勘助　略年譜　263
あとがき　272
索引（人名・作品名・事項）　288

凡　例

一、本文の引用は、岩波書店版『中勘助全集』第一～一七巻（平成元年～三年）より行い、適宜、角川書店版『中勘助全集』第一～一三巻（昭和三五年～四〇年）を参照した。引用に際し、旧字体を新字体に改めるとともに、ルビ等は省略した。ただし、中勘助手沢本及び原稿類については、可能な限りオリジナルにあたり、字体、仮名遣、漢字の用法ともに原文のままとした。誤記に関しても原文を尊重し、必要に応じてその旨注記した。

二、作品の典拠本からの引用に際しては、可能な限り中勘助の蔵書（静岡市所蔵中勘助関係資料）を参照した。

三、年号の表記は和暦で行い、必要に応じて西暦を併記した。

四、引用文中の傍線は、特に断りのない限り、筆者による。

序にかえて

一　中勘助という人

二〇一五年に生誕一三〇年、没後五〇年を迎えた中勘助（明治一八年〈一八八五〉〜昭和四〇年〈一九六五〉）は、同時代作家として手賀沼・安孫子在住期に交流のあった志賀直哉らと同様のいわゆる流行作家ではなかった。また共に夏目漱石の教えを受けた学友の安倍能成・小宮豊隆らと同様のいわゆる文化人作家でもなかった。ましてや、大正期に岩波書店の雑誌『思想』への寄稿を通して交流のあった和辻哲郎のように、大学での教職を生業とした学者的作家でもなかった。しかしインド哲学・仏教への志向性に代表される独特の感性が反映された作品を生んだ点、長年に亘る病兄との葛藤に苦しみながらも耐え忍んだ忍辱に基づく深い人間性、西洋人的な彫りの深い美貌と一八〇㎝を超える長身という外見的魅力、これらの要素が重層的に関連した結果、一部の熱狂的なファンを生み、それらの人々との交流を生涯大切にした稀有な作家である。

巻末資料の略年譜を基にその人生を紐解くと次のように簡単に記される。

中勘助は、岐阜県今尾藩士であった父の仕事上の関係で東京神田の今尾藩邸内に生まれ、幼児期に小石川小日向水道町に転居し、そこで家族と共に東京帝国大学卒業まで過ごした。一四歳年長でエリート医学者であった兄の発病後は、兄との確執を因として寺社への仮寓を繰り返しつつ、小説・日記体随筆・童話・詩等、多岐のジャンルに亘る作品を生んだ。共に兄を支えた嫂《あによめ》の逝去後五八歳で兄の世話のため、結婚を決意したが結婚式当日朝、兄が自殺するという突然の出来事の後、中勘助の人生は好転する。病気療養と疎開を兼ねて転居した第二次世界大戦前後の静岡では、物心ともに中勘助夫妻を支える素朴な静岡の人々と出会い、その精神世界は更に深まりを示し、自然観照に基づく作品が誕生した。終戦後、東京都中野区新井町にあった妻の実家に身を寄せ、終生、その地で妻、義妹、時折訪問するファンとの団欒を楽しんだ。

作家としての代表作は、言わずと知れた『銀の匙』。第一高等学校時代、東京帝国大学英文科時代の恩師、夏目漱石の推薦で『東京朝日新聞』に大正二年（一九一三）～四年（一九一五）に連載されたという非常に恵まれたデビューであった。その作品は灘校の橋本武教諭による「奇跡の授業」の国語教材に活用されたことから、近年マスコミで注目を浴びた。本書で取り上げた『提婆達多《でーばだった》』『犬』『菩提樹の蔭』のインド三部作は、『銀の匙』（修正改訂時期を含め）と同時進行的に構想された作品群である。『銀の匙』だけが中勘助の思想を表した作品と決めつけるのは短絡的と言えよう。本書ではインド三部作に表れた中勘助の印度学・仏教学資料受容のあらましを明らかにする。

二　本書のあらまし

（一）　本書の目的

中勘助の小説群の中でも、インド三部作(1)と呼ばれる作品群がある。

これら作品名と初出は大正一〇年五月『提婆達多』（新潮社）、大正一一年四月『犬』（『思想』第七号）、昭和四年一〇月『菩提樹の蔭』（『思想』第八九号）であり、八年間に創作された。

中勘助の当時の書簡から『提婆達多』発表前後より、大正一五年まで「阿育王」についての執筆構想があったこと、未完の「『随筆』を打切り、前々から考へてゐた『阿育王』『紅鶴の話』などの創作にとりかかるのを、本人も周囲も楽しみにしてゐた」という中勘助逝去後に出版された『中勘助全集』第一三巻の中和《かず》「あとがき」（角川書店、昭和四〇年一一月）における妻の追懐からも明らかである。

中勘助の代表作『銀の匙』（『東京朝日新聞』前篇大正二年四月～六月、後篇大正四年四月～六月）が第一高等学校、東京帝国大学英文科時代の恩師、夏目漱石の絶賛により『東京朝日新聞』へ連載されたこと、インド三部作一作目の『提婆達多』が漱石の一番弟子ともいえる森田草平を介して新潮社からの書き下ろしの単行本出版であったこと、木曜会に出入りしていた漱石の側近、岩波茂雄が起した岩波書店の雑誌『思想』が、インド三部作第二作目『犬』及び第三作目『菩提樹の蔭』の初出発表雑誌であったこと、インド三部作構想及び執筆時期、安倍能成、小宮豊隆、和辻哲郎ら漱石の影響を強く受けた友人と交流したこと、以上から、インド三部作執筆時代は漱石山脈の一角を担う作家としての中勘助の社会的評価が定まった時期と言えよう。

「漱石先生と私」（『三田文学』第八巻第一一号、大正六年一一月）には、創作上の趣味の面から漱石作品を高く評価しなかったものの、人間漱石への深い関心と愛情を抱いていた中勘助の姿が窺い知れる。第二部第二章の通り、漱石の代表作『吾輩は猫である』を意識した作品設定の『犬』もあるが、果たして中勘助を夏目漱石の思想的影響を強く受けた作家と評価することは可能であるか、検討を試みたい。

また、インド三部作は新潮社版『提婆達多』巻末に参考文献一覧[2]が付されたように、中勘助による印度学・仏教学資料の受容の結果である。インド三部作構想・執筆に当たり、中勘助が具体的に如何なる印度学・仏教学資料のどの箇所を参考としたのか、確認する必要がある。その確認を踏まえ、インド三部作を社会的及び歴史的文脈の中に位置づけ、その意味を考察することを本論の目的とする。

（二）「静岡市所蔵中勘助関係資料」を用いての確認

中勘助が昭和一八年一〇月から昭和二三年四月まで妻・和《かず》の縁戚を頼り、転地静養及び疎開のため現静岡市葵区新間並びに羽鳥に滞在したことを契機に、静岡市は平成六年より三期に分けて、中勘助の養女である中秀氏より中勘助の遺品の寄贈を受けた。その中には、中勘助の手沢本を含む蔵書や角川書店版全集編集時の校正紙、書簡、写真など約四五〇〇点が含まれる。それら中勘助の遺品と静岡市が購入した資料その他市民より寄贈を受けた資料をまとめて本論では、「静岡市所蔵中勘助関係資料」（以下、略称「静岡市資料」）と呼称する。中勘助の遺品ほぼ全点に関し現在、資料番号が付されている。

　これらリストが静岡市によって一部の中勘助文学研究者へ公開され始めた平成二一年以降、筆者は中勘助の作品における印度学・仏教学資料の受容研究を行ってきた。平成二四年四月より、静岡市の委託により筆者が資料調査を実施する経過[3]において、校正紙及び手沢本の閲覧が可能となった。その結果を基に、インド三部作構想・執筆に当たり中勘助が具体的に如何なる印度学・仏教学資料のどの箇所を参考としたのか、確認していく（なお、本研究は平成二八年四月より科学研究費助成事業基盤研究（C）16K02421「中勘助の直筆資料のデジタル化基盤整備に伴う創作方法の解明に関する研究」に引き継がれた）。

(三) 印度学・仏教学資料とは

印度学とは、サンスクリットやパーリなど古典インド語で書かれた文献を用いてインドの思想・宗教・言語・文学・歴史等の解明を目的とした学問である。仏教学とは、サンスクリットやパーリなど古典インド語で書かれた文献を用いて仏陀を中心とした原始仏教の思想・仏教文化・仏教伝播の歴史等の解明を目的とした学問である。

東インド会社設立とインド植民地化において英国の初代インド総督ヘイスティングスは、統治の一環としてインド学を奨励し、天明四年(一七八四年)に設立されたベンガル・アジア協会の会長ウィリアム・ジョーンスとともに「オリエンタル・ルネッサンス」とも呼ばれる一八世紀のインド・東洋学を英国を始め、ヨーロッパに広めていった。この時代数多く紹介されたインドの神話、中世文学は、ヨーロッパの文学者たちに東洋への憧憬をかきたて、ロマン主義文学を形作った要素の一つとなった。特にゲーテ、ヘルダー、ノヴァリスなどドイツ・ロマン派の文学にその影響は顕著に認められる。

日本においても明治三七年(一九〇四年)、東京帝国大学「哲学科」の中に専修学科「印度哲学」が設立され、大正五年(一九一六年)に「印度哲学講座」が開設された。そこではインド思想・宗教・哲学・文学・生活様式、インドにて発生・展開した仏教思想・仏教哲学の研究がなされている。

印度学・仏教学資料とは元来、古典インド語で書かれた資料やヨーロッパ語に翻訳された印度学・仏教学資料を示したが、重訳された資料(ヨーロッパ言語に翻訳された文献を更に日本語に翻訳したもの)も含むようになった。近世期までの仏教文学が、漢訳経典や多くは僧侶による仏教思想の解説書の読解を通して創作されてきたのに対し、明治期以降は主にインドや欧米で出版された資料の受容を通して創作されるようになった。

(四) 本書の構成

本論は、第一部において中勘助が文学活動を軌道に乗せた明治末期から大正期を中心に、印度学・仏教学を当時の文学者がどのように作品へ取り込んだのか、社会現象としての印度学・仏教学資料を典拠とする作品論を示した。

第一章では、中勘助の蔵書にもその図書の存在が認められ「阿育王」構想の原点となったと推測される森鷗外・大村西崖共著、高楠順次郎校閲の『阿育王事蹟』について取り上げる。中勘助が印度学・仏教学及びそれらの資料に関する知識を和辻哲郎と宇井伯寿から得ていたことは、後掲第二部の書簡からも明らかであるが、文学者が哲学者等と協働してインドに実在した古代の聖王に関するドイツ語資料を基に翻訳、考証した作品である。共著者である大村西崖（一八六八～一九二七）は、美術史家であり美術評論家。高楠順次郎（一八六六～一九四五）は、英国オックスフォード大学で印度学を学び東京帝国大学でサンスクリット語を講じた当代きっての印度学者であった。

中勘助も哲学者・和辻哲郎、高楠の弟子であった印度学者・宇井伯寿との交流の中でインド三部作を創作したことから、鷗外が先駆的な立場にあったことは明らかである。なぜ鷗外が『阿育王事蹟』を執筆したのか、明治末期の戦時下の社会との関連から明らかにする。

第二章では、中勘助と同年代の文学者の内、寺族出身であり社会主義に深い関心を寄せていた石川啄木は、明治末期に印度学者姉崎嘲風（正治）の影響下で印度学・仏教学用語を作品に取り込んでいった。社会主義者であった秋田雨雀の場合、政治的信条とは離れ、魂の救済を求める私的事情から印度学・仏教学的作品を執筆した。政治思想と離れ、個人的思想として印度学や仏教学への関心が高まるような明治末期のインド思想を一般人も受容した社会状況について明らかにしたい。

啄木同様、寺族出身であり印度学・仏教学に関心を抱き、北原白秋門下として作品を執筆した久末淳（一八九二～一九五二）について、その周辺環境や受容した印度学・仏教学資料から、大正期の文壇が仏教学・印度学的作品を歓迎していた状況を示す。

第二部は、中勘助のインド三部作について、依拠した印度学・仏教学資料との比較を行った結果である。第四章において、第二部を踏まえインド三部作において中勘助が表現したことを整理し、第一部で確認した社会的及び歴史的文脈の中に、中勘助の思想を位置づける。その中で既成概念としての仏教文学と中勘助のインド三部作との相違は何かを示す。

第三部は、静岡市資料を用いた平成二八年四月より科学研究費助成事業基盤研究（C）16K02421「中勘助の直筆資料のデジタル化基盤整備に伴う創作方法の解明に関する研究」の過程において発見された中勘助研究文献、渡辺外喜三郎作成の参考文献目録に漏れた文献、平成二九年五月までに発表された文献を網羅的に拾い上げ、元国文学研究資料館司書・鈴木一正氏と筆者が集約した参考文献目録である。今後の中勘助文学研究の便のために収録した。

注

（1）関口宗念「『提婆達多』に於ける悪」（『中勘助研究』創栄出版、平成一六年五月。初出『聖和』第三号、昭和三六年一一月）に「インド三部作」の言葉が初出し、奥山和子『中勘助の思想』（私家版、昭和四二年頃）にも「インド三部作」という言葉が登場する。この呼称は中勘助文学研究において一般化した。

（2）参考資料が次の順番で記されている
異出菩薩本起経　過去現在因果経　高僧法顕伝　根本説一切有部毘奈耶雑事　根本説一切有部毘奈耶破僧事　根本説一切有部毘奈耶薬事　根本説一切有部毘奈耶出家事　雑宝蔵経　雑阿含経　釈迦氏譜　釈迦譜　修行本起経　十二遊経　十誦律　四分律　増一阿含経　大般涅槃経南本　大善権経　太子瑞応本起経　長阿含経　中阿含経　中本起経　方広大荘厳経　普曜経　仏本行経　仏説未生寃経　仏説観無量寿経　仏説衆許摩訶帝経　仏所行讃　仏本行集経　弥沙塞部和醯五分律　印度哲学宗教史（高楠順次郎氏　木村泰賢氏共著）解説西域記（堀謙徳氏著）根本仏教（姉崎正治氏著）釈迦牟尼伝（井上哲次郎氏　堀謙徳氏合著）仏弟子伝（山辺習学氏著）美術上の釈迦（堀謙徳氏著）オルデンベルグ氏仏陀（三並良氏訳）ケルン氏仏教大綱（立花俊道氏訳補）ビガンデー氏緬甸仏伝（赤沼智善氏訳）リスデヰズ氏釈尊之生涯及其教理（赤沼智善氏訳）Buddhist India.（Rhys Davids.）Early History of India.（Smith.）The Hymns of the Rig Veda.（Griffith.）The Light of Asia.（Arnold.）

（3）「静岡市所蔵中勘助関係資料」は、平成六年に中勘助遺族により寄贈された原稿、蔵書、メモ、書簡を中心とした中勘助遺品約四五〇〇点（第一期・第二期の寄贈点数）を示す。筆者は、平成二四年度より、本書登場の書籍を含むインド地方史及びインド地方研究図書合計九冊の内容を調査した。また調査は自筆原稿及び校正原稿、小説執筆のための参考図書を中心に行い、平成二七年三月末日までに約八〇〇点の資料のデジタル化が終了した。

第一部　インド三部作の時代的背景

第一章　森鷗外の『阿育王事蹟』の位置づけ

はじめに

森鷗外が本名森林太郎名で高楠順次郎校閲下において、大村西崖と共に明治四二年一月一日に春陽堂より上梓した『阿育王事蹟』は、鷗外作品の中でも特殊な作品の一つである。内容として、「仏滅後二百数十年の頃北印度に王として賢明の聞え高く、仏法弘通に力を注いだ阿育王（筆者註、アショカ王）の事蹟を記したもの(1)」である点において、Edmund Hardy が著した *Konig Asoka*. Mainz, Verlag von Franz Kirchheim. 1902 を主たる底本に置き、和漢洋の参考書を用いて増補した上に日本語訳し、図版を足した点において、ドイツ語訳印度史料を原典とした考証であり歴史小説の観がある。

『鷗外全集』第四巻(2)「後記」の通り「大村西崖の著述と見る」という指摘により、鷗外の著作から外される事態にもあっている。しかし鷗外の原稿（現在、大阪府立中之島図書館所蔵）が発見されたことに伴い、鷗外著述部分の存在が物理的に確認された結果、鷗外の著として前掲新全集に収録されるに至った。

以上二点の理由から、『阿育王事蹟』は鷗外の作品中、現在に至るまで研究論文が皆無に等しく評価が定まらない作品といえよう。

本作出版時に鷗外は四七歳、陸軍軍医として明治二七年の日清戦争、同三七年の日露戦争と二度の大戦への従軍を経ていた。特に日露戦争従軍時には陣中で「うた日記」をつくり、東京凱旋後の明治四〇年九月には春陽堂から出版した。

その後、鷗外は大正三年から同七年に至る第一次世界大戦開戦中の大正五年に退官する。本論は、東京が軍都化し軍人尊重の風潮が高まる中、『阿育王事蹟』において鷗外が表現したかったことは何か。「うた日記」及び軍都東京の時代考証により明らかとすることを目的とする。

一　忠臣・軍神像が建立された都市空間

以下に、鷗外が活躍した明治・大正時代に軍都東京に建立された時代を象徴する天皇の忠臣・軍神を模った銅像の内、『京浜所在銅像写真　附伝記』第一輯（人見幾三郎編、諏訪堂、明治四三年五月）に掲載されたものを時系列に以下に示す。番号に次いで、銅像名称、建立位置、完工年月、像原型作者の順で記す。①大村益次郎銅像、麹町区靖国神社、明治二六年二月、大熊氏広（**写真1**）。②山田顕義銅碑、麹町区丸内東京裁判所、明治三一年四月、石川光明。③西郷隆盛銅像、上野公園、明治三一年一一月、高村光雲。④小菅知淵銅像、芝公園、明治三二年六月、藤田文蔵。⑤楠正成銅像、麹町区霞ケ関司法省、明治三三年七月、高村光雲（**写真2**）。⑥北白川宮能久親王銅像、麹町区代官町近衛歩兵第一連隊、明治三五年九月、新海竹太郎。⑦有栖川宮熾仁銅像、麹町区永田町参謀本部、明治三六年一〇月、大熊氏広。⑧後藤象二郎銅像、芝公園、明治三六年一一月、本山白雲。⑨川上操六銅像、麹町区九段坂上、明治三八年四月、大熊氏広（**写真3**）。⑩陸奥宗光銅像、麹町区霞ケ関外務省、明治四〇年八月、藤田文蔵。⑪品川弥二郎銅像、麹町区九段坂上、明治四〇年八月、本山白雲。⑫西郷従道銅像、麹町区霞ヶ関海軍省、明治四二年五月、本山白雲。⑬川村純義銅像、麹町区霞ヶ関海軍省、明治四二年五月、本山白雲。⑭仁礼景範銅像、麹町区霞ヶ関海軍省、明治四二年五月、朝倉文夫。⑮広瀬武夫中佐・杉野孫七兵曹長銅像、神田区万世橋畔、明治四三年三月、渡辺長男（**写真４**）。

①は幕末に活躍した長州藩の医師西洋学者兵学者であり、維新十傑の一人に数えられる人物。大政奉還後の明治政府の基礎を築いた功績者の一人である。この銅像が東京に建立された西洋式銅像の最古のものとして知られる。②は長州藩士であり司法大臣を務めた人物。人物像はレリーフ。③は薩摩藩士で維新の志士。西南の役で新政府軍と対峙し没する。④は陸地測量部長で陸軍工兵大佐であった人物。日本で初めて工兵隊を組織した。⑤は建武中興の際に南朝の後醍醐天皇を支えた忠臣であり、延宝八年徳川光圀は「嗚呼忠臣楠子之墓」と自らの文字で彫らせた楠正成墓誌を建立した。幕末維新期に天皇を擁護した維新の志士たちにより、楠公と自分を一体視す

写真１　大村益次郎銅像

写真２　楠正成銅像

写真３　川上操六銅像

写真４　広瀬武夫中佐・杉野孫七兵曹長銅像

写真1･2･3 出典（『最新東京名所写真帖』明治42年３月　小島又市）国立国会図書館デジタルコレクション
写真4 出典（東京都立中央図書館所蔵絵葉書）

る風潮が起きたことから明治期の検定教科書『国語読本』巻八、『修身経典』巻四にその功績が掲載され、国民的な忠臣としてシンボライズされた。⑥は陸軍軍人。明治二六年、台湾出征中に現地でマラリアにより逝去。没後、陸軍大将昇進。⑦は明治一八年参謀本部長、明治二七年の日清戦争参謀総長を歴任。参謀総長として広島入りするも腸チフスにて逝去。⑧は土佐藩士で維新の志士。⑨は薩摩藩士で西南の役にて活躍。陸軍大将を歴任。⑩は幕末維新期に坂本龍馬・勝海舟らと活躍した紀州藩士。維新後は外務省に出仕し駐米大使、外務大臣を歴任。⑪は長州藩士で吉田松陰門下。維新の志士。内務大臣、枢密院顧問を歴任。⑫〜⑭は薩摩藩出身の海軍軍人。⑫は西郷隆盛の弟。陸軍及び海軍軍人。元帥海軍大将、海軍大臣を歴任。⑬は海軍大将。⑮の広瀬は海軍中将。海軍軍人。日露戦争旅順閉塞作戦において福井丸を指揮。敵艦魚雷を受け撤退する際に、自爆用爆発物を仕掛けに船倉に降りた部下の杉野が戻らないことから一人福井丸に留まった。救命ボートに乗り移った直後に被弾。戦死した。軍神第一号として文部省唱歌になる等、日露戦争の国民的英雄であった。

忠臣・軍神像が建立された意味について「ヨーロッパでは権力者の支配が王像となってそのまま具体化されたのに対し、日本では天皇が直接騎馬像や立像となって民衆に対峙することはない。日本では民衆の前に姿を現すのは天皇の忠臣である。日本における偉人の像は、天皇にいかに仕えるかの規範を示すために都市空間に置かれる」[3]との論が示すように、民衆を戦時体制に促すプロパガンダであったと考えられる。その証拠に石原磐岳作歌、納所弁次郎作曲『東京銅像唱歌』（文盛館、明治四四年一二月）が出版され、大正元年一二月には「広瀬中佐」が文部省唱歌として発表された。児童教育・学校教育の側面からも忠臣・軍神銅像や天皇への忠義を子どもに知らしめようとする取り組みがなされていた。

⑨の川上操六像に関し南明日香は、『荷風と明治の都市景観』（三省堂、平成二一年一二月）の中で「極めて拙悪

なる九段坂上の銅像」（「帰朝者の日記」）という永井荷風の批判と「あんな銅像をむやみに建てられては、東京市民が迷惑する。それより、美くしい芸者の銅像でも拵らへる方が気が利いてゐる」（『三四郎』におけるパリ帰りの画家「原口さん」の言葉）という夏目漱石の批判を指摘した。鷗外と同時代の文学者が美観の点で銅像を批判したのに対し、鷗外は沈黙を守った。

二　陸軍軍医森林太郎による「うた日記」収録詩歌

鷗外は明治三七年の日露戦争には第二軍医長として従軍し、『阿育王事蹟』上梓直前の明治四〇年一一月陸軍軍医総監に就任した。明治三七年四月一九日の『都新聞』には、「鷗外博士の軍歌」という記事が収録された。「文壇にハ鷗外またハ隠流の名を以て知られたる医学博士森林太郎氏ハ軍医監として出征の途次、広島に於て『第〇軍の歌』を作り摺物として軍隊及び知友の許へ配布せられたり其の句ハ、海の氷こゞる、北国も、春風いまぞ、吹きわたる、三百年来、跋扈せし、ロシヤを討たん、時ハ来ぬ。十六世紀の、末つかた、ウラルを踰えし、むかしより、虚名におごる、あだびとの、真相たれか、知らざらん。ぬしなき曠野、シベリヤを、我物顔に、奪ひしハ、浮狼無頼の、エルマクが、おもひ設けぬ、いさをのみ。黒龍江畔、一帯の、地を略せしも、清国が、長髪賊の叛乱に、つかれしからの、僥倖ぞ。勇あり智なき、スエーデン、武運つたなき、ポーランド、歯にたつものゝ、なきまゝに、我慢ハ世々に、つのり来ぬ、海幸おほき、樺太を、あざむきえしが、交換か、わが血を流しゝ、遼東を、併呑せしが、ナニ租借。鉄道北京に、いたらん日、支那の瓦解ハ、まのあたり、韓半島まづ、滅びなバ、わが国いかで、安からん。本国のため、君がため、子孫のための、戦ぞ、いざ押し立てよ、聯隊旗、いざ吹きすさめ、喇叭の音。見よ開闢の、昔より、勝たではやまぬ、日本兵、その精鋭を、すぐりたる、奥〇将の、第○軍。」という内容だが、同歌は「第○軍」を「第二軍」、「奥○将の第○軍」を「奥大将の第二軍」に修正し「うた日記」に「第二軍　明治三十七年三月二十七日於広島」として収録された。

「うた日記」は、日付が付された新体詩五八篇、長歌九首、短歌三三一首、俳句一六八句、訳詩九篇が「うた日記」「隕石」「夢がたり」「あふさきるさ」「無名草」の五部立てにより構成される。

この作品群は「陣中の竪琴」（佐藤春夫『定本　佐藤春夫全集』第二〇巻、臨川書店、平成一一年一月）、「戦争文学としておもしろく、鷗外文学中の特殊心情作品」（日夏耿之介『日夏耿之介全集』第五巻「鷗外の詩」昭和四八年九月）と評されてきた。

収録詩歌のモチーフの多様さに関連して、勇ましい軍歌としての「第二軍」の後、日付を付した詩歌で綴る「うた日記」は多様なモチーフで展開していく。その理由として『森鷗外集Ⅰ』〈日本近代文学大系一一〉（角川書店、昭和四九年九月）の三好行雄の注釈によると、「鷗外はある時は死を恐れぬ『ますらたけを』であり（たとえば『たまくるところ』など）、ロシア憎しの心情を誇張する愛国者である（たとえば『さくら』『黄禍』など）。しかも、過ぎた青春を哀惜し（『扣紐』）、戦争の傷を受けた少女をあわれみ（『罌粟、人糞』）、戦いに倒れたロシア兵の愛別離苦をうたい（『ぷろしゆちやい』）、故山の肉親を夢みる（『夢か現』）やさしさを隠さない。そうした心情のひろい振幅が、おのずからこの『うた日記』一巻に多彩なモチーフをかなでさせる」と解説する。平岡敏夫も三好説を踏襲し、「種別も多岐にわたっていて、これを統一的な世界としてとらえるのはまことに困難な試み」（『日露戦後文学の研究』下、有精堂出版、昭和六〇年七月）と述べた。

上田博は『鷗外のほほえみ』（明治の森社、平成二七年三月）にて、明治三八年奉天の宿営にて撮影された鷗外の写真に佐佐木信綱から贈られた『日本歌学全書』九・一〇・一一編であることを解明し、その内容が『万葉集』

巻第一―二〇であったことから、鷗外が『万葉集』編纂者、大伴家持に自らを見立てたのではないかとの説を明らかにした。兵部少輔であった宮廷歌人の大伴家持と官人鷗外の視点を見定める中で、「うた日記」には、「官人の声（A）、わたくしの声（B）、にんげんの声（C）が重なり合い、あるいは位相をずらしてこだまのように響きあっている」と述べた。

最終章の「無名草」は「故郷に待つ妻しげ子の想に擬して詠んだ詩歌を集めた」「集中の白眉」（三好註）と評価されている。『明星』（明治三八年九月号）に寄稿した「曼陀羅歌」の中に混じり、寄稿されなかった「死いろの歌に倦む世や　口によぶ　王者にとほき　覇者のときめき」に注目したい。

　ただ中は　蓮華にかふる　牡丹の座　仏しれりや　晶子曼陀羅　……「曼陀羅歌」収録歌
　死いろの　歌に倦む世や　口によぶ　王者にとほき　覇者のときめき

「死いろの歌」の中の「死いろ」について、鷗外は「無名草」中「病める子を　抱きて被く　木綿衾　白きは死のいろ　にはあらじか」で「死のいろ」を用いていることから、「生気のない」（三好注釈）と解釈するだけでは不十分と考える。特に前歌が「晶子曼陀羅」を詠みこみ、与謝野晶子に向けられた歌であることを考慮すると、戦争詩の一例として晶子による反戦詩「君死にたまふこと勿れ」（初出『明星』明治三七年九月）が意識下にあったと推測される。唱歌「広瀬中佐」や「東京銅像唱歌」を日本人が口ずさむ時代に、王者と覇者「部をもって天下を治める者。正統でなくて世にはばかる者」（三好注釈）との違いを鷗外が意識化していることが興味深い。つまり軍歌や戦争詩が人口に膾炙される戦時体制下を反映していると考えられる。唱歌「広瀬中佐」や「東京銅像唱歌」を日本人が口ずさむ時代に、王者と覇者との違いを鷗外が意識化していることが興味深い。この違いを上田は「『うた日記』はおびただしい〈死者〉を追悼する詩歌集」と述べた上で、「鷗外は『うた日記』を編集する過程」で「目覚めた」「一つの重大な真実」と位置づける。「〈牡丹の座〉を中心に描いた〈晶子曼陀羅〉の図こそが〈王者〉の理想とする世界の関係を表している」と評する。そこで鷗外にとっての王とはどのような存在か、『阿育王事蹟』に描出された王権に注目したい。

三　『阿育王事蹟』に描出された王権

特に鷗外が執筆した壹《いち》・参《さん》・伍《ご》・拾貳・拾参・拾伍・拾陸の章を注視すると、壹章は阿育王の治世以前の印度史、拾伍章から拾陸章までは阿育王の治世以後一九世紀までのインド史について記述されている。参章の内容は阿育王の刻文がある九基の石柱について、石柱の建立場所、状況それら七柱の刻文の紹介である。伍章の内容は帰仏の経緯とバラモン教・「アジイヰカ（バラモン教の新派）」・ジャイナ教等の信教の自由を認めた理由についての説明である。拾貳章は紀元前二五〇年頃の王による仏教遺跡巡礼の旅における各地での布施供養の様子についてである。拾参章の内容は王の眷属（家族）についての記述である。王妃微沙落起多《ちしゆやらくしたあ》が王の大切にしていた仏陀の象徴である菩提樹を枯らそうとしたこと、拘那羅《くなあら》太子に恋をし挑んだものの太子が応じなかったことを恨み、太子の両眼を抉り取り放逐したことなど、悪女としてのエピソードも収録される。

参章・伍章に関して『阿育王事蹟』の原稿を見ると、鷗外の原稿の一部は大村によって削除の線が入れられ抹消されている。大村は、「森鷗外先生初めハルヂイの『阿育王』を抄訳し、余に勧むるに、これを増補して同著となさむことを以てす。（中略）刻文を訳し、図画を加へ、以て全くその稿を改む」（『鷗外全集』第四巻「後記」）

と述べるが、大村の稿にも他者の朱筆が入っており、頁数が訂正されている。高楠に校閲してもらう前に鷗外が大村執筆箇所にも眼を通し、修正していたと考えるのが自然である。鷗外は参章の執筆・修正に関与していたと考えられる。参章の中心は大村が訳出したと言う石柱の「刻文」である。「刻文」に描出された王権について、次に示す。

石柱刻文第一章には、「達磨の無上の帰依、無上の猛省、無上の従順、無上の怖畏、無上の勢力に依らでは、現世並びに後世を安固にすることいと難し」と前世後世の安定の基に仏法を置き、自らの信仰を表現した。「達磨に合へる保護、達磨に依る規律、達磨に依る福祉及び達磨に依る安固」を施策することの王による宣言が示された。石柱刻文第二章では、「達磨とは」「慈悲、衆善業、憐愍、真実、清浄を要す」ことを説明した上でこの教えに従う者は「応に善を為すべし」と、人々の行動や心情の理念が記された。摩崖刻文第三章には、諸侯、持縄者、地方官の行動に言及し、具体的には「父母に順なるは善なり。朋友、知己、親族、婆羅門及び沙門に仁なるは善なり、生命の神聖を重んずるは善なり、驕奢及び暴言を避くるは善なり」という「達磨を宣揚すべし」との指針が掲げられた。摩崖刻文第四章では、達磨の増長即ち「生物殺戮の停止、有情残害の禁断、親族に恭謹、婆羅門及び沙門に敬虔、父母に従、長者に順なること増長す」ることを善とする宣言が示された。以上のように「達磨」の「増長」「宣揚」に関する宣言は摩崖刻文第十四章及び石柱刻文第七章に至る。その中で戦争について言及した摩崖刻文第十三章について考察する。そこでは「縦令人ありて傷害を加へむとも、天愛は能く堪へらるべき限り堅耐忍辱せざるべからざることを持す。（中略）天愛以為へらく。達磨に依る征服はこれ最勝の征服なり」との王の考えが説明された。強国の王として他国を武力で征服し民を殺戮した反省に基づき、不殺生と達磨による国家の精神的統一を宣言したと言っても過言ではない。聖王による統治の理想的なあり方を阿育王の摩崖刻文及び石柱刻文に確認することができる。

おわりに

前述二の「うた日記　無名草」中の歌で表出された鷗外における王者と覇者との相違は、前者を三にて確認した阿育王に象徴されるインド哲学による国家統一者、後者を一で一覧化した軍都東京に建立された忠臣・軍神銅像に象徴される戦時の武力行使者と考えることによって明確化した。鷗外がどちらの立場に共感を覚えたのかは、第一次世界大戦に従軍せず、大正五年に退官したその後の行動からも明らかである。

忠臣・軍神の時代に、『阿育王事蹟』の出版を意図したことは、日露戦争出征経験のある軍人鷗外にとって理想国家への希求と軍歌を作った自分への反省の結果、及び戦時体制下プロパガンダへのささやかな抵抗と考えることができる。荷風や漱石の忠臣・軍人像批判が都市の美観に着目した結果であるのに対し、鷗外は「阿育王」の刻文が刻まれた石柱の考証を通して、忠臣・軍人像の精神性の貧しさを暗に批判した。

静岡市資料に中勘助が古書店で購入した『阿育王事蹟』初版（No. A 042001）が存在する。鉛筆を用いた書き入れは存在するが、中勘助の筆跡と断定し難い。しかし『阿育王事蹟』が中勘助の「阿育王」構想の原点となった点において、鷗外の思想を日清・日露・第一次世界大戦・第二次世界大戦と各戦時を生きた中勘助が、どのように作品取り込んだのか確認する必要があろう。

後記　本論は平成二五年四月二八日（日）、大阪市たかつガーデンにて開催された「楽しい O-gai の会」における上田博先生のご発表「戦場のツイッター　鷗外『うた日記』の隙間から」に着想を得て執筆したものである。

その際、上田先生は、広瀬武夫中佐の戦死に伴う旅順港口閉塞作戦成功に関し「東郷平八郎ニ下シ給ヘル勅語」を始め、天皇が「戦争獣」ともいえる職業軍人に出す「詔勅・勅語」の内容と、『阿育王事蹟』に記された刻文とが対照的なことをご教示くださった。

註

（1）森潤三郎「校勘記」『鷗外全集 著作篇』第九巻（岩波書店、昭和一二年七月）
（2）『鷗外全集』第四巻（岩波書店、昭和四七年二月）
（3）玉井哲雄編『よみがえる明治の東京―東京十五区写真集―』（角川書店、平成四年三月）
（4）『鷗外全集』第一九巻（岩波書店、昭和四八年五月）
（5）達磨とは、自然の現象と社会・人間の行為との総体を、根底から支え、各存在を本来の位置に固定・維持し、各々の在り方を決定するものであり、理法・世界秩序とともに、正義、社会規範としての法律、道徳律を指す（中村元他編『岩波仏教辞典』第二版、岩波書店、平成一四年一〇月）。

第二章　中勘助と同年代の文学者による仏教学並びにインド哲学受容

前章では中勘助の「阿育王」構想に多大な影響を及ぼしたと推測される『阿育王事蹟』における森鷗外の思想を検討した。本章では同年代の文学者三名の印度学・仏教学受容の概要を探求する。

現在、日本における近代詩の出発は明治一五年の『新体詩抄』と考えるのが定説である。明治二〇年代には、個人詩集、詞華集、訳詩集の刊行が相次ぐとともに、新たに創刊された『早稲田文学』『文学界』『帝国文学』に新体詩が寄稿される等、社会的に認知されていった。明治二二年に『国民之友』付録として出された訳詩集『於母影』（森鷗外、井上通泰、落合直文、市村瓚次郎、小金井喜美子）は、日本に初めて浪漫主義的な抒情詩とその芸術性をもたらした。明治三三年に創刊された『明星』には西洋詩の浪漫性を感受した結果生まれた詩歌が発表された。これら近代詩の影響下で詩人を志向していった文学者の中に、石川啄木・秋田雨雀・中勘助を位置づけることができる。

明治一六年生誕の雨雀、明治一八年生誕の中勘助、明治一九年生誕の啄木は、新体詩の黎明期に生を受け、明治三八年前後に詩をめぐる人生上、第一の転機を迎えた。

雨雀は、東京専門学校英文科在学中の明治三七年『黎明』（中野書店）によって、啄木は明治三八年『あこがれ』（小田島書房）によって、詩人としての地位を得た。また勘助は英詩への関心から明治三八年夏目漱石が講師を務める東京帝国大学英文科に入学する。

図らずも三者は、三様に漱石の庇護を受けた点で共通する。雨雀は明治三九年の結婚を機に、かつての漱石の養母を義母とした縁で、漱石一家と家族ぐるみの交流を持った。啄木は東京朝日新聞入社後、『二葉亭全集』編集を巡って漱石の知己を得、明治四四年、翌四五年に漱石は、病床にある啄木を経済的に支援した。中勘助の場合、処女小説『銀の匙』の『東京朝日新聞』連載は、大正二年漱石の推薦によるものだった。

『新体詩抄』の著者・外山正一、矢田部良吉、井上哲次郎、また漱石などの西洋近代学問を日本に移入させた学者兼文学者を明治第一世代と名付けると、啄木・雨雀・中勘助ら、その薫陶を青少年期に受けた文学者は明治第二世代と呼ぶことができよう。

本論では、中勘助と同年代の文学者によるインド哲学受容の変遷を見ていこうとする研究の一環として、啄木の『あこがれ』収録詩、雨雀の戯曲『仏陀と幼児の死』を取り上げる。

見理文周は「仏教は人間性を否定して、その超克を志向し、文学は人間性を肯定して、その真実を探って形象化するもの」(1)という認識に立脚し、「真に仏教にかかわった近代文学の作品は少く、したがって文学史の主流にはなりえなかった」と近代日本の仏教文学成立自体を否定した。その背景には、「純粋に仏教にかかわる近代文学とは、文学の宗教性を問いながら護教に陥らず、人間存在そのものの根源に迫る内容の文学であるべき」との強い仏教文学への期待が存在する。

見理は高山樗牛の日蓮主義が文学界に及ぼした影響を認めた上で、近代日本の仏教的文学を「イ、仏教の史実から生まれた作品　ロ、仏教の教養から生まれた作品　ハ、仏教の思想から生まれた作品　ニ、仏教の体験から生まれた作品」に分類・分析・評価することを提案した。

見理も引用した伊藤整による「1、求道的実践者の文学　2、人間的認識者の文学」[2]という近代日本文学の二つの立場は、近代日本の仏教的文学にも当てはまり、「個」を超えた何ものかと「個」の関わりのあり方が問い続けられてきた過程において、これらの立場は不離不即の関係を保ち続けてきたと言えよう。

その例として明治三五年、死を直前にして「日蓮上人とは如何なる人ぞ」「日蓮と基督」「日蓮上人と日本国」と日蓮に関する著作を残した高山樗牛を挙げることができる。

『釈迦』〈世界歴史譚第一編〉（博文館、明治三二年一月）の著述がある一方で、樗牛は「日本主義」（初出『太陽』明治三〇年六月、『高山樗牛・斎藤野の人・姉崎嘲風・登張竹風』〈明治文学全集四〇〉筑摩書房、昭和四五年七月）の冒頭で「吾等は我日本主義によりて現今我邦に於ける一切の宗教を排撃するものなり。即ち宗教を以て我国民の性情に反対し、我建国の精神に背戻し、我国家の発達を沮害するものとなす」と宣言し、「あはれ今日の仏教と称するものは、殆ど空虚なる形式主義に非ざるか。（中略）所詮仏教は決して是国民的性情の中に根拠を有せるものに非ざるなり」と仏教を攻撃した。同様にキリスト教も攻撃し、いずれも「由来宗教的民族」ではない我国民にはふさわしくないと主張した。明治三四年一月の「文明批評家としての文学者」冒頭で、ニーチェを取り上げ「彼れは哲学者と謂はむよりは寧ろ大なる詩人也、而して詩人として大いなる所以は、実に彼が大いなる文明批評家たる所に存す」、「是の如き模範的人物は即ち天才也、超人也」とニーチェの文明批評家としての偉大なる人格を賛美した。更に「彼の説は是に到りて現時の民主平等主義根本的に否定し、極端にして、而かも最も純粋なる個人主義の本色を発揮し来りたるを見る。さはれ、歴史無く、道徳無く、真理無く、社会無く、国家無く、唯個人各自の『我』あるを認むるもの、十九世紀末の思想に対して何等の対比ぞや」と「個人主義」を定義した。

明治三四年一一月「天才の出現」において樗牛は、「我れは天才の出現を望む。嗚呼日蓮の如き、奈破翁一世の如き、詩人バイロンの如き、大聖仏陀の如き、哲学者ショペンハウエルの如き英雄豪傑は最早や此世に出づる能はざる乎。久しい哉、我の凡人に倦めることや」と、一転して、日蓮や仏陀への傾倒を公表した。この背景には、結核の発病によりドイツ留学を始め社会的活動を制限された樗牛の内面的変化と、田中智学の「宗門の維新」を読み感激、智学に導かれて日蓮信仰に入った影響があるようだ。

明治三五年七月の「日蓮上人と日本国」では、「畢竟三界は悉く皆仏土たり、日本亦其国土と神明と万民とを併せて教主釈尊の一領域たるに過ぎず。苟も仏陀の悲願に適はず、真理の栄光に応へざるものは、其の国土と民衆と、共に膺懲し、改造せられざるべからず。日蓮釈尊の勅使として『国必ず亡ぶべし』と宣言せる毫も怪むに足らざる也。」と蒙古襲来を日本への必罰として見ている。「彼れにとりては真理は常に国家よりも大也。是れを以て彼れは真理の為めには、国家の滅亡を是認せり。否、是の如くにして滅亡せる国家が、滅亡によりて再生すべしとは、彼れの動かすべからざる信念なりし也」とつまり仏陀の真理が示されるためには国家が亡ぶこともやむ無しとする思想を表明した。「日本主義」時代と比較するならば、「我」を超えた日本国家への傾倒から、「個」を超えた真理・仏教への傾倒へと転換がなされたことは明らかである。樗牛はこのように、「個」を超えた真理への視座を持つことで日蓮上人に関する三作を死の直前に著した。

以上のような文学史相の中で、原始仏教への関心を持ち、特定宗教集団への護教や文壇での高い名声と離れた立場で、人間存在のあり方を求道的に追求した文学者も数少ないが存在した。

それらの代表として大正期に原始仏教資料に取材し、創作に取り組んだ中勘助や久末淳が挙げられる。

筆者は、中勘助のインド三部作におけるインド表象を調査する過程において、谷崎潤一郎の「人魚の嘆き」(『中央公論』第三二年第一号、大正六年一月)、芥川龍之介の「アグニの神」(『赤い鳥』第六巻第一号、第二号、大正一〇年一、二月号）等の作品がエキゾチックな雰囲気、童話的神話的枠組みを作品に適用する目的でインド表象が用いられたことを明らかにした。(3) 文壇の人気作家による文学素材としてのインドに対する関心が大正期に高まったという、時代背景を認めることができた。

寺族に生まれ一旦は文学を志し、中勘助と同時期に永井荷風や北原白秋ら文壇の大家に認められながらも、その地位を放棄し、仏教僧へと戻った久末淳の作品におけるインド表象を考察する。久末の文学者としての活躍の時期は短く、文学辞典にその業績が、文学全集にその作品が掲載されたことはない。本論は、文学史に埋もれてしまった個性的な文学者久末の業績を再発見する意図も併せ持つ。

一　石川啄木

（一）啄木の『あこがれ』における仏教的なもの

高淑玲は、「啄木の初期作品に関する一考察」(4) において、初期短歌中の仏教用語、また『あこがれ』中「白羽《しらは》の鵠船《とりぶね》」「電光《いなづま》」内の仏教用語と共に、当時の啄木評論中の仏教的色彩のある表現を取り上げた。「彼の初期の作品に仏教思想の表現の特色がみられるのは、慣れている身近の仏教用語を以て自分のあこがれを表すと同時に、彼が置かれた環境によって考えさせられたため、人生の現実生活を裏付ける仏教の無常思想は自然に微妙に作用していると言えよう。」と、仏教表現に環境による影響が大きいことを指摘した。

啄木詩中の「仏教用語」を「仏教思想の表現」として扱ってよいものか再検討したい。

(二)『独絃哀歌』の中の仏教語に関する先行論文

啄木の『あこがれ』中のいくつかの詩が、明治三六年刊蒲原有明の『独絃哀歌《どくげんあいか》』の影響下にあることは、先学の指摘にある通りである。ここで仏教語「涅槃」が使用されている『独絃哀歌』収録詩である「蓮華幻境」に関する示唆的な論を紹介したい。

同詩に関して、関口宗念は「蒲原有明に於ける仏教的なるもの」(5)において、「涅槃」という仏教語が同詩に用いられているものの「詩全体の構想が、健康な内部生命の賛嘆ともいうべきもの」で、「西欧的人生肯定の気分が濃」く、「涅槃」という仏教用語が「仏教特有の意味や情調を持っていない」と論じた。更に蒲原が詩中に仏教語を用いた理由として同氏は「この詩の世界と異質的に見える語によって、かえって深味と陰影を加えようとした」という効果狙いの可能性を指摘した。

(三)「白羽の鵠船」における仏教語再検討

高が「仏教の生滅無常の思想」と論じた「白羽の鵠船」の「終焉は霊光無限の生の門出」を再確認する。

白羽の鵠船

かの空みなぎる光の淵《ふち》を、魂《たま》の
白羽の鵠船しづかに、その青渦《あをうづ》
夢なる櫂にて深うも漕ぎ入らばや。——
と見れば、どよもす高潮《たかじほ》音匂ひて、

楽声さまようてなの靄《もや》の帕《きぬ》を
透きてぞ浮きくる面影、（百合姫なれ）
天華《てんけ》の生襞《いくひだ》瑲々《さや》あけぼの染《ぞめ》、
常楽《じやうげふ》ここにと和らぐ愛《あい》の瞳《ひそみ》。

運命《さだめ》や、寂寥《さびし》児《こ》遺《のこ》れる、されど夜々の
ゆめ路のくしびに、今知る、哀愁世《かなしきよ》の
終焉《をはり》は霊光無限の生の門出。
瑠璃水たたえよ、不滅の信の小壺。
さばこの地に照る日光《ひかり》は氷《こほ》るとても
高歓《かうくわん》久遠《くをん》の座にこそ導かるれ。

（『啄木全集』第二巻、筑摩書房、昭和四二年八月）

『石川啄木』〈日本近代文学大系二三〉（角川書店、昭和四四年一二月）の今井泰子の注釈によると、「天華」「久遠」が仏教語として指摘されている。そのうち「天華」のみ「極楽に咲く花」と解説が付された。

それら以外にも、「終焉は霊光無限の生の門出」について、「霊光」を「衆生に本来具わっている仏性。それが不思議な光明を放つものであると考え」た『沙石集』の語法と考えると、「人間の逝去の際には、仏性の光明に包まれるが、それは次の生の始まりである」と意味を解釈できる。「輪廻転生」「生死流転」の意味であろう。

次行の「瑠璃水たたえよ、不滅の信の小壺」の中に「不滅」の語が現れる。これは「滅したのではない。滅びない。消えない。すべて存在するものは根源的には空で、生ずることも滅することもない」という「般若心経」における「不滅」の解釈に一致する。「本来あらゆるものは不滅であるが、現象面においてのみ滅があるという」「不滅の滅」という解釈が仏教語にあるが、前行と併せて考えると、生命の永続性を象徴する二行と考えられる。最終行の「高歓久遠の座にこそ導かるれ」という表現の中の、「久遠」だが、「法華経」に登場する「遠い過去、永遠の昔」の意味として捉えると、滅しても永遠の昔から存在する所に導かれるという、昇天を表すと考えられる。

以上により、同詩の中の仏教語は、一応は仏教特有の意味を踏まえ、文脈上、意味の破綻はない。

しかし詩全体としてみると、「詩人啄木誕生」(6)における近藤典彦の指摘の通り、詩全体としては「ワグナーの二大信条“Faith and Love”がうたわれている」内容で、「Wagner 中の“Lohengrin”の章にある“a boat drawn by a white swan”のイメージを借りたもの」と言える。

第一連が百合姫との濃厚な愛の世界を描いた一方で、第二連では仏教語を多用し哲学的イメージを演出している。これは、愛の世界の甘美さが強調される効果を考えた上での試みと言えよう。

以上のように、同詩において仏教語は「仏教特有の意味や情感」を際立たせているとは言い難い。神聖かつ荘厳な雰囲気を詩に付け加えるに相応しい語として仏教語が試用されたと考えるのが適当だろう。

(四)「電光」における仏教語再検討

高は「電光」の「死なし、生なし、この世界、不滅ぞただに流るるよ」、「『今』こそは、とは」に「仏教の生滅無常の思想」を認めたが、(三)に引き続き、確認する。

電光《ママ》

暗をつんざく雷光の
花よ、光よ、またたきよ、
流れて消えてあと知らず、
暗の綻び跡とめず。

去りしを、遠く流れしを、
束の間、――ただ瞬きの閃めきの
はかなき影と、さなりよ、ただ『影』と
見もせば、如何に我等の此生の
味さへほこる値さへ、
たのみ難なき約束《かねごと》の
空《あだ》なる無なる夢ならし。

立てば、秋くる丘の上、
暗いくたびかつんざかれ、
また縫ひあはされて、雷光の

花や、光の尾は長く、
疾く冷やかに、縦横に
西に東にきらめきぬ。

見よ、鋼色《くろがね》の空深く
光孕むか、ああ暗は
光を生むか、あらず〳〵。
死なし、生なし、この世界、
不滅ぞただに流るるよ。
ああ我が頭《かうべ》おのづと垂るるかな。
かの束の間の光だに
『永遠《とは》』の鎖よ、無限の大海の
岸なき波に泳げる『瞬時《またたき》』よ。
影の上、また夢の上に
何か建つべき。来《こ》ん世の栄《はえ》と云ふ
それさへ遂にあだなるかねごとか。
ただ今我等『今』こそは、
とはの、無限の、力なる、

影にしあらぬ光と思ほへば、
散りせぬ花も、落ち行く事のなき
日も、おのづから胸ふかく
にほひ耀き、笑み足りて、
跡なき跡を思ふにも
随喜の涙手にあまり、
足行き、眼むく所、
大いなる道はろ〲と
我等の前にひらくかな。

（『啄木全集』第二巻、筑摩書房、昭和四二年八月）

『石川啄木』〈日本近代文学大系二三〉（角川書店、昭和四四年一二月）の今井泰子の注釈によると、この詩には仏教語と指摘される語句はない。

「死なし、生なし、この世界、不滅ぞただに流るる」は、前述の通り、「滅したのではない。滅びない。消えない。すべて存在するものは根源的には空で、生ずることも滅することもない」という「般若心経」における「不滅」の解釈に一致する。

高が問題とした「『今』こそは、とは」は、同詩一三行目から一五行目にかけての「ただ今我等『今』こそは、／とはの、無限の、力なる、／影にしあらぬ光と思ほへば、」の中の句であるが、その直後の「散りせぬ花も、落ち行く事のなき／日も、」との関連でいえば、「とはの、」は「永遠の、」と同意味と推測される。つまり、

「『今』が永遠の、無限の、光だと思えば」という大意であろう。ここに「今」＝「永遠」「無限」という啄木の思想が表わされた。

　本詩二四行目から二六行目にある「かの束の間の光だに／『永遠《とは》』の鎖よ、無限の大海の／岸なき波に泳げる『瞬時《またたき》』よ。」における時間認識は「束の間」と『瞬時』が『永遠』と「無限」を構成するというものである。

　戸塚隆子の「石川啄木の『永遠の生命』」[7] 第二章では、『あこがれ』中の「我なりき」が取り上げられ、啄木の「『永遠』即『瞬間』という時間認識」が「永遠の生命」を説いた高山樗牛・姉崎嘲風の影響下で培われた可能性の高さが示された。戸塚は、姉崎の「清見潟の除夜」「戦へ、大に戦へ」の一節に、「『永遠の生』の『今』を生きる姉崎嘲風の姿」を認め、「『永遠』と『瞬間』＝『今』を結びつけ、『永遠』の現前化として『今』を捉えようとする時間認識は、啄木が傾倒した姉崎嘲風の論説に既に顕著に表されている」と論じた。

　「清見潟の一夏」（『高山樗牛・斎藤野の人・姉崎嘲風・登張竹風』〈明治文学全集四〇〉筑摩書房、昭和四五年七月）に「強大なる意志のある所は即ち永久の生命のある所なればなり」という樗牛のありし日の言葉が登場する、ここでは高山樗牛の思想的影響が見受けられる。「戦へ、大に戦へ」（『高山樗牛・斎藤野の人・姉崎嘲風・登張竹風』〈明治文学全集四〇〉筑摩書房、昭和四五年七月）冒頭には「何れの人も此一生は大切の一生である、前往未来幾何の生を享けたとしても、今の此一生は唯一の一生で、自分自らの存在の意義は此の一世の中に発揮しなければならぬ」というニーチェ著『教育者ショペンハウエル』中のニーチェの主張を引用している。最後にまた「今の一生は前後只一度の此生ではないか、今の時は過去未来を包括したる『今』ではないか、此生に於て吾等は過去の光栄を体しなければならぬ、此一生は即ち未来の生々の源頭である、久遠の過去を此「今」に収め尽した吾等は悠久の未来をも此『今』の一瞬から生み出すべき必然の運命を有つておる」とあることから、「今」と「永久」を繋ぐ時間感覚は、むしろニーチェの思想によると考えられる。

以上により「電光」は、姉崎の思想の影響を色濃く受けた詩と言え、「般若心経」的「空」思想の表現とは言い難い。

しかし、高山・姉崎の説く「永遠の生命」の出所を探る際に、両者ともに東京帝国大学哲学科に学んだという共通点と共に、ニーチェ、ショーペンハウエルなど西洋哲学に通じていたことに加え、高山にはウパニシャッド、マヌー法典、ヒストパデーサ、リグヴェーダなどのインド思想を紹介した「古代印度思想概論」（明治二九年四月）の著作があること、明治三八年に帰国した姉崎には仏教史研究並びに宗教学研究のために留学しインドでヴェーダ研究に取り組んだ経歴があることを無視することはできない。

（五）まとめ

『あこがれ』所収「白羽の鵠船」「電光」に啄木の仏教的世界観を認めることはできなかった。詩中に仏教語は使用され、文脈上、仏教語の意味は不自然ではないが、詩全体の構想やイメージから見るとその語法に「仏教特有の意味や情感」が強いとは言い難い。また仏教語の使用の背景に啄木の仏教思想は示されなかった。しかし、高山・姉崎の影響下で用いた詩語が、ニーチェの思想を含むものだった可能性が示された。

二　秋田雨雀

（一）インド哲学受容前後の雨雀の伝記事項

『秋田雨雀日記』第一巻（未来社、昭和四〇年三月）によると大正四年から五年にかけての秋田雨雀の伝記は次のように時系列で整理することができる。

大正四年　二月　ワシリイ・エロシェンコの訪問を受け、エスペラント語の勉強を開始。
　同年　四月　エロシェンコの紹介でバハイ教のアグネス・アレキサンダーを訪問。
　同年　八月　父・玄庵、業務上の非合法行為（堕胎殺人罪）の嫌疑で起訴される。
　同年一一月　父、中野監獄に入獄（懲役一ケ年）。
大正五年　二月　*Gospel of Buddha* と *Amitaba*《ママ》（阿弥陀論）読書。
　同年　六月　アレキサンダーを訪ねてきたポール・リシャールに面会。タゴールを迎えに東京駅にゆく。
　　　　　　　木村泰賢の「ウパニシャッドと仏教」読書。
　同年　八月　次女あや子疫痢にて急死（享年四歳）。リシャールからのあや子追悼文に対する返礼として
　　　　　　　「法華経」と読売新聞を送る。
　同年　九月　「仏陀とクリシャ・ゴオタミ」執筆、後に「仏陀と幼児の死」と改題し『帝国文学』に送る。
　同年一〇月　「仏陀と幼児の死」『帝国文学』に掲載。
　同年一一月　父が刑期を終えて中野監獄を出獄。
　同年一二月　夏目漱石逝去、納棺に立ち会う。
（大正九年　四月　戯曲集『仏陀と幼児の死』叢文閣より刊行。）

伝記事項により次のことが概観できた。

大正四年翌五年、雨雀は、ロシア人エスペランティストのエロシェンコ、バハイ教のアレキサンダー、フランス人神学者のリシャール、インドの詩聖タゴールらと出会い国際的視野を得る時期を迎えた。一方で、父の入獄、愛児の急死、漱石の死去など家庭周辺で悲劇に見舞われた。その激動期に、鈴木大拙訳で日本に紹介されていたポール・ケーラスの著書“*Gospel of Buddha*”の日本語版『仏陀の福音』、タゴール来日を期して発表された印度哲学研究者・木村泰賢によるウパニシャッド哲学と仏教との比較に関する論文を受容し、戯曲『仏陀と幼児の死』執筆に向かっていったようだ。

悲劇に対峙する心的状況とタゴール来日という環境的要因が共鳴する中で、インド哲学受容の結果、作品化されるに要した時間は、わずか七ヶ月であったと推測できる。

次に当時の受容内容について詳細を検討する。

(二) リシャールを通してのインド哲学の受容状況

大正五年のリシャールとの出会いから、雨雀がインド哲学を受容していった経緯は、前出の『秋田雨雀日記』(『秋田雨雀日記』第一巻、未来社、昭和四〇年三月)によると次の通りである。

・「リシャールは細君と仏語のできる若い女といた。主人はテオソフィの人で、インドを経てきた人で、スウェデンボルグや、アンナ・ベーゼントのことを話した。ぼくに日本の医薬(秘密薬法)のことを聞いた。オゾンの薬のことを話していた。」(五月三一日)

・「仏人《ママ》ポール・リシャール氏と若い女の英語の通訳がきていた。『いま、ヨーロッパ人はまったく獣のようになっている。もはや東洋人はヨーロッパの思想界から何物も望むことができない。仏陀の精神を中心にした思想が世界に行われなければいけない。』といっていた。」　（六月三日）

・「印度哲学を研究してみよう。東洋の新しい思想は、将来どうしても印度思想を根拠としなければいけない。リシャール氏のいうように、西洋思想は物質文明のために破壊されてしまっているようだ。大学のタゴールの講演は満員だといってことわってきた。明日すこし早くいって高楠博士にあってみよう。」　（六月一〇日）

以上の記載より、リシャールは、インド哲学と西洋思想との比較を通してインド哲学の優位性を雨雀に説き、雨雀によるウパニシャッド哲学とタゴールへの関心を高める機縁をつくったことが分かる。

さらに雨雀を悲嘆にくれさせたあや子急死に関して、『秋田雨雀日記』記載の同年八月一六日付けリシャールから贈られたあや子追悼文は次の通りである。

All of us have suffered thus at one time or another of our lives, for the great angel of death spears non-butone《ママ》. I think you can believe that death is but transition and by no means an end.
Though in the first moment of our anguish, we can't look beyond the present suffering, gradually we become conscious of the great love beyond all, who willed things thus, we say, it is best.

この追悼文に関して、雨雀は「きのうポール・リシャール氏からハジソンの手で親切な手紙がきた。あや子の死によって大きな愛を感ずるようになるだろうということであった。ぼくは最初は大きな悲哀を感じたけれども、だんだん大きな歓喜 ananda を感じはじめたと書いてやった。夜、雨のなかをリシャール氏を訪うた。（中略）リシャール氏は『永久に死なない生命がある』といった。あの人の思想はまったく印度思想だ。」（同年八月一九日）と、日記に肯定的に受け止めたことを記した。この記述により、インド哲学の受容を通して、あや子の死を乗り越える価値観の転換が図られたことが分かる。

また雨雀が東京帝国大学の印度学者・高楠順次郎博士と知己であったことが日記の記述から窺える。次項で述べる、高楠の弟子であり原典による古代インド仏教の系統的研究を初めて成し遂げた木村泰賢の、論文受容に関わる情報である。

(三) ウパニシャッド哲学とタゴールの思想の受容状況

雨雀は日記の大正五年六月九日欄に「木村学士の『ウパニシャットと《ママ》仏陀《ママ》』を読んだ。」と記した。これは同年六月号の『中央公論』に掲載された当時東京帝国大学助教授の木村泰賢による論文「ウパニシャッドと仏教」の誤記と考えられる。木村論文の梗概は次の通りである。

タゴールの思想の原点にはウパニシャッド哲学と仏教思想が認められ、これらインド思想は表裏をなすものと考えられる。ウパニシャッドは梵や大我といった理論に重きをなし、仏教はこれを人格における働きとして捉える。両者の最高理想は梵と涅槃でありその点で両者の軌跡は一致する。

雨雀は、木村論文の感想を同年六月九日の日記に、「梵と涅槃（Brahoma と Nirvana）と関係（Brahma-atma-aikyam）梵我一如説ウパニの如楽観音（ananda）と仏教の慈悲（paramam sukham nirvanam）花上の安楽との関係。」と記した。

木村の論文は、同号の『中央公論』掲載記事中では異例の印度学・仏教学の専門的内容であった。ウパニシャッド哲学から原始仏教を確認したもので、リシャールの示した西洋思想対インド哲学の比較宗教的理解のあり方から、インド哲学カテゴリー中の二つの思想を比較するという、一歩進んだ境地に雨雀が至ったことを示す事実である。

六月一一日の日記における帝国大学におけるタゴール講演の記述は、「タゴールは白い着物に鼠色の帽子をかぶっていた。文明を二つに分けて精神的、物質的として、西洋文明は物質の文明で東洋の文明は精神的文明だといって、日本は両文明を調和させている。日本人と印度人とは心と心が接近している。日本人は西洋の物質文明を真似する必要がないといった。」というものであった。

七月二日に慶応義塾でタゴールの講演"The spirit of Japan"を聞き、七月一三日には「タゴールの帝大の論文と慶応のとを精読した。タゴールの西洋文明観にはある意味で正しいところがある。」と、タゴールの思想を繰り返し検討しながら受容している。

この経験の後、八月一日には「今月から夏とたたかいながら今年度後半期の思想の統一をえなければならない。ウパニシャッドを読んでいるが、ぼくの子供のころからの考えをほとんどいいつくしているように思う。」と、また八月六日には「ウパニシャッドの研究。自分の哲学はウパニシャッドから生れるかもしれない。」と日記に記し、雨雀は一層、ウパニシャッド哲学に傾倒していった。そこには六月の木村の論文及び六月七月のタゴール体験の影響が多大であったと推測される。

（四）ポール・ケーラス著 "*The Gospel of Buddha*" 及び "*Amitabha*" と『仏陀と幼児の死』との比較

前項（二）（三）にて確認されたインド哲学受容の影響により、大正五年九月執筆の戯曲に示された具体的内容を次に挙げる。

（ア）*The Gospel of Buddha*.LXXXVI The Mustard Seed（「芥子《からし》の種」）の梗概

Paul Carus, *The Gospel of Buddha*. Chicago & London, The Open Court Publishing Company. 1915 は、前書きによると、一八九四（明治二七）年にアメリカ合衆国において出版された。その直後、釈宗演の紹介で鈴木大拙（貞太郎）の翻訳により日本語版が世に出たという。『仏陀の福音』（佐藤茂信、明治二七年一二月）の緒言における釈宗演の解説並びに伝記によると、明治二六年にシカゴで開催された万国宗教会議で釈とケーラスが出会ったことを端緒とし、大拙は渡米しケーラスのもとで研究生活を送る。

大正五年三月二七日の『秋田雨雀日記』において、*The Gospel of Buddha* 翻訳『仏陀の福音』との出会いは次のように記された。

> 八幡君が *the gospel of Buddha* を丸善で買ってきた。千家君のところに訳文があったそうだ。鈴木大拙さんの訳だ。八幡君に翻訳することをすすめた。小泉君が洛陽堂から出してもいいといったそうだ。

雨雀は実際にリシャールに出会う五月三一日以前の、二月五日 *The Gospel of Buddha* 及び *Amitabha* を読書（『秋田雨雀日記』による）し、三月二七日には翻訳書『仏陀の福音』に出会っていた。*The Gospel of Buddha*. LXXXVI The Mustard Seed（「芥子の種」）梗概は次の通りである。

富裕な人が持っていた黄金が木炭と化したので嘆いていたが、友人の勧めにより市でそれらを売ろうとしたところ、孤独貧苦の娘クリッシャ・ゴータミはそれらを触ると黄金に戻り妙智眼力を持つと讃えられた。

ゴータミは、一人の男の子を産んだが、その子は程なくして死んだ。ゴータミは死児を抱いて近所を起死回生の薬を求めてさまよった。その中の一人が釈尊を訪ねるようゴータミに勧めた。釈尊はゴータミに、「まだ一度もその家の子供や夫、父母、友人が死んだことのない家からもらった一握の芥子の種で子供を治せる。」と伝えた。町に出て芥子の種を求めたゴータミは、愛する者の死に出会わなかった家を見つけることができず夜を迎えたゴータミは、死は何者も避けることができないものと気づき、嘆くのを止め死児を葬った。釈尊のもとに戻ったゴータミは釈尊のことばの意味を悟り、釈尊の弟子となった。釈尊がその時説いた法は、以下の通りである。

「此の世の人間の生涯は短く苦しい。生有るものは死を免れない。此の世は無常であり、いかに死んだものを嘆いたとしても死んだものは生き返らない。一切の悲苦を絶った者に福徳は訪れる。」

（イ）大正五年九月一七日脱稿の戯曲『仏陀と幼児の死』梗概

（第1節）ヒマラヤの山に臨んだインドのある町の郊外。小路に沿った泉の近く。夏の夕暮れ時。熱病も戦争も起きない平和な町の様子。夫を助ける働き者であり、将来を嘱望された美しい子供アマアルの母である、クリシャ・ゴオタミは幸せ者として評判高いことが、泉の水をくむ二人の女の会話から明らかになる。

（第2節）第1節と同じ場所。真夜中ごろ。熱病で急死した七、八歳の男の子を抱いたゴオタミが町の方から走ってきて、死児の額を泉の水に浸して冷やそうとする。それを見ていた仏陀はその子の病気を治してやりたいと思わないのか？　とゴオタミに声を掛ける。死んだ子を生きていると主張するゴオタミに、仏陀は自分はこの世で一番貧しい医者であり、一握りの芥子の実によってアマアルの病は癒えると告げる。仏陀はゴオタミに「死」を知らない家から芥子の実をもらってくるように告げ、一握りの芥子の実を町に探しに行かせる。

（第3節）　明け方近くの大森林の中、菩提樹の下に静かに座る仏陀は、子供の腐りかけた遺体を抱いて眠るゴオタミに目を覚ますよう声を掛ける。仏陀は、ゴオタミは信仰の中で「生」「死」の教えを聞いてきたが、「生」も「死」も実は考えてみたことがなかったことを指摘する。仏陀は、町の全ての家が「死」の運命を経験してきたこと、人間は「生」「老」「死」の「苦」を持つ一方で、「愛」「生」「永遠」の「喜び」を持つこと、「永遠」を感じるところには「アミタアバの光」があること、「死」は「生」の芽生えであることを説く仏陀は、暁の光の中、永遠の喜びに入った子供を祝福するよう仏陀の話を聞いて正気に戻り永遠の涙を流すゴオタミに声を掛ける。

（ウ）考　察

第1節における、第三者間の会話によるクリシャ・ゴオタミの描写など戯曲的方法が用いられたが『仏陀と幼児の死』は *The Gospel of Buddha* 第八四節 The Mustard Seed（「芥子の種」）を下敷きとした作品であることが初めて明らかとなった。

第3節には、原話を離れ、インド哲学の影響が色濃く認められる。それは人間は「生」「老」「死」の「苦」を持つ一方で、「愛」「生」「永遠」の「喜び」を持つと説く点と、「死」は「生」の芽生えであると説く点である。永遠の喜びがある西方浄土に「アミタアバの光」すなわち無量光菩薩（阿弥陀仏）を見る点は、雨雀が読んだケーラスの *Amitabha* の影響と考えられるが、*Amitabha* でも「愛」「生」「永遠」は説かれない。「死」と「生」が「永遠」の生命の中で循環していると考えるウパニシャッド哲学の影響が認められる。

（五）まとめ

大正四年、翌五年のインド哲学受容を背景とした創作活動への深い満足感が、同九年四月、単行本出版された戯曲集『仏陀と幼児の死』序文における「私といふ一個の人生の使徒の、気質と体質とを見て呉れる人があるならば、それは、私の最もい、読者であり、また最もい、友人であると思ふ。」という言説に反映されたと考えられる。雨雀が「国際時代」と自称した時期は、親日、親印の外国人との交際が、インド哲学への関心、ひいては創作の一背景をなすこととなった。当時、高楠、木村ら東京帝国大学所属学者によるタゴールの紹介を始め、印度学・仏教学の啓蒙活動が盛んであったことも影響する。

雨雀の日記及び当時を回顧する文章[8]によって明らかなように、家族の死を乗り越える体験がインド哲学受容の原点にあったことは否めない。

三　久末淳

（一）久末淳の文学的業績

久末淳の一七回忌を以て出版された遺稿集『久末淳集　文学篇』[9]巻末「久末淳略年譜」と福井中学における一年後輩の加藤恂二郎による同書「跋」内の久末の長男・純美からの聞き書きによると、久末の生涯は以下のように記すことができる。

久末は明治二五年八月五日に福井県坂井郡細呂木村清王（現あわら市清王）照厳寺に生まれ、福井中学校において久末蒼愁の筆名で回覧雑誌『陽炎』（後に『波羅葦層』と改題）を発行し、文学活動を開始した。明治四四年に慶応義塾文科予科に入学、文科予科で荷風の教えを受けたが、二年在学後、退学し、比叡山にのぼり約半年間滞在した。久米は『三田文学』と共に白秋主宰の『地上巡礼』に作品を発表した。大正一〇年一月『三田文学』第一二巻第一号掲載「宝蔵秘夢」を最後に文壇を離れた。その後、趣味的に翻訳や戯曲創作に筆を執ったものの、照厳寺第二四世住職として仏道に専念し、昭和二七年七月一五日逝去、という生涯を送った。

発表順に記すと作品の一覧は次のようになる（発表年月、文学ジャンル、「作品名」、『掲載誌』、巻号、発行元、特記事項の順で記載）。

①大正元年一〇月、戯曲「キルウダカの叛逆」・小品「PARLERIE」（『黒耀』創刊号、モンスタア社）久米純夫の筆名
②大正二年一二月、翻訳「SAKUNTALA の初演」（『三田文学』第四巻第一二号、三田文学会）
③大正三年一二月、随筆「僧院尺牘」（『地上巡礼』第一巻第四号、巡礼詩社）律師彰淳の筆名
④大正五年三月、翻訳「梵劇概観」（『三田文学』第七巻第三号、三田文学会）
⑤大正八年三月、小説「黎明」（『三田文学』第一〇巻第三号、三田文学会）
⑥大正八年五月、随筆「草菴閑窓」（三田文学会編『三田文選』玄文社）
⑦大正九年一〇月、小説「光触」（『三田文学』第一一巻第一〇号、三田文学会）但し同号は発禁処分
⑧大正九年一二月、随筆「幽草幽花」（『三田文学』第一一巻第一二号、三田文学会）
⑨大正一〇年一月、小説「宝蔵秘夢」（『三田文学』第一二巻第一号、三田文学会）

次に以上の作品発表誌と久米の関係を以下に記す。

①の『黒耀』に関して、巻末の「楽屋落」末尾「モンスタア社同人」の一覧に「久米純夫」「小沢愛圀(10)」ら慶

応義塾関係者の名前が掲載されており、「消息」欄「小網町の小集」に小網町メゾン・鴻ノ巣において開催された「三田文学会」で話した内容など詳細な記事があることから、久末の②④⑤⑥⑦⑧⑨の作品を発表した三田文学会の関係者も関わった同人誌であったようだ。

同誌は大正二年三月まで全六冊刊行され、編集兼発行人は植松貞雄、モンスタア社（後に黒耀社に改名）、東雲堂書店発売、「火の様な、燃ゆる様な芸術の愛好心を持つた」人々が戯曲、小説、随筆、翻訳、詩歌を発表。尾竹紅吉、野口米次郎、馬場孤蝶らも執筆している。

②④⑤⑥⑦⑧⑨の『三田文学』は、明治四三年五月創刊時より大正四年二月まで、編集兼発行人永井壮吉（荷風）、編集担当井川滋、発売所籾川書店であった。大正四年二月からは、久末とモンスタア社で知己であった小沢愛圀が編集に参加した。

前出の加藤は『久末淳集　文学篇』において、『荷風全集』中「毎月見聞録」大正五年九月中旬の項の「久末淳、目下福井県坂井郡細呂木村清王、照厳寺にあり」との記載を、荷風による久末注目の事実を示すものと挙げている。

前出遺稿集「解説」で則武三雄は、荷風と久末との深い関係を小島政二郎の筆による「永井荷風先生」（『文芸春秋』第二九巻第四号、昭和二六年三月）内の「先生の相手役は、いつも山崎俊夫と同級の久末淳と云ふ越前の由緒のあるお寺の跡取り息子だつた。久末が旨く永井先生を掴まへてくれることを、私は毎週祈つたものだ。そんな時には、私も人のうしろから、先生の文学談を拝聴することが出来た。」という箇所に認めた。

加藤と則武の指摘により、荷風にとって久末は、文学談の相手に成り得る注目すべき教え子の一人であったことが明らかとなった。

沢木四方吉が『三田文学』主幹を務めた大正五年六月からの九年間を評する「荷風時代のはなやかさと声価は号を追って落ちた。しかし新人育成に力を入れたので荷風時代より多く輩出[11]」との文章から、荷風の教え子であると同時に、小沢と①のモンスタア社で同人であった久末は、荷風の息のかかった実力ある新人の一人として『三田文学』に投稿していたことが示された。

⑥の『三田文選』は、『三田文学』創刊一〇周年の記念出版物であり、当時の代表的執筆者が寄稿しているが、荷風に並び久末も作品を掲載している。

③の『地上巡礼』は、大正三年九月から大正四年三月まで全六号が刊行された白秋主宰の巡礼詩社の機関誌である。巡礼詩社は、白秋が小笠原から帰京し松下俊子と共に三浦市三崎の見桃寺に仮寓した大正二年一一月に興した詩歌結社であり、当時は東京市麻布坂下町一三番の白秋転居地に住所を置いた。大正四年四月に白秋が実弟鉄雄と阿蘭陀書房を開業し『ARS』を創刊するに至り巡礼詩社及び『地上巡礼』は発展的に解消された。

各号巻頭に掲げられた「巡礼詩社の言葉」には、「敬虔なる地上巡礼の心を持してわれらは遥か悲しき向上の一路を辿らむとす。（中略）わがささやかなる正規は弥高く弥寂しきわれらが遍路の門出に言葉無くして立てたるただ一つの道標なり。」とあり、奥付頁の「正規」には「巡礼詩社は純一無垢なる日本詩歌の結社にして、深く芸術の精髄を究め、常に権威ある詩壇の新声たらんとするものなり。」と記す。詩歌を究める過程を弘法大師の修行道を巡拝する遍路に例え、信仰にも近い詩歌道精進の心得が提示された。

ここに集ったのは室生犀星、萩原朔太郎、矢野峰人、山村暮鳥を始めとする詩人たちと、斎藤茂吉、中村憲吉、島木赤彦ら『アララギ』の歌人たちであった。

③掲載号巻末「社報　加盟新社友」欄に特別社友諸氏の先頭に「久末淳（東京）」とある。

当時の『地上巡礼』にはタゴールの訳詩「ギタンヂャリ三章」（第一巻第三号）の翻訳者であり、インドのウパニシャッド哲学を解説する「『優波尼沙土』断章」（第一巻第四号）の作者・増野三良、「安居録」（第一巻第四号）中「暗室の王」でタゴールの戯曲を、同中「印度神話」で神話の神々を解説した桑原隆人が寄稿者として名を連ねている。

白秋の仏教的境地を描いた詩「寸金」、小品「梁塵秘抄より」、詩「白金独語」（いずれも創刊号）、詩「白金の独楽」（第一巻第三号）等の作品が掲載される中、仏教的要素や印度学的要素は歓迎されていたようだ。

更に『地上巡礼』第二巻第一号より判型・装丁が改まり、インド古画「天上行楽」（表紙）、「仏陀」（裏表紙）、「舞踏」（挿絵）、「摩耶」（扉絵）が用いられ、主宰者・白秋によるインドの文物を嗜好する傾向は挿絵等視覚的媒体を通しても現れた。

（二）作品の内容と考察

①の戯曲「ヰルウダカの叛逆」は、釈尊在世時代の印度憍薩羅《こーさら》国の青年太子毘盧擇迦《ゐるつだか》を主人公とする。両親の帰依に基づき、仏教に一旦は帰依した太子が、青春の楽しみを奪われたこと、出生の秘密を知らされたことを理由に釈種への復讐心に燃え、釈種の滅亡を愛人の菴摩羅《あんまら》と共に企画する。仏伝に基づく戯曲である。

①の小品「PARLERIE」は、PとEとの対話形式の中で、Pが出会った彫刻家と共にアトリエと公園に置かれた彫刻を見て回るという夢が語られる。

②の翻訳「SAKUNTALA の初演」は、E.P.Horrwitzの*Indian Theater*（作中「梵劇概論」と久末は翻訳）から、毗訖羅摩阿迭多 Vikramaditya 王朝時代に印度鄔闍耶尼 Ujayani の宮廷劇場にて迦利陀沙 Kalidasa が莎君哆羅

*Sakuntala*を初めて上演した際の光景を翻訳したものである。

③の随筆「僧院尺牘」は、北原白秋宛書簡の形式をとり、その中で「放逸懶怠の仏弟子迦留陀夷尊者」に親近感を感じる若き僧「小衲《しょうのう》（筆者註、仏教用語で一人称の私を意味する）」は老僧から湖畔の骨董店にある商品ではない「白玉の仏像」に恋するあまり、毎日舟で拝みに通うという話を聞き、その際の老僧の面持ちに De Regnier の小篇の表現を重ね合わせる。

イタリア動乱に対する Gabriele D'annunzio による憂国の詩や「戒因縁経」等の経典に描かれた迦留陀夷《かるだい》尊者に親近感を覚える理由など、文学的教養を有する僧侶の感慨が綴られた。

白秋の『東京景物詩及其他』（東雲堂書店、大正二年七月）中「雨」にもその名前が登場するフランス象徴派詩人の Henri de Regnier や、「邪宗門」中「耽溺」に上田敏訳「楽声」を通して影響を及ぼした Gabriele Dannunzio への言及から、久末が白秋の詩に親しんでいたことが認められる。

この作品には直接的なインド表象は現れないが、仏教経典に仏弟子迦留陀夷尊者の記事を求めるという記述があり、インド表象の原典についての示唆があったと言えよう。

④の翻訳「梵劇概観」には、副題に「A.A.Macdonell『梵文学史』第拾三章に拠る。」とある。白秋が興した阿蘭陀書房から出版された松村武雄『印度文学講話』（阿蘭陀書房、大正四年一〇月）にも「マクドネル氏」によるインド文学評が度々記されるように、当時著名であったサンスクリット学者の Arthur Anthony Macdonell による *A History of Sanskrit Literature* の部分翻訳である。

Sakuntala を始めサンスクリット語の戯曲の解説が記される。稿末に「訳者の知れる梵劇研究の参考書」として、H.H.Wilson; *Select Specimens of the Theatre of the Hindus*, 2 vols. London. と Sylvain Levi; *Theatre Indian*. Paris.

E.P.Horrwitz, *The Indian Theatre.* が挙げられた。

これらは久末の読書遍歴と作品の典拠を語る。

⑤の小説「黎明」は、狗尸那掲羅《くしながら》の婆羅門である須跋陀羅《すばっだ》の悉達多《しっだーるた》喬答摩《ごーたま》入涅槃直前の出家を描いた作品である。寂漠さを紛らすため酒色に溺れる須跋陀羅の甥のエピソードと対比的に悉達多の教えを聞く事ができた須跋陀羅の喜びが記された。

⑥の随筆「草菴閑窓」では、比叡山東塔無動谷を中心に秋の自然の様子と比叡山の霊蹟の由来や伝説、回峰《かいほう》行《ぎょう》を解説し、そこで出会った人々との交流の様を描いた。

この随筆の中ほどに、久末の古代インドに惹かれる理由が説明される。

「真の芸術とは、真純なる生命の漲り溢れて感激高潮に達し、現はさざらむと欲しても能はざるの時、絶妙無比の技巧を以て、些の余裕間隙なく勇猛精進之を表現したるを言ふなり。かゝる時宗教的信念は自づと湧起りて、崇高荘厳の霊気期せずして其作品に満ち来るなり。されば宗教と芸術とはその根源に於て、同一不離のものにてあるなり。

これ即ち、古代印度の宗教哲学美術文学がすべて渾然として融合調和し、差別分類すること甚だ難き所以なり。世界最高の文献たる彼の吠陀の諸聖典が幽玄なる哲学宗教の書となると共に、其の美しき讃頌の傑出せる韻文なるは言はずもがな、優婆尼沙土《うばにしゅっど》、梵書より深秘雄大なる大乗諸仏典に到りて益々此の感を深くすべく、之を美術の方面に見るに、希臘芸術の影響を蒙りて一新機軸を出したる犍陀羅《がんだーら》仏教美術の崇敬礼拝すべき宗教的対象たると同時に、また不朽の芸術なること論を俟たず。」

以上から読み取れる久末の考えは次の通りである。一に真の芸術には創作者の宗教的信念の発露が伴うので、崇高荘厳の霊気が自然と漂うものである。

二に宗教と芸術とはその根源が同一不離なので、古代インドの宗教哲学美術文学がすべて渾然として融合調和している。例えばヴェーダの聖典、ウパニシャッド書、大乗仏典は優れた宗教哲学書であると同時に優れた詩歌の文学書であり、ガンダーラ仏教美術は信仰対象であると同時に芸術作品であることが挙げられる。

⑦の小説「光触」は、仏弟子阿難陀《あしなんた》の迷いと悟りを描いた作品である。祇園精舎を出た阿難陀はそこで出会った宝石工の老人による煩悩即生命との主張と、それに反するような法友である阿菟楼陀《あぬるだ》の死を覚悟しながら精進する姿を見て、それぞれの思想に肯定すべき点を認め苦悩する。自分で解決しようとする内に、宝石工の姪である摩騰祇《まとうぎ》によって愛欲に囚われて行く。破戒した罪悪観と混乱から入水自殺を図る阿難陀の前に「煩悩のなかに生きよ。恋のなかに情のなかに、歓喜のなかに悦楽のなかに、争闘のなかに憤怒のなかに、而して悔恨のなかに悲悩のなかに、汝は専念に生きねばならぬ。真に生きるものは福なるかな。病魔が老衰が、汝の形骸を奪ひ去っても、生命に徹した霊は生きて居る。永遠に輝く者は汝の生命である。」と説く仏陀が現れ、悟りを得る。煩悩即菩提を説く大乗仏典的な阿難陀伝を創作した。（一）⑦で示したようにこの作品は掲載された『三田文学』発禁処分によって結果的に未発表となった。

⑧の随筆「幽草幽花」は、「『無憂窟日乗《むゆうくつにちじょう》』抜萃《ばっすい》」の副題を持つ。⑥で提唱された宗教と芸術との融合、⑦で提唱された「真に生きるもの」の思想的展開を見せた作品である。

冒頭に源空聖人の『漢語燈録』を掲げ、「真に宗教に生くる者は、軈て芸術に生くるものなり。聖人の法悦境は、単なる譬喩にはあらずして、芸術三昧に我を忘れたる詩人の心境と相照すものありて存するなきか。」と宗教と芸術の近似を説く。

さらに言語と思想の関係を西田幾多郎の言葉の中に考察し、翻訳の困難さに言及する。

インド文学史上、一大叙事詩として高く評価された馬鳴《めみょう》の仏所行讃経の他に、華厳経、法華経、維摩経、無量寿経等の大乗諸経典を宗教的天才による芸術的創作とし、大乗仏教の隆盛を哲学的思索、宗教的信仰だけでなく芸術の力に拠るものと位置づけた。

Jean Christophe の最後の一節「聖 Christophe は河を渡れり。」に関し、「人間性を離脱して枯木寒厳に生くる小乗的聖者の謂にはあらず。人間性の深秘に味刻して、『生は嬉しく死もまた嬉し』と、最後の沈黙に莞爾として微笑したる極めて大乗的なる第一義的風光の内容を指すなり。」と評した。ここにおいても大乗仏教への傾倒が窺える。

更に梨倶吠陀《りぐべーだ》時代のインド古代民族が、太陽を蘇利耶《すーりや》とするなど畏怖心を元に自然現象を神格化し、吠陀神話を生成したことに触れ、「純直素朴なる不断の驚異こそ、偉大なる芸術宗教を孕み、科学哲学を生める母胎」であるという。

最後に久末は、音楽芸術に言及し「豊なる芸術的教養あり音楽に対する深き愛と理解とを有する人が、優秀なる音楽に恍惚たる時、時間空間因果の繋縛を離れたる先験的世界に於て、彼の心と音楽とは融合して唯一無二のものとなるなり。象徴の第一義、芸術的表現の究極は茲に存す。」とその象徴主義における重要性を主張する。

⑨の小説「宝蔵秘夢」は、「A Fairy tale.」との副題を有する未完の作品である。未完であるために、作品冒頭に描かれた王妃の見た不思議な夢の謎は解かれない。

音楽で王家に代々仕える家の娘であった王妃は、父の犯した殺人罪を赦すよう香陰国王に訴え、聞き入れられた代りに王へ嫁ぐ。献身的な王へ心許すことができない王妃は、祖父の代より家に伝わる天才的音楽家に相応しい七絃の竪琴を取り出し弾き始める。すると、日没の金色の日光を受けて水平線上に銀色の蓮華と金色の蓮華を帆に掲げた白黒二槽の船が現れ、それぞれ炎を蓮から吐いていた帆布は一つとなり大紅蓮となる幻が現れる。

⑧における音楽の魅力を表現した「静謐なる黄昏の薄明のなかに、瞑目しつつ低聲に諷誦し来る時、朦朧として髣髴するは螺鈿の光彩眩き衣装を着し、宝石の如き瞳を輝かしつつ常に舞踏するが如く溌溂たる、熱帯地方の妖艶なる美女なり。」という記述を小説の中に表したような、⑨の王妃について「極めて敏捷に絃の上を走る、真珠の爪を並べた繊麗な指先に、不可思議な魔力が籠つて、指先が絃か絃が指先か、琴が彼女か彼女が琴か、縹緲たる生命の韻律が、真実無碍に歔欷して居た。乱れるがままにまかせて、半身を蔽ふばかり豊かな緑髪は、純情の波動に極めて繊細に顫へて居る。端厳な麗容に恋に酔う処女のやうな嬌羞と虔しい歓びを漂はせ、聖者の心をも蕩かすやうな蠱惑的の輝きを帯びた黒瞳を瞠り比丘尼のやうな白衣の裳裾を長々と絨毯の上に曳いて落日の金光を斜に浴びた凄艶な立姿は、塵寰を遠く離れた深山の奥に住む妖しき麗姫のやうである。」という描写が認められる。

⑨は⑧での主張の具体的な作品化と言ってもいいだろう。

（三）まとめ

（二）で確認した久末のインド表象が現れた作品は、作品の設定及び作品内容の観点で、①戯曲「キルウダカの叛逆」、②「SAKUNTALAの初演」、④翻訳「梵劇概観」、⑤小説「黎明」、⑦小説「光触」、⑨小説「宝蔵秘夢」であった。

更にインド哲学や印度学に言及したという意味では、③随筆「僧院尺牘」、⑥随筆「草菴閑窓」、⑧随筆「幽草幽花」もインド表象が現れた作品に該当する。

これらの作品の典拠として、E.P.Horrwitz の *Indian Theater*, Arthur Anthony Macdonell の *A History of Sanskrit Literature*, H.H.Wilson の *Select Specimens of the Theatre of the Hindus*, Sylvain Levi の *Theatre Indian*、*Jean Christophe*、戒因縁経、仏所行讃経、華厳経、法華経、維摩経、無量寿経、源空聖人の『漢語燈録』、ヴェーダの聖典、ウパニシャッド書が挙げられる。

久末が原始仏教と古代インドに関心を示した理由として、一つに「古代印度の宗教哲学美術文学がすべて渾然として融合調和し、差別分類すること甚だ難き所」、二つに吠陀神話を生成したインド古代民族に「純直素朴なる不断の驚異こそ、偉大なる芸術宗教を孕み、科学哲学を生める母胎」を認めたことが挙げられよう。

久末の文学が、近代の仏教文学として成立し得るか否かに関して、久末が浄土真宗の寺族に生れたことを背景に、原始仏教の考えに則り人間性を深く考察したことを考えると、成立し得たと考えられよう。

（一）⑧の作品における、大乗諸経典を宗教的天才による芸術的創作とする考えと、「人間性を離脱して枯木寒巌に生くる小乗的聖者の謂にはあらず。人間性の深秘に味刻して、『生は嬉しく死もまた嬉し』と、最後の沈黙に莞爾として微笑したる極めて大乗的なる第一義的風光の内容を指すなり。」という *Jean Christophe* の最後に関わる言及から、大乗仏教に心惹かれていたことが分かる。

（一）⑦の作品中の阿難陀の迷いには、小乗仏教的生き方対大乗仏教的生き方の対立構造が認められる。釈尊の会話中の「煩悩のなかに生きよ。恋のなかに情のなかに、歓喜のなかに悦楽のなかに、争闘のなかに憤怒のなかに、而して悔恨のなかに悲悩のなかに、汝は専念に生きねばならぬ。真に生きるものは福なるかな。病魔が老衰が、汝の形骸を奪ひ去つても、生命に徹した霊は生きて居る。永遠に輝く者は汝の生命である。」という徹底した生の肯定に、久末は行きついた。原始仏教をフィクショナルに描こうとした久末の意図があったと考えられる。

後記　「SAKUNTALAの初演」（『三田文学』第四巻第一二号、大正二年一二月）をご教示くださった堀部功夫先生と久末淳の蔵書調査をご許可くださったご令息久末純美氏に深謝申し上げる。

註

（1）見理文周「近代日本の文学と仏教」『近代文学と仏教』〈岩波講座　日本文学と仏教第一〇巻〉（岩波書店、平成七年五月）

（2）伊藤整『求道者と認識者』（新潮社、昭和三七年一一月）

（3）木内英実「中勘助の「犬」の典拠に関する一考察」（『小田原女子短期大学研究紀要』第四一号、平成二三年三月）

（4）高淑玲「啄木の初期作品に関する一考察」（『解釈』第四七巻第一・二号、平成一三年二月）

（5）関口宗念「蒲原有明に於ける仏教的なるもの」（『文芸研究』第二一集、昭和三〇年一〇月）

（6）近藤典彦「詩人啄木誕生」（『国際啄木学会東京支部会報』第一五号、平成一九年四月）

（7）戸塚隆子「石川啄木の『永遠の生命』」（『日本研究』第一三号、平成一三年三月）

（8）秋田雨雀「私達一家が最も貧困を極めた時、私がまた非常な懐疑に囚はれてゐた時、突然幼児の死に逢つて、筆を執つて私の妻に与へたものであつた。」『仏陀と幼児の死』序文

（9）久末純美・則武三雄編『久末淳集　文学篇』（照厳寺・北荘文庫、昭和四三年八月）

（10）日本近代文学館編『日本近代文学大事典』第一巻（講談社、昭和五二年一一月）「小沢愛圀」の項目より要約。明治二〇年沼津市香貫に生誕。演劇研究家。明治四四年慶応義塾文学科卒。人形芝居の研究家として著名。

（11）日本近代文学館編『日本近代文学大事典』第五巻（講談社、昭和五二年一一月）「三田文学」の項目より。

第二部　インド三部作論

第一章　『提婆達多』

中勘助の『提婆達多《でーばだった》』の初版は大正一〇年五月一日新潮社版であり、これが中勘助の作家として初めての単行本出版となった（以下、本論では昭和一二年に出版された岩波書店版と区別する場合にのみ、新潮社版と略称する）。脱稿日は大正九年四月一七日と稿末に記されている。実際は、大正一〇年五月四日付和辻照子宛書簡にて「提婆達多は多分来月十日頃にならうかと思ひます」と六月十日ごろの出版であったことが推測される。「著想は『銀の匙』と同じ頃かと思ふが古い事で記憶に自信がない。著筆は『銀の匙』発表の後である」と角川書店版『中勘助全集』第二巻「あとがき」において中勘助が記すように、『銀の匙』後篇脱稿（大正三年一〇月）から約六年経過後、満を持して発表された作品である。

一　『提婆達多』における仏伝

中勘助が、度重なる寺社への仮寓と、和辻哲郎・宇井伯寿との交流によって、経典とインド哲学関連資料に触れていたことは既に拙稿[1]において指摘した通りである。中勘助は新潮社版巻末に参考資料として経典三一種とインド哲学書及び仏教書一五冊を挙げた。『提婆達多』に関する先行論文の中で、堀部功夫[2]は、小説の前篇三十、後篇五の場面と参考資料との対応関係を考察した。

本論では、新潮社版の表紙カバー写真の解読、和辻哲郎による『提婆達多』評再読、作者自筆書き入れ本の内容の確認を通して、『提婆達多』における仏伝の位置づけを探る。中勘助によって参考資料に挙げられ『提婆達多』本文への大きな影響が認められる山辺習学『仏弟子伝』（無我山房著、大正二年四月）における表現と比較し、中勘助の創作内容とその意図を考察したい。

（一）表紙カバー写真解読

新潮社版巻末の参考資料に掲げられた資料との対比により、表紙カバー写真は、堀謙徳『美術上の釈迦』[3]の口絵「印度バルフト仏塔彫刻（西暦紀元前第三世紀作品）」と、T. W. RHYS DAVIDS の *BUDDHIST INDIA* p.99 Fig.23 ANATHA PINDIKA'S GIFT OF THE JETAVANA PARK からの引用であることがわかる。前書の写真は、同書一七五頁に再掲された際の注記及び巻末「引用書類」によると Alexander Cunningham *The Stupa of Bharhut* Pl.57 から取られたという。

両書の解説にもあるように、このレリーフは、須達多長者が仏陀の教団に祇園精舎を建立寄進した物語を表わしている。その物語を次に記す。

写真7　印度バルフト仏塔彫刻
堀謙徳『美術上の釈迦』口絵写真

須達多長者が祇多太子の所有地を購入し教団に寄進しようとしたところ、祇多太子はその土地一面に黄金を敷き詰めることができたならばその黄金と引き換えに売ることを条件とし、須達多長者はそれを受け入れ寄進を果たした。レリーフ中央の急須状の瓶を持つ人物が須達多長者であり、瓶の水によって精舎献納の儀式を行う場面である。中央下の人物は、長者の商売における支配人であり、牛車によって運搬した金貨を計算し、横向きの従僕四人に四角い金貨を土地に敷き詰めさせている。レリーフ左側の合掌する人物は、臣下を従えた祇多太子である。

このレリーフにおける仏陀の不在を、中村元は「支配人の左側に玉垣でかこった菩提樹が見えるが、それは、釈尊の存在を暗示しているのである。これも、当時仏像のなかったことを示す。(4)」と説明する。

中勘助は、交流のあった和辻による「インドの古芸術と仏像の出現」(『思潮』第二巻第五号、大正七年五月)(5)の受容を通して、中村が示したと同様の理解を得ていたと推測される。

その論文における、バルフトのレリーフに関する和辻の主張は左記の通りである。

仏陀伽耶《ぶつだがや》やバルハットの石欄には奇古な手法を以て、神話的な仏伝や本生譚が浮き彫りにせられている。それは経典が芸術製作の目的を以て造られたのではないと同じく、純粋に装飾の目的で造られたものではない。ただ言葉によつて仏の奇蹟を物語る代わりに、図像を以て物語ろうとしたに過ぎぬ。従つて、経典が文学的作品として有するような欠点は、浮き彫りの作品にも同様に認められる。即ち物語ろうとする材料に圧迫せられて、その材料のより深い把握や、それを表現する形の美を閑却していることである。(中略)

仏陀の像は経典の内には詳細に描写せられている。しかしバルハット等の浮き彫りの仏伝には、決してその姿を現わさない。菩提樹下、金剛座上、帝釈窟内、――すべて仏陀の像の刻まるべき所には意味ありげに、

何物も刻まれていない。それはなにゆえであるか。（中略）
　初期仏身観に一つの解案を求めてみよう。ここでは肉身滅すれども法身存すという思想が力説せられている。法身とは法を以て身とするものの意で、釈迦の姿は新しくこの具体的な形において認められるのである。即ち肉身の代わりに法身を置き換えることが当時の説教者の関心事であった。人々は色相によらずして法身仏を見ることを教えられた。仏伝の浮き彫りを見る時にも仏の像のみは心中に幻の如く思い浮かべて、自ら図像の欠けたる所を補わなくてはならなかったのである。

引用前半において、仏伝をテーマにした文学作品及びバルフトの浮き彫りには、経典理解の浅さと表現様式における美の欠如が共通するという、和辻の芸術論が表された。後半において和辻は、バルフトの浮き彫りに仏陀の姿がない理由として、当時の仏身観を挙げ、見る人が心中に仏像を想像して図像を完成させたことを指摘する。
なお、『提婆達多』中、このレリーフが由来を伝えるところの祇園精舎が登場する場面は二か所ある。その一方は、後篇一、提婆達多の出家後の生活に言及した場面で「彼が日々の行乞から帰るにあたつて彼をまつところのものは、よしそれが祇園精舎や竹林精舎のごとき宏壮なる精舎であつたにせよ、些の温みも潤ひもないたゞの空室であつた。」とあり、他方は、後篇三、仏陀の教団の遊行生活の場に言及した場面で「それらの止住地のうちには摩伽陀の竹林、憍薩羅の逝多林に於けるごとき宏壮なる精舎もあつた。実にこの二つは仏陀が生涯幾十の雨期の最も多くを過したところであつたであらう。これらの苑林は大都城の郊外にあつて市中の塵煙に遠ざかり、閑雅寂静にして修道に好適の地であつた。そこにはいろ〳〵の蓮華花さき、檬果樹はかをり、棕櫚はそよぎ、竹葉は翠をした〻らす。そしてひとたび仏陀の足をとゞむるところ、貴賤僧俗のわかちなく皆この大聖をしたひて来り集り、また招待供養をした。」とある。

新潮社版では、筆者傍線箇所「祇園精舎」及び「逝多林」に「ぢぇーたわな」と振り仮名が振られており、それより参考資料 *BUDDHIST INDIA* に記載された元来の土地の所有者であった祇多太子の英語名 JETAVANA の読みを祇園精舎の振り仮名に採用したと考えられる。

またいずれも竹林精舎と並ぶ「宏壮なる精舎」として描写され、祇園精舎そのものが『提婆達多』中、大きな意味を持つとは考えにくい。しかし、その一方で祇園精舎同様、仏陀が雨安居《うあんご》をした耆婆伽《ぢーばか》の菴没羅園《あんまらをん》が後篇に登場し、阿闍多設咄路《あぢゃーたしゃとる》の悉達多との初対面の場面（後篇二十五、二十六）と結末場面（後篇三十、三十一）の背景となっている。結末において、菴没羅園で釈迦の教団が自恣《じし》を行っている傍ら、提婆達多は同園の菩提樹下で入寂し、その死に救いがあると中勘助は解説している。

これにより中勘助は、祇園精舎だけではなく仏伝に頻繁に登場する精舎全般と、菩提樹下にしかるべき人物が描かれないという仏伝レリーフの方法に興味を抱き、「印度バルフト仏塔彫刻」を表紙カバー写真に選んだと考えられる。

（二）和辻哲郎「『提婆達多』の作者に」再読

渡辺外喜三郎(6)によって昭和四一年までの『提婆達多』評は整理され、提婆達多を中勘助自身と見るか否か、結末に記された解説の意味、提婆達多の嫉妬と人間性がしばしば論じられてきた。

ここでは同時代評として当時中勘助と交流が深かった和辻の評を再読したい。『読売新聞』大正一〇年六月二一日から二三日まで、三回に亘って連載された和辻による同時代評「『提婆達多』の作者に」(7)は、中勘助が書簡において、同評で指摘された欠点に関し回答していることから、作品の構想とテーマを探究する際、言及を避けられない重要な評となっている。

　和辻が賞賛した点は、力強くかつ詩的な文体、部分としては古代インドの自然や生活の描写、人間の感覚的な描写の中からそこに動いている人間の心が浮かび上がる描写、全体としては題材の正面から取り扱う姿勢、提婆達多と当時の民衆の立場から悉達多を外面的に描く方法、全体の構図、前篇後篇の結末であった。

　中でも和辻の絶賛は、耶輸陀羅の描写に集中する。「ことに耶輸陀羅姫の描写に至つては実に敬服の至りです。君は姫の頸や手に巻いている真珠の感触を教えてくれる。その小さな臍の下の薄赤い玉珮のあとを教えてくれる。ほどよく温んだインドの水が姫の肌と髪をひたしている心持ちを教えてくれる。」「王族の一切の奢侈やその感覚的な陶酔が、畢竟耶輸陀羅姫の恋心を浮き彫りにする。ことに美しく描かれたのは、家を出た悉達多太子を恋い慕うて宮殿の望楼にのぼり、そこからインドの平野をのぞんで泣きくずれている耶輸陀羅姫、――仏陀となつた悉達多が昔の都城に帰つてくると聞いて、夜もすがらひとり子を愛撫して泣いている耶輸陀羅姫、――そこにはほとんど心理描写はなくして、しかも姫の心が底まで表されている」「作者が騒がずに落ちついて描いた耶輸陀羅姫の最後《ママ》は、恐らく篇中の白眉でしょう。」

　不満足な点としては、後篇の阿闍多説咄路挿話と全体とのバランス、作者が提婆達多の視点からその行動原理を表した「復讐」という言葉と、実際に作者によって描かれた提婆達多の行動原理との齟齬の二点が挙げられた。

　和辻宛、中勘助による大正一〇年六月二四日付書簡から、「阿闍世に付ては提婆達多に著《ママ》手する前に独立したものとして書かうといふ気があつたので私の頭の中では自然已《ママ》成の別物をくつゝける様な具合になつたからです。小宮はあまり力こぶを入れすぎて他との調和がとれないといつてきたのでした。がそれはさうしなければ私の虫が納まらなかつたのです。特にその当時の私の気持では。」と、『提婆達多』構想前に独立して阿闍多設咄路の話が構想されていたこと、中勘助には強調してその話を書きたいという強い思いがあったことが分かる。本論では、和辻が賞賛した耶輸陀羅の描写と中勘助が固執した阿闍多設咄路の挿話を手掛かりに『提婆達多』における仏伝の位置づけを考えたい。

(三)　耶輸陀羅の描写

①作者書き入れ本より

『銀の匙』改訂版に関する拙稿[8]において、中勘助は「末子様」宛献呈本に書き入れを加え、作品の改訂に繋げていた仮説を示した。

その『銀の匙』と同様に、「末子様」との献呈相手名と「中」という作者名が内表紙に記されている新潮社版の第六版（大正一一・三・二五）には、三か所書き入れ箇所（表1）がある。いずれも赤色鉛筆による傍線である。

表1　作者書き入れ本における書き入れ

No.	新潮社第六版『提婆達多』の頁・行	岩波書店版『中勘助全集』第二巻『提婆達多』中の頁・行	赤鉛筆による傍線箇所
①	四六頁・一行	三四頁・一〇行	それは風に似て捕へやうもない愛であつた
②	五四頁・一二行	四〇頁・一三行	といふよりは寧ろ拵へてゐた
③	八六頁・四～五行	六二頁・六～七行	悉達多の名はいつしか二人のあひだの禁句となつてしまつた

書き入れ箇所の内容を要約すると、表1①の箇所は、悉達多《しっどはーるとは》による耶輸陀羅《やしょーどはーら》への愛を耶輸陀羅の視点から形容した表現、②は、羅睺羅《らーふら》の外見に悉達多との類似点を無理に重ねて見ようとする耶輸陀羅の悉達多を恋慕する心理表現、③は不倫を行う耶輸陀羅による悉達多への罪悪感の表現、である。

この書き入れ箇所から推測されるのは、中勘助は耶輸陀羅の心理描写に重きをおいて、改訂の思案を巡らせていたということである。この傍線箇所の耶輸陀羅像は、夫である悉達多に捨てられた悲嘆にくれる妻として、提婆達多との恋愛関係と世間的な立場との間で煩悶する女として、設定されている。

ここに新しい耶輸陀羅像が描かれており、このように一女性として描かれた耶輸陀羅の意味を考えたい。

②悉達多、耶輸陀羅、提婆達多の三角関係に言及した仏伝等

悉達多、耶輸陀羅、提婆達多の三角関係に言及する仏伝及び仏伝に基づいた文学作品は、『提婆達多』以前にも存在する。

『仏弟子伝』「第二十二提婆達多伝」には、『根本説一切有部毘奈耶出家事』と Rockhill による『西蔵仏伝』*The Life of Buddha* に基づく次のような説が紹介されている。

> 更に伝ふる所によれば、彼（筆者註、提婆達多）は沙門として最勝者になることが出来ないのを見て、今度は方向を転じて迦毘羅城に行き、再び俗に還りて其国を支配せんことを企てた。彼は先づ妃耶輸多羅を口説き落して己の室になさんと思うた。さすれば幾分なりとも釈尊に対する怨を霽すことも出来る道理である。この時恰も釈種の人々は、王妃耶輸多羅を王位に即けたいといふ希望をもつてゐた。提婆は之を聞いて、

直に耶妃を訪れて、彼女の手を執り、共に一国を支配しやうではないかと、云うた。耶妃は驚き瞋りて提婆の手を振り払ひ「妾の夫は只一人に在はします。家にゐては四天下を領する人、今は出家して如来世尊となつてゐらせらる〻。汝の如き愚の無頼漢は、手を触れるだにけがらはし」と女の一念、流石の提婆を地上に投げたといふことである。

三井光弥は『独逸文学に於ける仏陀及び仏教』[9]において、二〇世紀初頭のドイツにおいて成立した、悉達多・提婆達多・耶輸陀羅の三角関係を描いた戯曲を紹介した。仏伝の歌劇化を果たしたマックス・フォーグリヒの『仏陀』（明治三四年）の特徴に言及した際、中勘助の『提婆達多』にも次のように触れている。但し、前出の渡辺が整理した『提婆達多』評の中で三井の論は触れられなかった。

　この曲に於て最も注意すべき作者の働きは、仏陀の従弟デーヴァダッタを讐役として登場せしめ、これに重大な役割を演ぜしめたことである。仏伝に於ては単に仏陀の法敵である彼をして、ヤショーダラに対する熱烈な横恋慕に燃え立たせ、仏陀との間に一種の三角関係を形成する事によつて劇的葛藤を作らうとする技巧は、この次のゲレロプの『覚者の妻』の先駆をなすものである。我が国では、中勘助氏の小説『提婆達多』（大正九《ママ》年）が、デーヴァの熱烈執拗を極むる愛と嫉妬と復讐心を心理的に描写して、深刻を極めてゐる。

このように『根本説一切有部毘奈耶出家事』と『西蔵仏伝』だけでなく、仏伝に着想を得たマックス・フォーグリヒの『仏陀』及びカール・ゲレロプの『覚者の妻』等、耶輸陀羅を主たる登場人物に置き、耶輸陀羅と提婆達多との関係を描いたものは珍しくなかった。

しかし、これらの作品では、耶輸陀羅は提婆達多の目的を知り、提婆達多を拒み仏陀に帰依するという結末を迎える。この点で中勘助の耶輸陀羅像と大きく異なる。

③中勘助による独創的耶輸陀羅像

『仏弟子伝』「第八羅睺羅伝」に「普通の人間生活の上から云へば耶輸陀羅姫ほど悲惨の女性は少ないと云はねばならぬ。夫にも棄てられ、子にも見離され、身は寄辺なき孤独を守らねばならぬ。そしてこの不幸を持ち来した者は誰であるかと云へば、大聖釈尊に帰せねばならぬ。これが一般の人情である。」とあるように、従来、捨てられた悉達多の妻、羅睺羅の母として無性格に描かれてきたのとは対照的に、和辻も指摘したように『提婆達多』における耶輸陀羅は、自分のもとを去った夫を恋慕するあまり子どもを溺愛する貞節と慈愛にあふれた若妻、母親として、一旦、提婆達多の情人となっては愛人との逢瀬に胸をときめかす生き生きとした女性として描かれた。

この設定が男女間と親子間の愛の相違に言及するために必要だったことが、次の引用から分かる。

親の愛、子の愛、それはいかに深くとも異性に対する愛とは本質的にちがつたものである。そして此は彼を代償し得るとも彼は此を代償することができない。そこに消しがたい悲があつた。寂寥があつた。空虚があつた。そしてそれがまた一層彼女の心を愛人の形見にして二人の愛の結晶なる羅睺羅に対する溺愛に転ぜしめた。（中略）

「提婆達多、このまあ口もとをごらんなさい。悉達多に生きうつしではありませんか。そしてこの小さな耳朶の形は私に似てはゐませんか」

羅睺羅は母そのまゝで父の俤などは微塵もなかつた。それにもかゝはらず彼女は無理にもそこに悉達多を見出さうとした。といふよりは寧ろ拵へてゐた。（中略）

「いつまでもみすてずに……私はもうなにもかもすてゝしまつたのですもの……」（中略）

たゞかやうな恋がしれたならば凡てのものは理不尽に彼女を棄てるであらう。恐らくは羅睺羅さへも。彼女はそれを思ふだけでもたまらなかつた。彼女はあらゆる周囲の不興と敵意に身をさらすのかと思へばなんともいへぬ寂しい情ない気持がした。そしてさう思へば思ふほど生憎に提婆達多が恋しかつた。今や彼は彼女の頼みうる唯一の凡てのものであつた。彼女の恋は命がけであつた。

以上により、男女間の愛情の欠損を子どもへの溺愛で補おうとする努力空しく、子どもを捨てる覚悟と命を賭けた提婆達多との恋愛に陥っていった耶輸陀羅の恋の必然性が説明された。作者は、耶輸陀羅の人生において異性への愛情を母性愛より上に置き、魅力的な異性との恋に生きる意味を見出す女性像を描こうとしていたことがわかる。

次に耶輸陀羅の死に付与された意味について考察したい。

自刃という行動が意志的である半面、耶輸陀羅の死に至る心理描写はなく、「貞操に関する因襲的思想と恋との二つの手に引き裂かれた」という作者によるその解説のみにその理由が記された。その細かな心理は、その前日前夜の「耶輸陀羅はこの日片時も羅睺羅をはなさず終日部屋に閉ぢこもつて誰にも顔をあはさなかつた。（中略）彼女はひと夜を羅睺羅の寝顔をうちまもりつゝ、泣き明した」という行動と、翌朝「この時、迦毗羅婆蘇都《かびらばすつ》の市民たちは、摩伽陀の大王をしも跪かしめたる人の、鉢を持し、目を伏せ、黙然として佇みつゝ、家より家へと食を乞ひ歩くのを見た。耶輸陀羅もまた宮殿の窓を開き、涙にくれる眼をもつて、さがなき羅睺羅の怪訝を受けつゝ、その姿を見守つてゐた。」という行動、釈尊帰城の折、羅睺羅に「お弟子にしてください。お弟子にしてください。」と仏陀の法衣にすがって言うよう教えた行動のみから、推測するほかない。

耶輸陀羅が一乞食僧となった悉達多に羅睺羅を託すことは、さながら羅睺羅も同じ乞食僧にさせることである。客観的にはこれを母として子の幸せを願う行為として考え難いが、王城での生活より出家を選んだ悉達多の生き方を耶輸陀羅が認めたと理解されよう。これにより母としての責任を果たすと同時に一女性としての人生を自らの意志によって終結させるという中勘助の設定が窺い知れる。

既出の『仏弟子伝』における耶輸陀羅は次のような人生を送る。

帰城の折、羅睺羅に父である釈尊から、眼に見えない遺産をもらうように伝え、釈尊の後を追い出家する羅睺羅を見送る。羅睺羅を失った耶輸陀羅は釈尊の教えに触れ、容易に無執着の法味を味わうことは出来なかったが、終には羅睺羅の後を追い出家する。

『提婆達多』では、釈尊の教えに触れることなく、自らの生を絶つところに耶輸陀羅の罪の意識の重さが浮き彫りにされた。そこに、『提婆達多』後篇の阿闍多設咄路の挿話において、親子間の愛と男女間の愛との相違が説明される際に言及される罪悪や嫌悪など悪感情との共通性が現れた。

（四）　提婆達多の最期

小宮豊隆「解説」（角川文庫版『菩提樹の蔭・提婆達多』昭和二七年三月）、河盛好蔵「解説」（『中勘助・内田百閒集』〈現代日本文学全集七五〉筑摩書房、昭和三一年六月）によって指摘が重ねられている通り、小説前篇における耶輸陀羅の役割として「彼女はこの悪病に悩める者に、姉妹となり、母となり、凡のものとなつた。日は耀いた。提婆達多は生れた。彼女は餓ゑたる彼に醍醐となり、生の力となつた。」と提婆達多を新生させる力と、提婆達多に改心の機縁をもたらす誠実な愛を与えたことが挙げられる。

後篇における提婆達多の回想の中にも耶輸陀羅は登場する。先人による指摘は未見だが、その中で特に重要な役割を果たすと考える後篇二十九の引用を次に記す。

彼（筆者註、提婆達多）の渇愛する凡てが彼を見棄て、今や命までが彼を見棄てんとしてゐるこの絶体絶命の時にあたつて、提婆達多が恋うてやまぬところのものは耶輸陀羅であつた。（中略）

「耶輸陀羅よ、卿は私をおいて何処へ行つた」

彼は彼女が何処へ行つたかを知らない。はた己が何処へ行くかをも知らない。

かゝる苦悩のうちに彼の命は燈火の明滅するが如くにしてやうやく終りに近づいてきた。彼は愈決心した。

「私は決して悉達多にひとり勝利者の日を楽ませはせぬ」（中略）

「私は悉達多に告別のため明日早暁曷羅闍姞利哂へ行く。轎の用意をしておくやうに」（中略）

提婆達多は人目をぬすんで手ばやく剃刀を法衣のしたにかくした。彼は三間達多と瞿利迦にたすけられてからうじて立ちあがつた。そしてうす暗い燭火に照されたみすぼらしい部屋――それはこの時までも恐しい火宅であつたところの――に最後の一瞥を与へたのち、跆きながら戸口のはうへ力ない足をはこんだ。輌夫のもつ炬火の光をうけて病みほうけたその顔がまつかに見えた。彼は輌に乗らうとした。

「提婆達多」

提婆達多はよろ〳〵とした。そして死人のやうな顔をして何物かを捜すやうに庵室のなかを凝視した。彼は悄然として輌にのせられた。それは忘れもせぬ耶輸陀羅の声であつた。

以上は、提婆達多が悉達多を殺害する意図をもって告別の旅に出かける折、既に亡くなった耶輸陀羅が自分の名を呼ぶ声を聞く。提婆達多が耶輸陀羅の声に気づき姿を捜す行為のみ描かれ、その声をどのように受け止めたのかに関する心理描写はないが、耶輸陀羅が提婆達多を見守っていることが暗示された。地上にあって提婆達多に良心と誠実を教えた耶輸陀羅の無私の愛が、天上的な愛に昇華したことを示す場面と言えよう。

この場面があるため、結末における提婆達多の末期の描写とその解説、「彼は水を呼ばうとしたがすでに遅かつた。彼はひとつふたつ魚のやうに喘いだ。そして苦しい長い一生をへた。もしそこに我々に救があるならば、提婆達多こそまことに救はれるであらう。提婆達多が救はれずば、我々の誰が救はれるであらうか。」という中の表現は生きてくる。

昭和四〇年春、川路重之氏がこの箇所について悪人正機説に基づいた解釈を認め、中勘助に書簡を送ったところ、「そうではありません。あれは、あのまま読まなくてはいけないのです」という内容の返書があったという。(10)

問題箇所を素直に読めば、作者を含む一般の凡夫と提婆達多にとって一切の悩みから解放される死が救いだということになる。川路氏は「それでは、彼が救われる理由はどこに求められるか。耶輸陀羅への『愛』ゆえと考えることもできる。」と述べる。死に際してなお、提婆達多が求めてやまぬ、天上の愛で提婆達多の魂を見守る、聖母的な耶輸陀羅の存在が、川路氏を始め私たちをして提婆達多に共感させる要因となっているのは確かである。
提婆達多最期の場面の時代設定は、耆婆伽《ぢーばか》の菴没羅園《あんまらをん》にて、雨安居最終日の七月一五日、釈尊と一二五〇人の比丘が身口意の所作における過ちを確認し合う受歳を行った時のことである。後篇三十において次に掲げる釈尊と比丘を称える偈文によって場面は最高潮を迎える。
浄き十五の日
集るもの千二百
煩悩の岸べをはなれ
生死の海をこえぬ
世尊は大導師
如来は大船師
慈悲の御手をのべて
あまねく衆生を度したまふ
千二百五十人
みなこれ真仏子

よく愛欲の刺を断ち
みづから帰命し奉る

これは、『仏弟子伝』「第五舎利弗伝」中「自恣《じし》の一日」に記載された次の詩から着想されたと分かる。同書によると「雑阿含経」第四十五、「増一阿含経」第二十四の竹林精舎における自恣の聖日を教団唯一の詩人婆耆舎《はぎしゃ》が詠んだ詩と解説されている。

清浄《きよ》き十五の日
集るもの五百人
みな煩悩の汚れを離れ
広き解脱を獲て
生死の縛は已に絶えぬ。

五蓋の雲はれて
愛欲の刺《とげ》なく
林中の師子王の如く
畏るものはなし。

有漏の敵を払ひ
有為の境も越えぬ。
かの輪王の眷属《やから》を懐ふ如く
慈心広く世を愍みて
海内の人尽く帰しぬ。

あゝ無上の導師
真の法王子
三明円にして
老死の悩みなく
輪廻の患《うれへ》なき
聖衆を敬礼し奉る。

中勘助の詩文の方が短く内容にまとまりがあり意味が分かりやすい。
この詩文に詠まれた釈尊の教団の教えが、直前の章、後篇二十九における提婆達多の悉達多への嫉妬と瞋恚《しんい》、耶輸陀羅への愛慕の心と対照的であることが分かる。煩悩と愛欲を絶つことのできない提婆達多が教団にとって仏陀の教えから外れた異端であったことが強調される場面の配置である。

(五)　阿闍多設咄路の挿話

①肉親への愛憎というテーマ

『仏弟子伝』「第二十二提婆達多伝」における阿闍《あじゃー》多設咄路《たしゃとる》の逸話を要約すると、次のようになる。

提婆達多に唆された阿闍多設咄路は、父王頻毘娑羅《びんびさーら》を退位させ、王位を揺るぎないものにすべく餓死させようと幽閉した。愛児優陀耶《うだや》の指先にできた腫物の治療を機に、愛児に対する自分の愛と父王による自分への愛に違いがないことに気づき、罪のない父王を死に至らしめた罪悪感に苦しんだ。この時、忠臣耆婆の勧めで、耆婆伽の菴没羅園にて雨安居中の仏陀に面会し、懺悔し帰依した。これによって、提婆達多の教団は最後の援護者を失った。

小説では、子供を巡る価値観の違いを巡って、阿闍多設咄路と頻毘娑羅は対峙し、緊迫感溢れる対話が繰り広げられる。頻毘娑羅は親の立場から、子供を夫婦の愛情の記念物、所有物として説明し、親の恩を掲げて阿闍多設咄路に改心を迫った。

それに対し、阿闍多設咄路は子供の立場として独立した人格として扱われる正当性を挙げ、頻毘娑羅と韋提《ばーいでー》希《ひー》夫人間の性欲行為の記念物として自身が生の苦痛を感じていることを説明した。

しかし、その一方で阿闍多設咄路は自分の妻子に対して父王への説明に用いた思想感情を適用することができない矛盾を感じている。つまり優陀耶跋陀羅を自分と夫人との性欲行為の最初の貴い記念物として認めることができないのである。また、同時に両親に対する情愛を自覚しているのである。以上のように「肉親愛に対する否定的意思と肯定的感情が烈しく対立する」構図の中、論理的思弁において自らの矛盾に悩んでいる点が、中勘助による阿闍多設咄路像の独創である。

そして、釈尊への帰依も「彼を苦しめたところの矛盾は仏陀の教誡によつてすこしも解かれはしなかつた。たゞその矛盾をそのまゝに彼をして人の子の常道にかへらせたものは仏陀の偉大なる人格の力であつた。」と、帰仏してもなお、阿闍多設咄路の矛盾は解消できなかったことが示された。

②テーマ設定の背景

阿闍多設咄路は両親からの愛情に対する報恩を説く頻毗娑羅へ「私はさやうな情愛に対して深い厭悪と軽蔑とを抱かざるを得ない。最後に、私は見らるゝとほり現世の幸福を擅にし得る境涯にあり、現に存分それに耽溺してゐる。それにもかゝはらず私はいかにしてもうち消すことのできぬ生の苦痛を覚える。私は生を呪ふ。飽くまでも呪ふ」と厭世的な心境を吐露する。これは、前作『銀の匙』と日記体随筆「孟宗の蔭」の次のような記述と重なる。

私は学校へあがつてから「孝行」という言葉をきかされたことは百万遍にもなつたらう。さりながら彼らの孝道は畢竟かくのごとくに生を享け、かくのごとくに生をつづけることをもつて無上の幸福とする感謝のうへにおかれてゐる。そんなものが私のやうに既にはやく生苦の味をおぼえはじめた子供にとつてなんの権威があらうか。私はどうかしてよく訳がききたいと思ひある時みんなが悪性の腫物のように触れることを憚つて頭から鵜呑みにしている孝行についてこんな質問をした。

「先生、人はなぜ孝行しなければならないんです」

先生は眼を丸くしたが

「おなかのへつた時ごはんがたべられるのも、あんばいの悪い時お薬ののめるのも。みんなお父様やお母様のおかげです」

といふ。私

「でも僕はそんなに生きてたいとは思ひません」

私は絶えず「自殺」と「出家」を思つてゐる。

（『銀の匙』後篇十）

（「孟宗の蔭」大正三年六月二十六日付）

以上のような自己の生を否定する表現が、中勘助の文学には多く表れる。後者の引用からは、自殺と出家が中勘助の関心事であり、『提婆達多』でこれらが扱われたことには深い意図があると分かる。兄との不和を中心とする中勘助の伝記的問題と関連して厭世感を解説する先行論文が多く認められる中、中勘助の心的傾向の反映として、阿闍多設咄路の挿話にも厭世感が色濃く表れたと考えることが自然であろう。

(六)　まとめ

一度は仏陀の教団で悟りを求めたものの、五欲に迷い嫉妬に苦しむ我執の人・提婆達多、そこに中勘助は人間の本性を、普遍的人間性を重ね合わせ観た。提婆達多の心が悉達多と悪念という内外の敵に敗れていく過程において、死は悪念を停止させる救いとして描かれた。その救いは悉達多の教えによる救いではない。自然の摂理による救いである。『提婆達多』では、耶輸陀羅も仏陀の救いからもれた人として描かれる。新潮社版表紙カバー写真であるバルフトの浮き彫りには、女性が登場しない。当時のインド社会において布施の基となる経済や政治を司っていたのが男性に限られたからであろう。仏陀の救いや慈悲から遠い人の象徴として、作中仏陀の救いや慈悲に与らなかった外道・提婆達多と女性・耶輸陀羅が描写されたと想定できる。

提婆達多が死の直前に耶輸陀羅の声を聞く後篇二十九によって、『提婆達多』は愛の奇蹟を描いた文学と位置づけられる。

また、後篇の阿闍多設咄路の挿話結末に、論理的思弁において自らの矛盾に悩み悪行を行う若者に対し、矛盾はそのままに、人道に帰らせることを優先させる仏陀の現実的な方便が描かれたが、それを解説せずにはいられない点に作者の強い意図が感じられる。

耶輸陀羅の挿話において、子への愛と愛人への愛が対立し引き裂かれる様を悲劇的に描いたこと、仏伝中の悪人の象徴、提婆達多の「野獣的な悪性のうちに野獣的なうぶな正直」が秘された性格を描いたこと、阿闍多設咄路の「肉親愛に対する否定的意思と肯定的感情が烈しく対立する」心情を描いたこと、結末において仏陀の慈悲や悟りに与らずとも男女間の愛と死という自然による救いを提示したこと、これらの点から、中勘助は〈悉達多〉対〈提婆達多〉という、大きな構図の内に、一個人の性格における矛盾と対立、そして救いの価値観における矛盾と対立を描いたと言える。それは同時に、仏伝に登場する一個人の性格中の多様性と、救いの多様性を示すことに繋がる。中勘助は仏伝を現実的に解釈したのである。

提婆達多の伝承を基に、仏教学的視点からその行動様式の是否を考察する研究論文が多い中、中村元は、「原始仏教の成立」(11)において、原始仏教における提婆達多の位置づけについて興味深い見解を示している。それは、古代インドにおいて、仏陀と称された人物によって説かれた仏陀になるための教えは、後代まで伝承されなかったものの、釈尊が説いた教え以外にも複数存在する、その点から釈尊と教義を異にした提婆達多とその思想も再評価されるべきだ、というものである。

釈舎幸紀は、「彼（筆者註、提婆達多）が異端視されたのは教団分裂よりも、正統派の妬みや反発があったためであり、彼に対する悪者視は釈尊の神聖化と平行していることによるのであろう[12]」と提婆達多を擁護する。

『提婆達多』初版刊行当時、中勘助と交流のあった宇井伯寿は、『印度哲学研究』にまとめられることになった釈尊の生没年や弥勒が実在したかなど、仏教説話に登場する仏陀と仏弟子の行跡と思想を文献学的に研究していた。

提婆達多を悪者に位置づける要因となった釈尊とその教団を謙虚に描きつつも、中勘助が『提婆達多』において、提婆達多の陰影に富んだ性格と悲劇的な人生を描いた点は、提婆達多再評価の道を開いたのである。

二　『銀の匙』から『提婆達多』に至る救済の思想

前節とのつながりから、本論において次の先行研究から解明された、作品末尾の提婆達多の「苦しい長い一生をへた」臨終場面に伴う「もしそこに我々に救があるならば、提婆達多こそはまことに救はれるであらう。提婆達多が救はれずば、我々の誰が救はれるであらうか」という救済のテーマに関し、『銀の匙』後篇執筆時における源信（恵心僧都）の思想から、『提婆達多』における原始仏教思想への展開を論じる。

（一）先行研究から導き出された諸点

先行研究として『提婆達多』における「苦しみ」と「救済」に言及したものを次に挙げる。

①和辻哲郎「『提婆達多』の作者に」（『読売新聞』大正一〇年六月二一～二三日）。『和辻哲郎全集』第二二巻（岩波書店、平成三年三月）に収録された。

「提婆達多を自分の心によつて内から照らし」たことで、「提婆達多の――我々と同じ増上慢心の持ち主の――苦しみの深さを明らかにした」と描写の視点を評価し、提婆達多の「仏陀に打ち克とうとする心」が「悲劇的な没落に導く」ことを指摘した。

②小宮豊隆「解説」（角川文庫版『菩提樹の蔭・提婆達多』昭和二七年三月）

提婆達多の救いは「耶輸陀羅に対する態度の変化によつて示唆されてゐる」奇跡と言うべきものであり、「奇蹟といふものが元来外から来るものではなく、実は内から来るものである以上、提婆達多の救ひの可能性は、既に提婆達多の内に含まれてゐた」と論じた。後半の阿闍多設咄路の挿話についても「我から解放され、更に悉達多に帰依することによつて、真の救の道に足を踏み入れる」と内面からの救いに言及した。

③小宮豊隆「中勘助の作品」（『中勘助・内田百閒集』〈現代日本文学全集七五〉筑摩書房、昭和三一年六月）

「人間固有の『嫉妬』、もしくは『我』」が「観察」された作品であり、これは「中のなかの『嫉妬』、中のなかの『我』、或は中のなかの『煩悩』、中のなかの『地獄』を、覆ひ隠すところなく、赤裸裸に告白しようとしたものである。――中は『提婆達多』の最後に、『もしそこに我々に救があるならば、提婆達多こそまことに救はれるであらう。提婆達多が救はれずば、我々の誰が救はれるであらうか』と言つている。ここには中の『命』が賭けられ、中の『救ひ』が賭けられてゐると、言つて差支えないのである」と、提婆達多と作者を始めとする普遍的人間の内面との近似を示した。作品が人間存在にとっての「地獄」即ち提婆達多にとっての「地獄」を描いていると指摘した点が②に加わり新しい。

④河盛好蔵「解説」（『中勘助・内田百閒集』〈現代日本文学全集七五〉筑摩書房、昭和三一年六月）

②の小宮説を継承する。

⑤関口宗念「『銀の匙』に於けるペシミズム」（『聖和』第二号、昭和三三年一一月）。「『提婆達多』に於ける悪」（『聖和』第三号、昭和三六年一一月）。「「仏陀の慈悲」―中勘助と仏教―」（『聖和』第四号、昭和三八年一二月）。『中勘助研究』（創栄出版、平成一六年五月）に収録された。

『銀の匙』で「心ゆくまで追懐」した後に、「次の作品『提婆達多』『犬』に於て、本格的フィクションの中に、人間の『地獄』や『生活』を追求して行く」と、『銀の匙』と『提婆達多』のテーマの相違を浮き彫りにしている。「デーバダッタ」を通じて描かれた「人間悪の縮図」「地獄図絵」を描き出していると指摘した。また中勘助が「原始仏教説話」を基に『提婆達多』を創作しながらも嫂《あによめ》の影響下、「浄土門に関する知識の豊富さ」を「みちをしへ」の詩文に発見した。

⑥藤原久八「『提婆達多』考」「『提婆達多』の主題」（『中勘助の文学と境涯』金喜書店、昭和三八年五月）

『銀の匙』が「漂う美の情緒の世界」を描いたのに対し、『提婆達多』は前篇に「醜悪たる嫉妬心」、後篇に「人間の性欲」を主題としておいた「人間のなかの醜悪なるもの」を描いた作品として位置づけた。『提婆達多』の末文を中勘助の「悲願」とし、提婆の「生きながらの救い」は耶輸陀羅との恋にあったとする②の小宮説を踏襲したもの。

⑦山室静「中勘助の世界」（『法政』第一五七号、昭和四〇年六月）。『愛読する作家たち』〈山室静著作集四〉（冬樹社、昭和四七年九月）に収録された。

「『銀の匙』だけでは中勘助を理解するのは不十分で、少なくとも『提婆達多』と『犬』を読まなくてはならない」と述べた上で、『提婆達多』と『犬』二作の共通点として、「愛欲の妄執の深さ、女をめぐる嫉妬の生む迷いと狂乱の救いがたさ、そして憐れさ」という主題を挙げる。これらの主題の背景にある、当時の中勘助が抱えていた義姉との関係に言及した。

⑧奥山和子「『提婆達多』考―卒論ノート抜粋」（『静岡女子大学　国文研究』創刊号、昭和四三年六月）

日本女子大学国文学科に昭和四二年に提出した卒論を基にした論考。昭和四四年頃私家版『中勘助の思想』に収録された。

バラモン教・原始仏教における「救い」を「輪廻よりの解脱」とした上で、『提婆達多』登場人物それぞれの「救い」について論じた。提婆達多の「救い」に関して「愛憎の苦悩の中の覚醒に人間の成長を見ることで、その人間の生き方を肯定したのが、救いである」と述べ、「彼は癩に崩れた者がもとの姿にこがれるやうに出来るならばこの苦しい記憶を忘却の海に投じて今一度清浄無垢な提婆達多として生れかへつてきたいとねがった」という自己中心的な性格が悲劇の根源であるとした点では①の和辻説を継ぐ。

⑨渡辺外喜三郎「小説から童話へ『提婆達多』」「『提婆達多』をめぐって」（『中勘助の文学』〈近代の文学九〉桜楓社、昭和四六年一〇月）

『提婆達多』を「人間のこころの暗黒部分」と位置づけ、「嫉妬のあくなき狂乱」を主題と指摘した。嫂への恋情と道徳のはざまで苦悩する中勘助像を提婆達多に投影し、「希求憧憬の『銀の匙』の時代は過ぎ、自ら求めて求め得ざる愛と平和の禍根を自己のなかに見出した」とする。また先述した①～⑦の先行論文の解題を行った。本論では取り上げなかったが、嘉村礒多の安倍能成宛書簡（『嘉村礒多全集』下巻、南雲堂桜楓社、昭和四〇年九月）における、嘉村の『提婆達多』へ対する不満を、絶対帰依の仏陀を信仰する立場ならではのものと先行する論として挙げた。

⑩荒松雄「解説」（岩波文庫版『提婆達多』昭和六〇年四月）

荒松雄はインド・イスラム史家。愛憎共存の微妙な人間感情を「仏教興起時代の異国の人物に仮託して」作者を代表とする普遍的な人間の愛憎の境地を描いたと③の小宮説を継ぐ。

⑪三好行雄「中勘助・人と作品」（『昭和文学全集』第七巻、小学館、平成元年五月）

「悉達多はついに耶輸陀羅を救えなかった」ことから、「中勘助の描く悉達多はむしろ無力においてきわだち、提婆達多の破滅は救済を拒む人間の無明を彷彿する」と論じた。末尾の表現に関しても「ひとの説くほど重くは響かない」と否定的である。

⑫川路重之「中野新井町」（岩波書店版『中勘助全集』第二巻月報、平成元年一一月）

作品末尾の悪人正機的解釈（「提婆達多は悪人である。もし彼が救われないならば、他にも仏性から遠いゆえに救われない人々が残るだろう。それでは仏陀の慈悲に限りがあることになる。それゆえ提婆達多こそ救われなくてはならない」）を中勘助に尋ねたところ、「そうではありません。あれは、あのまま読まなくてはいけないのです」と回答があったことを記した。「耶輸陀羅への『愛』ゆえに」「光明への希求ゆえ」と救われる理由に言及する。

⑬堀部功夫「『提婆達多』の参考書」（岩波書店版『中勘助全集』第二巻月報、平成元年一一月）

作品の典拠や他作家への影響に関する論について以下に挙げる。

山辺習学『仏弟子伝』（無我山房、大正二年四月）とその原拠漢訳経典「増壱阿含経」、堀謙徳『美術上の釈迦』（博文館、明治四三年一〇月）とその原拠漢訳経典「本行集経」と本文（後編五と前編三十）、そして新潮社版単行本表紙カバー写真から『提婆達多』への影響を論じた。

⑭平山城児「中勘助『提婆達多』」（『国文学 解釈と鑑賞』第五五巻第一二号、平成二年一二月）。『現代文学における古典の受容』（有精堂出版、平成四年一〇月）に収録された。

典拠となった仏典、⑬で示された『仏弟子伝』等の借用、引用部分と創作部分を指摘した論。五分律、未生兎経、観無量寿経を『提婆達多』後篇阿闍多設咄路物語の典拠と位置付けた。

⑮市川浩昭「中勘助『提婆達多』とシェイクスピア『オセロ』―嫉妬をめぐる作品構造と人物造型に関する一考察―」（『上智大学国文学論集』第三九号、平成一八年一月）

和辻が評価した「仏典上の悪人を我執に囚われた人間として再構築した」『提婆達多』の描写と造型の手法に注目し、中勘助が漱石を通じて受容したシェイクスピアの「オセロ」における「イアゴーとオセロの嫉妬の性質」として「自分にないものに対するねたみ」「自身が所有するものを失くしたり、奪われたりすることへの恨みと怒り」の二種を挙げ、『提婆達多』における「嫉妬に囚われた主人公の造型」への影響の可能性を探ったもの。

「嫉妬に囚われた人間の地獄絵図」という主題理解は、同氏による「中勘助の嫉妬観」（『国文学』第五四巻第一〇号、平成二一年七月）に引き継がれていく。

⑯工藤哲夫「土神と狐の物語―那珂（中勘助）『提婆達多』からの影響―」（『女子大国文』第一三六号、平成一六年一二月）。『賢治考証』〈近代文学研究叢刊四五〉（和泉書院、平成二二年三月）に収録された。

宮沢賢治の作品への『提婆達多』からの影響を論じた。

⑰木内英実「中勘助の『提婆達多』における仏伝」（真鍋俊照編著『密教美術と歴史文化』法蔵館、平成二三年五月）

⑫⑬の論を再考し、新潮社版単行本表紙カバー写真を T.W.Rhys Davids の Buddhist India に典拠し、本文中

の地名フリガナに同書英語表記の地名の音が採択されていることを指摘した。また和辻が評価した耶輸陀羅の描写に着目し、手沢本の書き入れ箇所との照合により作者が耶輸陀羅の心理描写に苦心していたことを解明した。また仏陀・耶輸陀羅・提婆達多の三角関係を描いた二〇世紀初頭のドイツ戯曲と本作との相違点を示した。悪念が停止する「死」が提婆達多にとって「救い」となる「救い」の多様性について言及した。

以上の先行論文の確認により判明した課題を次に示す。

先行研究の大部分が『銀の匙』と『提婆達多』は趣の異なる対照的な作品として位置づけており、救済のテーマについて、『銀の匙』から『提婆達多』への連続性や発展性を示した論を発見することはできなかった。

⑤の関口論において中勘助による原始仏教への志向性と併せて浄土門への理解が指摘されたが、具体的な思想並びに源信（恵心僧都）の思想受容についての言及を認めることができなかった。

③⑤⑮の論が述べる提婆達多の「地獄」について、中勘助の思想における「地獄」のイメージとの照応を認めることができなかった。

以上を研究の観点とし、中勘助の経験や受容した思想の文献研究を中心に論じていく。

（二）　比叡山横川の恵心堂における中勘助と安倍能成の体験

先述した通り本作が構想されたのは「『銀の匙』と同じ頃」で、「上野の山内にいる間に天台宗大学の蔵経を借りたりして準備」したという『銀の匙』後篇が、中勘助が上野寛永寺山内真如院にいた頃、「同宿の坊さんから山内の他の坊さんに伝はり（中略）話が都合よくすすんで横川の恵心堂においてもらふことにきまつた」[13]という経過の中で、大正三年の夏「数十日」を過ごした横川の恵心堂で『提婆達多』が書かれたことは「水尾寂暁師と三千院」「鶴林寺」等、京阪見学の感想に併せて当時、横川で交流を持った水尾寂暁師、渋谷慈鎧師を回顧する「古国の詩」に詳しい。ちなみに横川の恵心堂は「円融天皇の永観元年に摂政太政大臣兼家公が慈恵大師のために創建」し、「恵心僧都が念仏三昧を修し給うふた旧蹟」と『将此大乗　比叡山史之研究』(14)に記される。

その際、中勘助が安倍能成に同行していたことは、安倍による追悼文「中勘助の死」(15)に詳しい。そこには「大正三年、叡山横川の恵心堂に同居した時、私の畳を掃くのを見て、彼が『どんなに僕に気に入られようと思つたつてだめだよ』といつた詞に対しては、私は実に生意気野郎だと思つて、怒り心頭に発したことがある」とあり、いつも円満だったとは言い難い滞在の様子が窺える。

しかしその際、山寺で二人の印象に残ったものは二人の作品から、共通する事が分かる。「鶴林寺」(16)に収録された中勘助の詩「みちをしへ」を次に記す。

みちをしへ

若い日の思ひ出はうらさびしくまたほほゑましい
わたしはなにもかも思ひ棄てうつろの胸を抱いてさまよひあるいた
霧まよふ横川の路
そのときいづくともなくひとりの童女
目もあやな花ずり衣きて
さきにたつてはふりかへり

さきにたつてはふりかへり
さすがに人なつかしくついてゆく私を
とある御堂にみちびいて姿をけした
目のまへに立つ石ぶみ
極重悪人無他方便
唯称弥陀得生極楽
それから四十年
美しいみちをしへよ
おまへはどこへいつた

安倍能成の「山中雑記(17)」における恵心堂に関連した箇所を次に記す。

恵心院門前の石に、「極重悪人、無他方便、唯称念仏、得生極楽」の十六文字を刻してある。その何経にあるのかは私は知らないが、有難い詞だとは前から思つて居た。しかし私は思ふ。極重悪人をして能く極楽に生るるを得せしめるこの唯称念仏の心は、非常に深重なものでなければならない。「善人尚もて往生す、況んや悪人をや」といふ歎異鈔の詞を、前後のコンテキストを離れて、今ここに私一人で考へて見ると、悪人の往生し得る力は、悪人の悪が罪悪の自覚を一層深重ならしめるのによるのではないか。深重なる罪悪の自覚は即ち救済である。これ蓋し厳粛なる否定がやがてその超越たる所以である。唯称念仏の心はやがて深重なる罪悪の自覚でなければならない。もしこの自覚を外にして、徒らに極楽を好餌として往生を説くならば、それはもう宗教の堕落である。私はかくの如き人心の弱点に乗じて、その結果はむしろ罪悪の奨励となる如き宗教の弘通を呪はざるを得ない。恵心僧都の真精神は固よりかくの如きものではあるまい。親鸞聖人の精神も亦。

盆の十五日に岳麓の来迎寺へ宝物を見に行つた。中に巨勢金岡の筆と伝へられる十界の図がある。絵は随分旨いものである、筆力も中々ある。しかし私はこれを見て何等の宗教的情熱を触発されなかつた。唯一種の気味悪き不快（尤も真筆は四幅見ただけであつて、後は写しであつた。中に「畜生道」の図の如きはむしろ軽快なものである）を感じただけである。この絵は恵心僧都の『往生要集』によつて描かれたものだときいて、寺へ帰つてその書物を借りて少し読みかけたけれども、四五枚も読む内に唯不快ばかりを感じて止めてしまつた。後にその事を或る友人に話した時に、彼は「往生要集の地獄は寄せ集め物である上に、感覚描写があるばかりで一つもポエトリーがない。ダンテの地獄などとその点が違ふ」といつた。私はそれを聞いて誠にさもあらうかと思つた。

（大正七年八月の脱稿年月記載有『思潮』第二巻第一〇号、大正七年一〇月一日）

中勘助が安倍の文章を読んでいた可能性は、「山中雑記」掲載『思潮』同号に奈良国立博物館で中勘助と出会ったことを記した「古寺巡礼」を和辻哲郎が連載していたことから極めて高いと言える。同号の「古寺巡礼」冒頭には、「博物館を午前中に見てしまおうなどというのは無理な話である。一度にせいぜい二体か三体ぐらい、それも静かに堕ちついた心持ちで、胸の奥に沁み込むまでながめたい。N君はそれをやっているらしい。入り口でバッタリ逢った時に、N君はもう見おえて帰るところだった」とN君として中勘助が登場する。(18)

写真5　恵心堂門前の石柱（全体）
平成26年10月12日筆者撮影

写真6　恵心堂門前の石柱
（下部分アップ「極重悪人　無他方便　唯称弥陀　得生極楽」）

武覚超『比叡山諸堂史の研究』（法蔵館、平成二〇年三月）によると、中勘助が滞在した恵心堂は昭和四〇年に焼失し、現在の堂宇は山麓坂本の生源寺横にあった別当大師堂を移築したものであるという。平成二七年一月二九日付比叡山延暦寺水尾寂芳師の書簡により、**写真5・同6**について「石柱の裏面には、旹明治十八年乙酉中秋とあるようです。（中略）昭和三〇年代、恵心院は横川中堂（昭和一七年焼失）の仮堂とされ、現在の清原大僧正が輪番として勤めたことがあるとのことで、大僧正からも、この石柱は焼失以前の恵心堂前に在ったと仰っていました」と、写真の石柱は、中勘助と安倍が見たものと同じ石柱であるとの教示を得た。

写真の通り、恵心堂門前の石柱に刻まれた法語は正しくは中勘助の「みちをしへ」にある通り「極重悪人、無他方便、唯称弥陀、得生極楽」であった。

「極重悪人、無他方便、唯称弥陀、得生極楽」は、源信が永観二年から寛和元年にかけて撰述した『往生要集』（西教寺本）大文第八「念仏証拠門」の偈文である。一般的な『往生要集』（『源信』〈日本思想大系六〉岩波書店、昭和四五年九月）には、「四観経〔云〕、極重悪人、無他方便、唯称念仏、得生極楽」と記され、安倍が記した「極重悪人、無他方便、唯称念仏、得生極楽」の訓み下し文は「極重の悪人は、他の方便なし。ただ仏を称念して、極楽に生ずることを得。」として知られる。同書の石田瑞麿による校注には、「この文は観無量寿経、下下品（正蔵一二ノ三四六上）の取意と見られる。」とある。

観無量寿経、下下品（中村元・早島鏡正・紀野一義訳註『浄土三部経』（下）岩波文庫版、昭和三九年九月）には、「仏告阿難及韋提希、下品下生者、或有衆生、作不善業、五逆十悪、具諸不善。如此愚人、以悪業故、応堕悪道、経歴多劫、受苦無窮。如此愚人、臨命終時、遇善知識、種種安慰、為説妙法、教令念仏。此人苦逼、不遑念仏。善友告言、汝若不能念者、応称無量寿仏。如是至心、令声不絶、具足十念、称南無阿弥陀仏。称仏名故、於念念中、除八十億劫、生死之罪、命終之時、見金蓮華、猶如日輪、住其人前。如一念頃、即得往生、極楽世界、於蓮華中、満十二大劫、蓮華方開。観世音大勢至、以大悲音声、為其広説、諸法実相、除滅罪法。聞已歓喜、応時即発、菩提之心。是名下品下生者。是名下輩生想、名第十六観。」とある。

早島による漢文和訳は次の通りである。

仏はアーナンダとヴァイデーヒーに告げられた――「〈下品下生の者〉とは、生ける者どもの中で、不善な行為である五逆罪と十種の悪行を犯し、（その他）さまざまな不善を行ない、このような悪しき行為の結果、悪しき道に堕ち、長い間くり返しくり返し苦悩を受けて止むことのない愚かな者のことである。このような愚かな者の命が終ろうとするとき、この者を種々に慰め励まし、この者のためにすぐれた教法を説き教え、仏を念じさせる指導者に遇う。ところがこの者は苦しみに迫られて仏を念ずる暇がない。そこで指導者が言うのに、『お前がもし仏を念ずることができないのなら、無量寿仏よ、と称えなさい。』と。このようにしてこの者は心から声を絶やさぬようにし、十念を具えて、南無アミタ仏と称える。仏の名を称えるのであるから、一念一念と称える中に、八十億劫の間かれを生と死に結びつける罪から免れるのだ。命の終るとき、日輪に似た黄金の蓮花がかれの眼の前にあらわれ、一瞬のうちに〈幸あるところ〉という世界に生まれる。蓮花の中にあること十二大劫を過ぎて蓮花は花開く。アヴァローキテーシヴァラとマハースタープラープタは、大悲の音声でこの者のために広く存在の実相と罪を除き滅ぼす法を説く。この者は聞き終って歓喜し、たちまち覚りに向かう心をおこすのだ。これを〈下品下生の者〉と名づけ、これを〈下位の者の往生の観想〉（下輩生想）と名づけ、〈第十六の冥想〉と名づけるのだ。」と。

⑭の先行論文で紹介したように、観無量寿経は『提婆達多』後篇の阿闍多設咄路王の話の典拠であり、中勘助自身も初版本の末尾に参考書の一つとして掲載している。

大正三年夏期の中勘助の恵心堂滞在には一つの理由があった。

「叡山恵心堂」『我が生ひ立ち　自叙伝』[19]には、安倍による「その前年友人山田又吉が、私の留守宅で自殺したが、二人して叡山に居た間に、大阪市中の山田の家を一緒に尋ねたことがある。（中略）山田は中をラヴして居たと思ふが、中の本質の善い所は、私などよりよく見て居たらしい。山田の死んだことは中にとつては大きな打撃であつたらう」と、大正二年三月二九日に自殺し、中勘助が後始末に奔走した山田又吉の実家に弔問に行ったとの記録がある。

中勘助、安倍能成が編集し、大正五年三月二九日に岩波書店から上梓した『山田又吉遺稿』収録の「山田又吉年譜」によれば、山田又吉は、明治一六年三月九日大阪市生まれ、同三五年第一高等学校第一部入学、同三八年九月病に罹り休学、同三九年末、復学、同四〇年七月東京帝国大学文科大学哲学科入学、西洋哲学を修し同四三年卒業、大正二年三月二九日逝去とある。山田の逝去は安倍の前掲書によると、「古い大きなナイフで首筋を切り」という自殺であった。

山田の大正元年一二月一二日付岩波茂雄宛書簡には、「かつて愛静館を出て君の家へ行つたあの前数日間の怖ろしかつた事を思ひ出すと今は大変幸福で居る、あの時は昼間日光が怖ろしくて戸をあけ得なかつた、然し今は生きようとの覚悟を少くとも予期して居る」と、自殺の兆候が窺える。

また大正元年日付不明（一〇月三日～一二月一二日）安倍宛書簡では、八月に中が「大内生」の署名で『新小説』に発表した「夢日記」に関し、「中の夢日記は誰れか評をした人があつたが、面白い評をした人でもあつたか」と、世間の反応を尋ねている。

当時は大正二年四月八日からの『東京朝日新聞』に『銀の匙』（前篇）連載開始直前であった。「岩波と山田の骨をもつて大阪へいつてからもう三十年にもなる」と昭和二〇年四月二六日付随筆「羽鳥」で回顧する中勘助であったが、その後始末を含め安倍の推測通り「山田は中をラヴして居たと思ふが、中の本質の善い所は、私などよりよく見て居たらしい。」と評される親友を失ったことは「大きな打撃」であったと考えられる。

山田が明治四三年四月に提出した卒業論文（英文）は、同書（『山田又吉遺稿』）に「エックハルト研究」（中勘助・久保勉・安倍能成翻訳）として収録されている。「第一章　神性」「第二章　三一神」「第三章　創造」「第四章　被造物」「第五章　心理学」「第六章　人間の自由」「第七章　徳」「第八章　生誕と神化」「第九章　人生の理想的状態」という構成であり、卒論指導者のラファエル・フォン・ケーベルのコメントが付され、末尾に「君のこの論述は極めて根本的でそしてよい。然し今後君がこれを更に役に立たせようと思へば、余は君にその内在的に偏する点を改めることを薦めたい。即ちエックハルトと彼に似た人々との関係をも示すといふことである。換言すれば君の論文を歴史的—哲学的なモノグラフイーに形作るやうに試み給へ。」という総評も記されている。論文題名と論文構成から理解されるように、中世ドイツの神学者・神秘家であるエックハルトの思想を考察した論文である。

そこで「内観からの遠離」を「主我からの遠離」と言い換え、その完全な状態を「生誕」と解説した。「殆ど肉体の死」である状況下で、「内面的業が全く、神の業になり、外面的業が毫も人間の努力を要せぬ」ことを、「霊の向上」「徳の道」に努めることによって、「生誕」は繰り返すというエックハルトの思想を引用した。「第九章　人生の理想的状態」に次のようにまとめた。

我々が大苦の中にあつて恩寵の助を要する時に、其本質に於て永遠だけれどもこの現象界に於ては束の間なるところの生誕が起る。かくの如きは人生の果しなき道である。

中村元は『中世思想』上〈中村元選集第二〇巻〉（春秋社、昭和五一年七月）において、「最も深く最も真実なる真理」を「一般民衆に伝達しようと」ゲルマンのことば（筆者註、地方語）で記したエックハルトの業績にふれ、民衆に分かるよう和語で著作をなした鎌倉仏教の創始者との近似性や、「神は何物でもなく『無』であるという」思想を紹介している。

山田も卒論の中で「本質の有様について考えることは、彼に於てはそのままに道徳的行為であつた。例へば仏陀の教理の中に屢ば見受くる様に、無宇宙論的の言葉はエックハルトが現象世界に対して強く憎悪を抱いて居ることの証拠である。」（「第二章　三一神」）と、エックハルト思想と仏教思想とを比較した。

山田が卒論の中で述べた「仏陀の教理」を中勘助はどのような資料を通して受容したのか、という疑問が生じる。先述したように『提婆達多』初版本末尾に記した参考書の他、（一）⑧の奥山による「中夫人の話によれば、資料の一つに大蔵経があるという事である」を裏付けるように、静岡市資料には、『大日本校訂 大蔵経』弘教書院（No.098A001~003, 099A001~003, 100A001~003, 101A001~003, 102A001~003, 103A001, 104A001~006, 105A001~006, 106A001~006, 107A001~006）を中心に大蔵経典が数多く存在する。中には『大正新脩大蔵経』第一二巻（No.044A018）が所蔵され、その他『山家学報』第二号、恵心僧都記念号（No.051A016）も所蔵されている。

（三）『銀の匙』に描かれた「救済」

源信の『往生要集』の根本思想は、その冒頭で「一には厭離穢土《おんりえど》、二には欣求浄土《ごんぐじょうど》、三には極楽の証拠、四には正修《しょうじゅ》念仏、五には助念の方法、六には別時念仏、七には念仏の利益、八には念仏の証拠、九には往生の諸業、十には問答料簡《もんどうりょうけん》なり」と「十門」が挙げられている。

「厭離穢土」とは「汚れた世界を厭い離れるべきこと」であり、穢土即ち「迷いの領域」を「一には地獄、二には餓鬼、三には畜生、四には阿修羅、五には人、六には天」とし、「特に、地獄に関する説明が、歴史的に有名である」と中村元は『往生要集』〈古典を読む五〉（岩波書店、昭和五八年五月）において解説する。

「欣求浄土」とは『岩波仏教辞典』[20]第二版によると、「極楽浄土に生まれることを願い求めること」であり、「厭離穢土の自覚が欣求浄土の前提になること」が示唆されている。

大正三年に横川の恵心堂で執筆された『銀の匙』後篇収録の『銀の匙』（仮綴本）[21]における該当箇所を次に挙げる。

後篇七において、兄に釣り堀に連れていかれた帰途の場面、

その時の不愉快と不平……のなかに唯それればかりの命と夕べの空に一つ二つ白々と輝きはじめる星、それは伯母さんが神様や仏様のおいでる処だと教へたその星に嬉しく懐かしく見とれてゐれば、兄は私のおくれるのに腹を立て、

「何をぐづ〳〵してる」

といふ。はつと気がついて

「お星さまを見てたんです」

といふのを皆までいはせず

「馬鹿。星つていへ」

と一喝をくはす。あの清らかな天の笑顔は私に母よりもやさしく見える。憐れなる人よ。何かの縁あつて地獄の道づれとなつたこの人を兄さんと呼ぶ様に何の罪もない子供の憧憬が空をめぐる冷い石をお星さんと名に呼ぶのがそんなに悪いことであつたであらうか。

「憐れなる人よ。何かの縁あつて地獄の道づれとなつたこの人を兄さんと呼ぶ様に何の罪もない子供の憧憬が空をめぐる冷い石をお星さんと名に呼ぶのがそんなに悪いことであつたであらうか」という引用末尾は、「私」を擁護する大人の視点が認められる。「地獄の道づれ」と釣り堀行きの同行と兄弟の縁をもって人生を送ること

を二重に比喩する中で、「星」を「神様や仏様のおいでる処」「清らかな天の笑顔」と憧憬する一方で、人間の世を「地獄」と見なす厭世感が窺えよう。

前篇から既に伯母さんは念仏者として登場する。前篇十七の寝間における行燈の燈火の場面で「油の中へ羽虫の死骸が真黒に沈んでいる」のを処理する際に「焼け死んだ虫たちの後生の為にお念仏を申す」と虫の魂を想う篤い仏性の持ち主として描かれた。

前篇三十四で、小学校入学を拒む「私」が兄に頬をはられた上、仏様のお供物を食べ発熱した場面では、「伯母さんはお念仏を繰り返しつ、夜の目もねずに看病してくれた」と他力本願で病気平癒を願う姿が描写される。

後篇十六、蚕の飼育の場面で、孵った蚕種の半分が裏庭に捨てられた。それを憐れむ「私」に対し、「仏性の伯母さんはどうぞしたいのは山々なのだけれどどうもしようもないものでお念仏をくり返しつ、やうやく賺して連れ帰つた」とままならないことに対する無念さを念仏で昇華させる描写がある。

後篇三十五、故郷に戻り身体を弱らせた伯母さんを「今生の暇乞ひのつもり」で尋ねた場面では、「お阿弥陀様に御礼を申上る」と言って仏壇前に座りお経を上げる姿が描写される。「その、ち程なく没くなつた。死に際にはひどく苦しんだのを菩提所の和尚様が深切に見舞つて枕元で法華経を読んでくれたらば忘れたやうに楽になつて、お念仏を繰り返しつ、やすく〳〵と息をひきとつたといふ。伯母さんはながいこと夢みてゐたお阿弥陀様の前に坐つて、あの晩のやうな敬虔な様子で御礼を申上げてゐるのであらう。」と念仏による往生を願う温かな視点で描かれた。

（二）⑤の関口論では、原始仏教への志向性と併せて浄土門への理解が指摘された[22]が、この伯母さんの臨終場面からは「朝題目夕念仏」という「朝には法華経を読み、夕方はお念仏を唱える」天台宗の勤行の様子と共に天台教学における「称念」(23) 即ち「仏に見えることを目的とする念仏」「仏の真理そのものを観察するものや仏の形相・世界を観察するもの」を伯母さんが志向していたことが分かる。

後篇二十六〜三十は、近所に越してきた独逸人の宣教師夫婦とその通訳の女性皆川さんと「私」との関わりが中心となる。皆川さんとのやり取りで「救い」を求める場面は次の通りである。

「僕——神様が——救はれるかしらん」といつた。
彼方は一寸合点のゆかぬ様子をしたが
「え丶〱神様はどなたでも救って下さいます。だけどあなたどうしてそんな——」
私はさつと耳朶まで赤くなつて足をぶら〱させたりおるがんをそつと鳴らしたりしてごまかしながら
「僕——悲しいことがあるから」
皆川さんは愈驚いてもしや生意気からそんなことをいつてみるのぢやないかと半信半疑の様子ゆゑ私は熱心に繰返し〱してやつとそれが本当の心からだといふことを呑みこませそして今度のくりすますには必ず一緒に教会へゆくといふ約束をして帰つたがそんなことといつたらどんなに叱られるかと思ひ殊に自分の願ひが真面目であるだけなほさらいひ出しかねてとう〱その日までもとつおいつ思案はしながら誰にも話さずにしまつた。
（後篇二十八）

結果的にクリスマス当日、兄から詰問され行かれなくなった「私」は、宣教師一家の転居を知り「異人さんにもよく申訳をして出来ることならどうぞして信者になりたいと思つてゐたのに。唯一の頼みの綱もふつつりと切れてしまつた」と、悲しい気持ちをどうにかしたい、救われたいと思う気持ちはあるものの、縁に与れなかった様子が描写された。

また後篇三十七～四十七において、友達の別荘で一夏を過ごした際に、世話をしてくれた婆さんとの会話では主人公が仏縁の深さにもかかわらず出家の縁に与れない理由が次のように示された。

ばあやは私を一目見て
「あゝ御仏縁の深い方だにお坊様におなり遊ばいたらよかつたになあ」
と思つたといふ。（中略）
私は仏縁は深いけれど人が邪魔した、め坊さんにもなれずこれからも邪魔されるといふので
「それぢや仏縁が深くても駄目かなあ」
と嘆息するやうにいへばま顔になつて
「なにあんたそれだてこれから一心に御信心なされゝば、あんた仏様の力は広大だでなあ」
と何もかも忘れて力をこめた。そして
「わしらとちがつて目がお見えになるでお経文をお読みなされ」
といひながら手の筋を見て
「小さな邪魔の筋はみんな消えとりますがな」
といふ。そして
「もうはいちやんと本願を頂いておいでだにちつとばかりの自力をお棄てなさらいで、あんたは悪いお方だ

なもや」（後篇四十）

傍線部は浄土三部経に示される「阿弥陀如来の本願」つまり「阿弥陀如来がすべての衆生を済度するという本願を立てられたからには、われわれはそれを絶対的に信じることで救われる。小さな自力の計らいは捨てなさい」[24]という浄土真宗の教義が説明された。

（四）原始仏教の死生観

中勘助が新潮社版初版本の末尾に参考書の一つに挙げたオルデンベルク著『仏陀』[25]には舎利弗の言葉として「我れは死を欲せず、又生を欲せず。我れは時の来るを待つこと猶ほ其賃金を待てる奴隷の如し。我れ生を欲せず、我れ死を欲せず。我れは時の来る迄、覚醒、留意して待たん」が掲載されている。無常の存在として地上の執着を離れた場合、「若し今疾く現世を辞せんと欲せば之をなすも可なり。然れども大多数の者は自然が其目的点に達するまで現世に留るなり」という舎利弗の言葉も同所に記されている。

同書及び同箇所を中勘助が受容したことは、「私は死を望んではゐない。生を望んでもゐない。私が心から望むのは「私」が存在しなかったことである」（大正一二年六月某日「沼のほとり」『思想』第二七号、大正一三年一月）との箴言の冒頭二文章に引用されていることから明らかである。

また中勘助が同書の末尾に参考書の一つに挙げた『ケルン氏　仏教大綱』[26]の「第三編　仏の教法」には「聖者の目的は涅槃に達するにある。（中略）実際涅槃と云ふは再生の恐れのない幸福なる死滅の意である。若し然りとすれば仏は魔羅に勝つたと云ふことが如何して出来るか。之は仏は実際有形の死に勝つたのではなくして卑しむべき死の恐怖に勝つたからである。この結果に達する手段は死を極めて多幸なるものとして示すにある」と記されている。

つまり、原始仏教における死生観は、無常の現世への執着と苦悩を絶ち涅槃に入ることを第一義とし、悟りの状態では生死の別を殊更意識しないことである。その上で「若し今疾く現世を辞せんと欲せば之をなすも可なり」と舎利弗は自殺を容認している。それは、『ケルン氏　仏教大綱』によると、「鍛工は米飯菓子豚肉の食事を準備した。世尊来つて座に著《ママ》かるゝや自ら豚肉を取り弟子等には他の食物を薦められた。供養の後世尊は准陀に豚肉の残りは埋めて貰ひたいと仰せられた、是れ斯る食物はこの世で世尊の外何人も食ひこなすことの出来ぬからである。この後間もなく世尊は劇烈なる赤痢病に罹られた」と仏陀の最期が意図的に毒を食した結果であると説かれるからである。

自殺者に対する位置づけが、原始仏教と源信の思想では大きく異なる。

先述した通り、悟りを開き死の恐怖に勝ったものには生死の別は関係なく、他を利するためには自死もやむを得ないとする考えである。それに対し『往生要集』上巻には、「間違った見解、思想によって」自殺した者が落ちる「等喚受苦処」地獄が次のように描かれた。

復有異処、名等喚受苦処、謂挙在嶮岸無量由旬、熱炎黒縄束縛、繋已、然後推之、堕利鉄刀熱地之上、鉄炎牙狗之所噉食、一切身分、分分分離、唱声吼喚、無有救者、昔説法依悪見論、一切不実、不顧一切、投岸自煞者、堕此、

石田瑞磨による訓み下しは、「また異処あり。等喚受苦処と名づく。謂く、嶮しき岸の無量由旬なるに挙げ在き、熱炎の黒縄にて束ね縛り、繋ぎ已りて、しかして後にこれを推して、利き鉄刀の熱地の上に堕す。鉄炎の牙の狗に噉み食はれ、一切の身分、分分に分離す。声を唱へて吼え喚へども、救ふ者あることなし。昔、法を説くに悪見の論に依り、一切不実にして一切、岸に投げて自殺せるを顧みざる者、ここに堕つ」である。

源信の思想で地獄が人間の犯した罪によって諸相あることに関し、中村元は「特に源信の属していた天台宗の教義によると、地獄は人間を離れてあるものではなくて、人間の一つの側面なのである。地獄の描写のうちに人間の諸相を見出したのも、極めて当然のことであった」(27)と解説する。

塩入法道は「天台が説く心」(『大法輪』第七五巻第五号、平成二〇年五月)において、「天台止観」を「本来、日常のあらゆる場面でカッとなる心、欲望にもえる心、ふと和む心、その瞬間の心をとらえて行われる修行法」であり、「どちらの心も私でしかないということを悟って、懺悔すべきは懺悔しそれが私の心に具わっている菩薩や仏にまで自己を高めていこうとすること」が「中道観」と示した。このように「地獄」は、天台大師智顗の著した「摩訶止観」という人間の心のあり様を追求した書に著された「地獄も餓鬼も畜生もあるいは仏も菩薩も衆生の一瞬一瞬の心にある」(28)という天台思想に基づき解釈される。

(五)『提婆達多』に描かれた救済

(一)⑬の堀部論において指摘された山辺による『仏弟子伝』、他に『釈尊之生涯及其教理』(29)等単行本を典拠とする説法を一覧とすると、**表2**の通りである。

中勘助自身、先掲の和辻照子宛書簡にて「色々不満なところもありますが特に仏陀の説法に関して随分物足ら

表2

No.	『提婆達多』章	『提婆達多』本文における表現	出典及び引用頁	出典における表現
①	前篇三十	寂静にして知足なるは楽し 諸法を観察するは楽し 世間を悩まさず能く衆生を慈むは楽し 一切の欲を離れ恩愛を棄つるは楽し 能く我慢を伏するは是れ最上の楽なり	『仏弟子伝』 「第五舎利弗」「第二章帰仏」五五～五六頁	諸聖を見るや楽し 共に居るのも復楽し 諸の癡《おろかもの》輩を見ず 是ぞ常楽なれ。
②	前編三十一	憍陳如、お前たち心をとめて聴け。五蘊の苦、生老病死の苦、愛別離苦、怨憎会苦、求むるところを得ざる苦、栄楽を失ふの苦、憍陳如よ、有形、無形、無足、一足、二足、四足、多足、一切の衆生は悉く此の如き苦のないものはない。これらの諸の苦は我こを本として生ずる。貪慾、瞋恚、愚痴は皆我を本として生ずる。この三毒は是諸苦の因である。種子の萌芽を生ずるが如く衆生は之がために三界に輪廻するのである。もし我想及貪瞋痴を滅すれば諸の苦も亦それに従つて断ずる。もしさうならうと思ふならばかの八正道に由るのほかはない。一切の衆生諸苦の根本を知らぬものは皆悉く生死に輪廻するのである。憍陳如よ、苦応に知るべく、集当に断ずべく、滅応に証す	『仏弟子伝』 「第一五比丘」四頁	五比丘よ、出家の人として、二種の近いてはならぬものがある。一は世欲に執著《ママ》する者、他は邪道を修むるものである。耽欲の凡夫は、下劣なる欲楽に心を奪はれて長く輪廻の暗に沈み、邪の苦行を修むる者は、愚痴の為めに、徒らに身を苦めて心の光を覆ひ、暗より暗に入る。比丘よ、我はいまこの二辺を離れて中道に憩うてをる。心は諸の穢を除き、暗を払うて安穏である。汝等、苦集滅道の四諦により迷悟の因果を知り、正見、正業、正悟、正行、正命、正方便、正念、正定の八正見によりて正しい思惟修道に進むがよい。

	③
	前篇三十二
べく、道当に修すべし。憍陳如よ、私は已に苦を知り、集を断じ、滅を証し、道を修したるが故に阿耨多羅三藐三菩提を得たのである。それ故にお前も今当に苦を知り、集を断じ、滅を証し、道を修せねばならぬ。もし人苦集滅道の四聖諦を知らぬときはその人は解脱を得ることはできぬ。四聖諦は是真是実、苦は実に是苦、集は実に是集、滅は実に是滅、道は実に是道である。憍陳如よ、お前たちは了解したかどうか	比丘たちよ、一切のものは皆燃える。さらば一切のものが燃えるとはなにか。比丘たちよ。眼は燃える。色は燃える。眼識は燃える。眼触は燃える。眼触に因つて生ずるところの受も亦燃える。苦も燃える。楽も燃える。非苦も非楽も燃える。一切のものは皆悉く燃える。それはなんの火によつて燃えるか。貪、瞋、痴、三毒の火によつて燃えるのである。生、老、病、死、愁憂、苦悩の火によつて燃えるのである。眼、耳、鼻、舌、身、意、色、声、香、味、触、法は皆悉く燃える。聖弟子如是の法を聞けばこれらのものを厭離して染著なく、便ち解脱
『仏弟子伝』「第五舎利弗」「第二章帰仏」五四頁	『仏弟子伝』「第四三迦葉』三二一～三三頁
人は皆「我」を執じて、輪廻の源を造つてをる。若し「我」想と、「我」の目的となるべき我所を除き去つたならば、寂然日光の暗を払ふやうに、心の開明を見るであらう。	比丘よ、一切のものは皆燃えてゐる。眼も燃え色（事物）も燃え、眼識も燃えてゐる。眼が外界の事物を見て心の内に苦楽の感覚を起さしめると、この感覚は貪瞋痴の炎を煽り、生老病死、愁憂苦悩の火を盛んならしめる。然るに清浄に行を修める真の仏弟子は、欲火の根本たる内心の火を滅する為めに、外界の火はもはや内心を焼くことは出来ぬ。こゝに真の智慧は獲られることである。されば汝等は神通と思惟と教によりて道を修め、従来の儀式、供犠等をなすことは要らぬ。

		を得、解脱の智生じ、所作已弁じ、梵行已に立てば復世間に転生することはないのである		
④	前篇三十三	我師の説くところ 法は縁によりて生ず また縁によりて滅す 一切の諸法は 空にして主あることなし	『仏弟子伝』 「第五舎利弗」「第二章帰仏」五四頁	諸法は因縁より生ずと 世尊は説き給へり。 諸法を断じて涅槃に入ることも 大沙門は宣説し給ふ。
⑤		諸の悪はなす莫れ 諸の善は奉行せよ 自らその意を浄くする これ諸仏の教なり	『仏弟子伝』 「第五舎利弗」「第二章帰仏」五八頁	諸の悪を作さず、 諸の善を行ひ 自ら心を浄くするぞ 諸仏の教なれ。
⑥	前篇四十一	起てよ　逡ふこと莫れ　浄く梵行を修せよ　快く善法を習へば今世後世安楽に住す 浄く梵行を修せよ　慎んで悪法を行ふこと莫れ　快く善法を習へば　今世後世安楽に住す	『釈尊の生涯及其教理』 「成道後の説法より入滅迄」八四〜八五頁	起きよ、怠るなかれ、正しくして、光明ある生活に入れよ、 徳に従ふ人は、 今生後生共に幸福を得ん。 正しき生活に従ひて、 悪しき生活を退けよ。 徳に従ふ人は、 今生後生共に幸福を得ん。

なく思つてゐます。併し説法を創作する気にもなりませんでしたから致し方ありません」と気のないことを告白している。それは**表2**のように典拠本の影響が強いことから、その言説は裏づけられる。

後篇八に一五〇〇余りの比丘衆に対する提婆達多の説法が次のように描写された。

私は汝等を憐んで微妙の法を説く。然るに汝等愚痴の者よ、汝等は耳聾して法鼓の声をきかず、目盲ひて慧日の光を見ず、罪業の淤泥にまみれ、淫楽の悪臭をはなちつゝ、蛆のごとくに人界を匍匐ひまはる。汝等は猿のごとくに交尾み、猿のごとくに生み、猿のごとくに群居する。而して色欲の肉縄につながれたる互を夫とよび、妻とよび、親とよび、子とよぶ。汝等は五欲の糧を得んがために媚び、諂ひ、匿し、偽り、欺き、誑し、謗り、罵り、憎み、嫉み、悲み、怒り、吝み、貪り、盗み、殺し、……ありとある罪悪を犯す。汝等の愛欲に皺める顔はさらに狡智に歪む。汝等はまことに猿よりも醜悪に、猿よりも奸悪である。汝等我唾を啗ふにも足らざる奴輩よ、汝等は生死に輪廻してやまぬであらう。汝等はまさに畜生道に堕ちるであらう。汝等は餓鬼道に堕ちるであらう。汝等は大紅蓮の氷に凍え、大焦熱の焔に焼かれ、阿鼻の底に叫喚しつゝ、その時はじめて私を思ふであらう……

前半の「色欲」に関する説法は、後篇九から二十八までの阿闍多設咄路王の挿話における、王が提婆達多から影響を受けた思想内容である。後半の傍線部は、まさに源信の『往生要集』冒頭に描かれた「厭離穢土」の次の箇所を典拠としていることが分かる。

大文第一、猒離穢土者、夫三界無安、最可猒離、今明其相、惣有七種、一地獄、二餓鬼、三畜生、四阿修羅、五人、六天、七惣結

七、大焦熱地獄者、在焦熱下、縦広同前、苦相亦同（大論瑜伽論）但前六地獄根本別処一切諸苦、十倍具受、不可具説、其寿半中劫、煞盗婬飲酒妄語邪見、并汙浄戒尼之者、堕此中、（中略）有大火聚、其聚挙高五百由旬、其量寛広二百由旬、炎燃熾盛、彼人所作悪業勢力、急擲其身、堕彼火聚、如大山岸推在険岸（已上、正法念経略抄）

八、阿鼻地獄者、在大焦熱之下欲界最底之処、罪人趣向彼時、先中有位、啼哭説偈言、一切唯火炎、遍空無中間、四方及四維、地界無空処、一切地界処、悪人皆遍満、我今無所帰、孤独無同伴、在悪処闇中、入大火炎聚、我於虚空中、不見日月星、時閻羅人以瞋怒心答曰、或増劫或減劫、大火焼汝身、癡人已作悪、今何用生悔、非是天修羅、健達婆竜鬼、業羅所繫縛、無人能救汝、如於大海中、唯取一掬水、此苦如一掬、後苦如大海、既呵嘖已、将向地獄、去彼二万五千由旬、聞彼地獄啼哭之声、十倍悶絶、頭面在下、足在於上、逕二千年、皆向下行（正法念経略抄）

また紅蓮地獄とは『大毘婆沙論』では八寒地獄中の第七。鉢特摩《はどま》は深紅の蓮華を意味するサンスクリット語の音写。ここに落ちた者は酷い寒さにより皮膚が裂けて流血し、紅色の蓮の花に似るという（中村元他編『岩波仏教辞典』第二版、平成一四年一二月）。

以上のように、後世、玄奘が編んだ『大毘婆沙論』や源信が撰述した『往生要集』に描かれた地獄道、餓鬼道、畜生道のイメージを提婆達多の説法には利用している。原始仏教時代ではありえない説法内容であるが、仏陀の説法を創作する気がなかった分、提婆達多の説法には中勘助が受容した源信の思想の影響が認められる。

「まことに耶輸陀羅は彼（筆者註、提婆達多）が真実の心を捧げ得たる最初のものであつた。そして最後のものとなるであらう」（前篇四十二）と耶輸陀羅臨終の場面で、提婆達多にとっての唯一愛した女性としての耶輸陀羅の存在を中勘助は印象づけている。

⑰の拙稿で確認したように、手沢本の書き入れ箇所との照合により中勘助は耶輸陀羅の描写に苦心していた。耶輸陀羅造型には、中勘助が受容した安倍による「山中雑記」中、ダンテ『神曲』の影響を確認したい。

『提婆達多』上梓の大正一〇年は、「ダンテ没後六〇〇年に当たり、日本における学究的なダンテ研究の一つの頂点をなす黒田正利『ダンテとその時代』が現れた(30)」と解説されるように文芸雑誌がダンテ特集号を組むような、ダンテ顕彰年であった。

「山中雑記」に記された「往生要集の地獄は寄せ集め物である上に、感覚描写があるばかりで一つもポエトリーがない。ダンテの地獄などとその点が違ふ」との安倍の友人の評価は、『往生要集』巻頭の「夫往生極楽之教行、濁世末代之目足也、道俗貴賤、誰不帰者、但顕密教法、其文非一、事理業因、其行惟多、利智精進之人、未為難、如予頑魯之者、豈敢矣、是故依念仏一門、聊集経論要文、披之修之、易覚易行」の部分を読み「濁り汚れた末世では（念仏の教えによるのでなければ凡夫は救われない）という趣旨によって、諸々の経典の文句を集めた(31)」という同書成立の趣意を理解していたと言えよう。経典に対する深い関心とダンテ『神曲』のポエトリーを評価できる安倍の友人を推測するならば、「山中雑記」には名前こそ現れないが、共に恵心堂で一夏を過ごした中勘助と考えられよう。

ダンテ『神曲』において、地獄及び煉獄を巡るダンテを見守り天国に導く役目を果たすのは、ダンテ伝記上において、ダンテ九歳並びに一八歳で出会い、二三歳で没したベアトリーチェである。

『神曲　煉獄篇』第三一歌においてダンテが悔悛し、「人の罪の記憶を奪う力」を持つ「レーテ」川の水を飲んで清められる場面は、次のように描かれる。

彼女（筆者註、貴婦人）は私を喉まで川の中に浸していたのだった。
そして私を後ろに引きずりながら
軽々とまるで平底船のように水の面を滑っていた。

私が祝福の岸に近づいた時に、
「私を清めてください」、それが無上のさわやかさで聞こえた。
それを思い出すことは、書き記すことなども無論だが、私にはできない。

美しい貴婦人は腕を広げた。
私の頭を抱いて私を沈め、
そのために私は水を飲むことになった。

それから私を引き上げると、濡れた私を
四人の美しい貴婦人が舞う中に置いた。
すると皆それぞれが腕をかざして私を隠した。

「私達はここではニンフ、そして空では星なのです。
ベアトリーチェが地上世界に降臨される前から、
私達はあの方の侍女となるよう定められていました。
あの方の瞳の前まであなたを連れていきましょう。けれども瞳が宿す
歓喜の光の中で、あなたの視力を鋭くするのは
向こうにいる三人。彼女達はもっと深く見通せるのです。」

（ダンテ・アリギエリ著、原基晶訳『神曲　煉獄篇』講談社学術文庫、平成二六年七月、四六五〜四六六頁）

このように川の水を飲んで清められたダンテは、一〇年前に亡くなった麗人ベアトリーチェと再会し、罪を償う。一方、『提婆達多』の場合、自刃した耶輸陀羅は、後篇、提婆達多の心身が末期の苦しみに苛まれても「私は決して悉達多にひとり勝利者の日を楽ませはせぬ」と悉達多殺害の企てをもって告別の旅に出る際に現れる。

「提婆達多」
提婆達多はよろ〳〵とした。そして死人のやうな顔をして何物かを捜すやうに庵室のなかを凝視した。彼は悄然として輴にのせられた。それは忘れもせぬ耶輸陀羅の声であつた。（中略）
彼は水を呼ぼうとしたがすでに遅かつた。彼はひとつふたつ魚のやうに喘いだ。そして苦しい長い一生をへた。

（『提婆達多』後篇二十九、三十一）

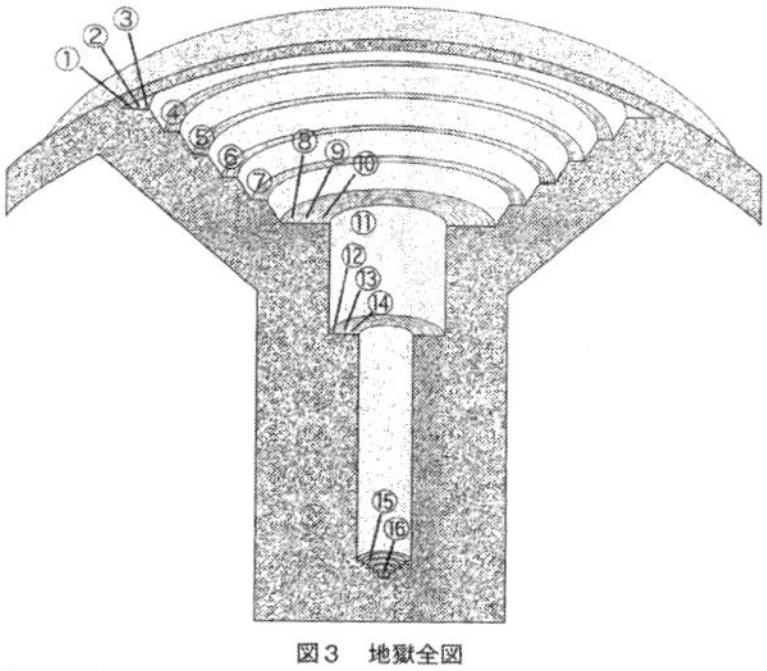

図３　地獄全図

①地獄門
②前地獄、日和見主義者
③アケローン
④第一圏、リンボ、正しく生きたが洗礼を受けなかった者達
⑤第二圏、淫乱
⑥第三圏、饂食
⑦第四圏、貪欲
⑧第五圏、怒りと怠惰
⑨ディース城
⑩第六圏、異端者
⑪第七圏、暴力者
⑫第一小圏、暴君、殺人者、強盗
⑬第二小圏、自殺、家産浪費
⑭第三小圏、神を罵った者、同性愛者、銀行家
⑮第八圏、マレボルジェ、他人を欺いた者
⑯第九圏、コキュートス、裏切り者

（アレッサンドロ・ヴェッルテッロの地獄全図等を参考に作成）

図１　ダンテ・アリギエリ著、原基晶訳『神曲　地獄篇』講談社学術文庫、平成26年６月、546頁より

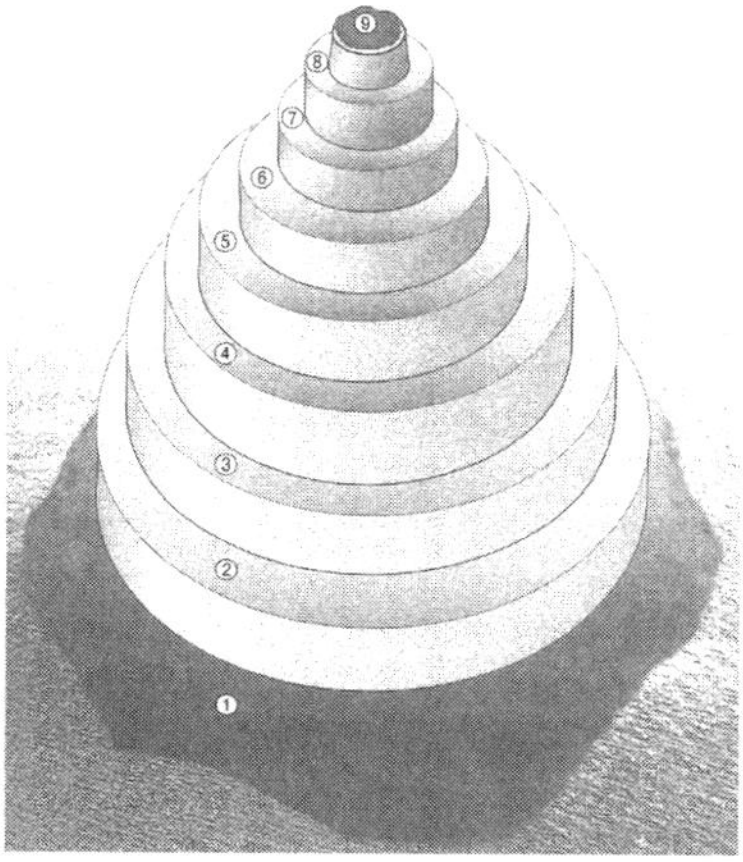

図３　煉獄全図

①前煉獄　破門者（今際の際まで悔悛しなかった者等）
②第一環道　高慢
③第二環道　嫉妬
④第三環道　憤怒
⑤第四環道　怠惰
⑥第五環道　貪欲（吝嗇と浪費）
⑦第六環道　飽食
⑧第七環道　淫乱
⑨地上楽園

図２　ダンテ・アリギエリ著、原基晶訳『神曲　煉獄篇』講談社学術文庫、平成26年７月、563頁より

死してもなお提婆達多に寄り添い導こうとする至高の存在として耶輪陀羅は描かれる。それはダンテ『神曲』における地獄・煉獄を巡るダンテを守護する「恵みを与える女性」ベアトリーチェと重なる。しかし、『神曲』において川の水で清められベアトリーチェに再会し、罪を償ったダンテと異なり、『提婆達多』における提婆達多は、耶輪陀羅との再会が叶わないだけでなく末期の水を飲むことができない。

さらにダンテ『神曲』を『提婆達多』の参考図書の一つと判断する要因として**表2**の通り、提婆達多の想念としての地獄の描写による。**表3**中の傍線部は**図1**及び**図2**の通り、『神曲』の地獄めぐり・煉獄めぐりのテーマである「暴食」「色欲」「傲慢」「怠惰」「嫉妬」「強欲」「憤り」という七つの大罪と重なる。

表3

①	前篇九	提婆達多は地獄の苦悩をうけた。彼は殆ど凶暴な狩猟に気をまぎらさうとしたが何のかひもなかつた。さしもに強い彼の肉体も身心の過度の試練に疲れはてた。彼は眠ることも食ふことも出来なかつた。彼の頭には絶えず一つ事が水車のやうに廻つてゐた。（中略）そしてそれはさながら同じ事実が眼前に繰返されるかのごとく彼にまざ〳〵と同じ苦痛、憤怒、憎悪、嫉妬を喚起した。
②	前篇十八	提婆達多は息のつまるやうな妬に苦みながらさりげない笑顔をつくつてきいてゐる。（中略）提婆達多は煮えかへる胸のうちに、それがあだかも悉達多が謀つて殊更彼をかやうな地位において、彼女をとほして自分の幸福をひけらかすかのやうに悉達多に対して烈しい憎悪を感じた。「よし〳〵今のうちはどうなりとするがよい。併し総勘定の時には何もかも綺麗に返してやるぞ」さう思へばこの地獄の苦みも結句かへつて一種の張合となつた。
③	前篇三十七	彼は大きな杯から葡萄酒をぐつと飲んで、卓をへだてゝ向き合つてゐる提婆達多のうへに充血したけだるさうな眼をすゑながら箍のゆるんだ高調子で話しかけた。（中略）「なに獅子の卵。これはまた一段と面白い趣向ぢや。獅子の卵に孔雀の舌料理では流石の仏陀も眼をまはされるであらう」
④	後篇一	提婆達多が耶輸陀羅に対する怨恨は深かつた。彼はいはゞ罪によつて浄められた。姦淫によつて蘇つた。
⑤	後篇三	提婆達多は夢寐にも復讐を忘れなかつたけれども終に乗ずべき機会を得ずに隠忍して年月をへるうち、いつとはなしに折々生きながらの地獄ともいふべき自分の生活にひきくらべて、仏陀の澄明平穏な精神生活を我にもあらず羨望する気持になるやうになつた。（中略）彼はいかに他人の受けた一鉢の美食、一枚の新衣を妬んだか。いかにまた尼僧に対して劣情をおこし、みめよき女の門を立ち去りかねたか。
⑥	後篇四	かやうにして「尊者提婆達多」の名が高まるとともに彼の驕慢は忽に増長した。彼は仏陀が彼を大弟子たちの下におき、彼らもまた彼をあまり高く評価しないのを安からぬことに思つた。そして終にいかにもし己れ覇者たらんとの願望を抱くやうになつた。

(六) まとめ

『銀の匙』から『提婆達多』への連続性や発展性に関して、『銀の匙』後篇が比叡山横川の恵心堂で執筆された思想的影響が両作品の共通点として見出された。前者の後篇三十五、天台門下の「朝題目夕念仏」勤行と「称念」による伯母さんの往生について、好意的ではあるが前時代的なものとして描かれた。また主人公は、気の合わない兄を「地獄の道連れ」と評する「厭離穢土」の思想と、「神様や仏様のおいでる所」「清らかな天の笑顔」に憧憬する「欣求浄土」の心を持ちながらも、後篇三十七に登場する伯母さんを髣髴とさせる老婆から、阿弥陀如来の「本願」に任せず「ちつとばかりの自力」を捨てないことが出家の障りであると諭される。救いを求めても自我へのこだわりを捨てきれない人物として造型される。この主人公像は後者の「仏陀の澄明平穏な精神生活を我にもあらず羨望する気持」を持つ一方で、「己」が生み出す「生きながらの地獄」に身を沈める提婆達多像に繋がっている。

(一)⑤の関口論で示された中勘助による原始仏教への志向性と併せて浄土門への理解は、本論によって、阿弥陀如来の「本願」等、浄土真宗の教学が含まれるものの、大まかには天台門であることが判明した。また具体的に中勘助が受容した源信(恵心僧都)の思想について、『往生要集』における「厭離穢土・欣求浄土」「念仏の功徳」であることが分かる。特に『往生要集』大文第八「念仏証拠門」の偈文「極重悪人、無他方便、唯称弥陀、得生極楽」の出典を観無量寿経に遡ることによって、『提婆達多』後篇の阿闍多設咄路王の話に至ることから、源信の思想が『提婆達多』成立に果たした役割は大きい。

(一)③⑤⑮で示唆された提婆達多の「地獄」のイメージであるが、経典や教本では『往生要集』『大毘婆沙論』、文学作品ではダンテの『神曲』における地獄のイメージを参考にしたものと考えられる。

中勘助の青年期は、山田又吉の卒業論文「エックハルト研究」が示すように西洋哲学や『神曲』に現れたヨーロッパ中世期の思想が日本に大きな影響を与えた。そこから考慮すると、中勘助が天台宗や浄土真宗など既存の日本の仏教宗派に限定された思想や原始仏教思想に影響を受けたことは極めてまれな状況であった。

一見すると、原始仏教に触れた結果が反映しない状況だが、世間によく知られた仏陀の説教を改めて創作することは避ける一方で、提婆達多の説法を始め人となりについて原始仏教を離れて自由に造型した。創作のアイデアを原始仏教に求めて印度学・仏教学への傾倒を深める端緒的な作品として本作は位置づけられる。

後記　本論執筆に当たり、大正大学・塩入法道先生に天台教学についてご指導いただいた。

註

（1）木内英実「中勘助と仏教童話―「菩提樹の蔭」成立を中心に―」（『印度学仏教学研究』第五六巻第二号、平成二〇年三月）

（2）堀部功夫「『提婆達多』の参考書」『中勘助全集』第二巻月報（岩波書店、平成元年一一月）

（3）表紙カバー写真が堀謙徳『美術上の釈迦』（博文館、明治四三年一〇月）からの引用であるとの指摘は、堀部功夫（註2）の論においてなされた。但し、T.W.RHYS DAVIDS の *BUDDHIST INDIA* 中同レリーフ写真に関する指摘はない。

（4）中村元『古代インド』（講談社学術文庫、平成一六年九月）

（5）『和辻哲郎全集』第二一巻（岩波書店、平成三年三月）

（6）渡辺外喜三郎『中勘助の文学』〈近代の文学九〉（桜楓社、昭和四六年一〇月）

（7）（5）に同じ。
（8）木内英実「『銀の匙』改定版に関する諸点─装丁並びに初版作者自筆書入れなど─」（『日本女子大学大学院文学研究科紀要』第一四号、平成二〇年三月）
（9）三井光弥『独逸文学に於ける仏陀及び仏教』（第一書房、昭和一〇年二月）
（10）川路重之「中野新井町」『中勘助全集』第二巻月報（岩波書店、平成元年一一月）
（11）『中村元選集』決定版、第一四巻（春秋社、平成四年一一月）
（12）釈舎幸紀「破僧伽における二、三の問題」（『印度学仏教学研究』第三六巻第一号、昭和六二年一二月）
（13）中勘助「私の処女出版」（『東京新聞』昭和三〇年一月三〇日）
（14）比叡山学会編『将此大乗　比叡山史之研究』（比叡山延暦寺開創記念事務局、昭和一二年三月）
（15）安倍能成「中勘助の死」（『心』第一八巻第七号、昭和四〇年七月）『涓涓集』（岩波書店、昭和四三年六月）収録。
（16）「古国の詩」『中勘助全集』第一二巻（角川書店、昭和三八年一二月）
（17）安倍能成「山中雑記」（『思潮』第二巻第一〇号、大正七年一〇月一日）『安倍能成選集』第一巻（小山書店、昭和二三年四月）収録。
（18）大正七年五月二二日付和辻哲郎より妻照子宛書簡に「今日朝、博物館の入口でバッタリ中さんに逢つた。明日の朝は中さんに逢ひに行かうと思ふ。」と中勘助と奈良国立博物館で偶然会ったことが報告された。
（19）安倍能成『我が生ひ立ち　自叙伝』（岩波書店、昭和四一年一一月）
（20）中村元他編『岩波仏教辞典』第二版（岩波書店、平成一四年一二月）
（21）『銀の匙』仮綴本（岩波書店、大正一〇年）
（22）比叡山延暦寺校閲「天台宗における『勤行』について」『天台宗檀信徒勤行経典』（日本仏教普及会、平成七年一月）
（23）木越康・山田恵文「知っておきたい浄土真宗の基礎知識」（『大法輪』第七九巻第五号、平成二四年五月）

(24) 平成二七年一月二七日付筆者宛書簡、大正大学塩入法道先生のご教示による。
(25) オルデンベルク著、三並良訳『仏陀』（梁江堂書房、明治四三年一二月）
(26) ケルン著、立花俊道訳、南条文雄校閲『ケルン氏　仏教大綱』（東亜堂書房、大正三年八月）
(27) 中村元『往生要集』〈古典を読む五〉（岩波書店、昭和五八年五月）
(28) (24)と同じく塩入法道先生のご教示による。
(29) リス・デヰズ著、赤沼智善訳『釈尊之生涯及其教理』（無我山房、明治四四年九月）
(30) 日本近代文学館編『日本近代文学大事典』第四巻（講談社、昭和五二年一一月）
(31) (27)に同じ。

第二章　『犬』

一　『犬』の成立をめぐって

（一）『犬』の問題点

『犬』の初出本文は、当時和辻哲郎が編集を務めていた岩波書店の『思想』第七号（大正一一年四月一日）に掲載された。但し題名の下に「（未定稿）」との記載がある。初版としては、巻頭に「島守」を掲載し、『犬』として岩波書店より大正一三年五月一〇日に刊行されている。

角川書店版全集と岩波書店版全集との間での本文の相違、特に伏せ字の有無に大きな違いがある。岩波書店版全集第二巻「あとがき」に、初出における伏せ字箇所の列記と底本とした単行本と角川書店版全集本文との校合結果が掲載されている。静岡市資料の調査により『犬』稿の変遷経過が更に判明したので、ここに報告する。

これまでの『犬』論では、作品に描かれた内容やテーマに関わる論考に比し、方法論についての論考が少ないことが挙げられる。

『提婆達多』創作において、漱石を意識していたとの指摘が市川浩昭[1]によってなされた。大正十三年の秋から昭和六年まで中勘助の身の回りの世話を行った中島まんの証言[2]によると、「又度々きかされました事は、私は私の師と仰ぐ人をほしい、師と仰ぐ人は一人もないと云ふ事は、お仕事のなさる度毎にきかされました」と、中勘助は師による作品批評を求めていたということが分かる。

筆者は『提婆達多』脱稿の約二年後に初稿脱稿した『犬』も漱石を意識した作品と考え、擬人化の方法をとる『吾輩は猫である』（以下『猫』と省略）との比較において方法を探る。

（二）本文異同

角川書店版全集第二巻収録『犬』の底本について、同書「あとがき」では触れられていない。しかし、静岡市資料 No.013F003（初出への書き入れ稿）の確認から、その資料が底本と確定された。静岡市資料 No.013F017（二校）と校正が進むにつれ、漢字の訂正と振り仮名が書き加えられていったことが分かる。また、静岡市資料 No.019E002 角川書店版全集第二巻（初刷）本文にも更に校正が加えられている。

岩波書店版全集第二巻収録『犬』の底本は、初出と「扉に『三二、八、七再稿』とある中家蔵の著者書き入れ本」と同書「後記」に記載されている。しかし、底本の一冊になったと推測される書き入れ本の指摘は正確でない。同書口絵に「単行本『犬』著者書き入れ」と解説された頁の写真に相当する書き入れが残るのは静岡市資料（大正一三年五月一〇日、岩波書店刊の単行本『犬』書き入れ本）である。同書の扉には黒字で「昭和三十年誤字、句読等調べ済」その横に赤字で「犬モ句読等調べ済三十二年五月十八日　島守　犬　原稿紙に書きかへる」と三行に亘って書き入れられ、『犬』の題字頁（五六頁と五七頁の間）に「三二、八、七　再校　写シカヘノ時尚忘不句読改《?》良スルコト」と赤字で書き入れがある。同書を包んでいた岩波書店名入り茶封筒から岩波書店編集部とやり取りがあったことが分かる。

これにより、『犬』本文の変遷の経過は、中勘助が存命中に校正可能だったと想定できる範囲で、①初出（未定稿）『思想』第七号（大正一一年四月一日刊）掲載→②岩波書店版単行本『犬』（大正一三年五月一〇日刊）→③「句読等調べ済　三二年五月一八日」「三二、八。七、再校」稿→④角川書店版全集への収録を目的とした初出への書き入れ（角川書店版全集『犬』初稿）→⑤角川書店版全集第二巻『犬』初刷（昭和三六年一月三〇日刊）→⑥角川書店版全集『犬』二刷→⑦角川書店版全集第二巻『犬』三刷（昭和四〇年八月三〇日刊）と考えることができよう。

昭和三二年五月当時、中勘助は親しい人への書簡に、角川書店版全集の準備で多忙であることを綴っている。つまり③は、角川書店版全集への収録を目的とした下調べであり、③と④は、時期的に極めて近いと考えられる。

中勘助も予測していた風俗壊乱による発禁処分を受け、①は、性描写を大幅に伏字した結果、公刊された。伏せ字復元の観点では、③には、②の伏せ字部分に復元の書き入れが認められる。④には、①の伏せ字部分に復元の書き入れが認められるも、その部分はさらに二重線で消され伏せ字にされている。結果的に伏せ字部分は①よりも増えている。⑤・⑥においても、伏せ字部分は復元されなかった。中勘助は、作者の編集意図が多く反映された角川書店版全集において、伏せ字部分を復元させた稿を意図的に世に出さなかったと言えよう。

中勘助逝去後に伏せ字復元稿を底本とする単行本が岩波書店より発刊された。その変遷は次のように整理される。①・③→⑧岩波書店版単行本『犬』第二刷（昭和五八年六月三日刊）→⑨岩波文庫『犬　他一篇』（昭和六〇年二月一八日刊）→⑩岩波書店版全集第二巻『犬』（平成元年一一月二一日刊）

⑩に関して、岩波書店版全集第二巻「後記」に「角川書店版全集に従って振仮名を適宜補った」とあるので、⑤・⑥・⑦いずれかを参照したものと考えられる。

定稿としては、作者の構想通りの表現であるという点では、中勘助が伏せ字を復元した③と考えられる。しかし、自らが編集した全集において、**表4**のように、多くの部分に校正の手入れを行い、④を出したことから、中勘助は伏せ字の存在を作品の完成度と切り離して考えていたようだ。『犬』の場合、もと人間であった犬に夫婦生活を語らせるという内容であり、昭和三〇年に発行者・訳者共に有罪の最高裁判決が出た「チャタレー裁判」の問題点とは一線を画す。時代背景を考慮しても、その当時、中勘助が伏せ字復元稿を世に出すことは可能であった。④ではそれをしなかったばかりか、「あとがき」において「この人騒がせな作品は自分ではよく出来たと思つてゐる」と作品への満足を表している。

　これらの点から④も作者本位の定稿と評価できる。

(三)　角川書店版全集本文の特徴

岩波書店版全集第二巻「後記」には、底本とした岩波書店版単行本（前節の②）と角川書店版全集本文との校合結果が記されている。このたび、④の角川書店版本文初稿（初出への書き入れ）と⑤への書き入れ本の存在が判明したので、前節①と⑥との校合結果について次に述べる。まず数多い校正箇所として以下の①～⑥が挙げられる。

①句読点の削除
②漢字への振り仮名・送り仮名の加筆、漢字のひらがなへの、旧仮名の新仮名への書き換え
③繰り返し記号「ゞ」「ゝ」、踊り文字「〱」の文字への置換
④「ゐた」↓「た」、「ゐる」↓「る」、「であつた」↓「だつた」、「である」↓「だ」の置換
⑤「が」↕「けれど」「とはいえ」「そして」、「とはいえ」↓「しかし」「けれども」の置換と削除

⑥会話部分のカギカッコの削除と行詰め（但し、会話文の前後は一字分空白）
⑦伏せ字復元後の二重線での削除・更なる伏せ字指示
⑧助詞「て」「も」「を」「と」の削除
⑨強調記号の削除
⑩主語の削除

右の特徴的な箇所を除いた校合結果を次に表4として示す。

表4　初出への書き入れ

No.	頁・行（角川版）	初出への書き入れ箇所	角川版
①	一六一・二	掠略することをもつて	掠略することを
②	一六一・九	詛つてゐた	咀つてゐた
③	一六二・三 二三二・一〇 二一八・一一	とうとう	たうとう
④	一六二・五	蘇らすためなのだと	蘇らすためだと
⑤	一六二・一〇～一一	檬果樹があつてあたりに枝をひろげてゐる。その逞しい幹におそろしく太い葛蘿が這ひあがつて	檬果樹があたりに枝をひろげ、その逞しい幹に這ひあがつたおそろしく太い葛蘿が
⑥	一六二・一二～一三	くひあつてゐる様子が、なんだか汚らしい手足と胴体とが絡みあつてゐる様な	くひあつてる様子がなんだか汚らしい手足と胴体とが絡みあつたやうな

⑦	一六三・七	厚ぼつたいだぶだぶした	厚ぼつたくだぶだぶした
⑧	一六三・九	なるとはかならず	なるとかならず
⑨	一六三・一〇	そして暫くするとは	暫くすると
⑩	一六三・一三	ごく幼少の頃から	幼少の頃から
⑪	一六四・一 一六五・八 一九〇・一一 一九一・四 一九二・一二 一九三・五 一九五・二 一九七・一二 二〇二・一三 二一一・六 二一七・二～三	身体	体
⑫	一六四・五	ことに	殊に
⑬	一六四・六	神の寵幸とを	神の寵幸を
⑭	一六四・一一	とはいへ聖者は	聖者は
⑮	一六四・一三	坐	座
⑯	一六五・五	ふるはせながら	ふるはせて
⑰	一六五・一一	見すゑたが	見すゑながら

⑱	一六五・一三	そらしてゐたが、	そらしてた彼女は
⑲	一六七・七	とつぷり暮れた。	とつぷり暮れて
⑳	一六八・五	そして落ちついた濁つた	そして濁つた
㉑	一六九・二	ことに対する羞恥・ことに対する愛惜	ことの羞恥・ことの愛惜
㉒	一六九・一二	殆ど宙に浮いて	宙にういて
㉓	一七一・二	とはかぎらなかつたけれど	ではなかつたが
㉔	一七一・一〇	手をとつて	手をとり
㉕	一七三・一四	どうかを気づかふのであつた	どうかが気づかはれた
㉖	一七四・二 二一四・四	一伍一什	一部始終
㉗	一七四・三	身重になつているといふこと	身重になつたこと
㉘	一七四・六	せうことなしに	不承不承に
㉙	一七五・七	水がはひつて、一本の	水をいれて
㉚	一七六・六～七	忘れようなどとは露ほど思ひはしなかつた	忘れようなぞとは露ほども思はなかつた
㉛	一七六・九 二〇二・一二	そして	さうして
㉜	一七六・一二	宿営することになつた。	宿営することになり
㉝	一七九・二	特別乱暴な企もしなかつた	特別乱暴もしなかつた
㉞	一七九・六	虎のごとくに	虎のやうに

㉟	一八二・七	ことはどうしても出来なかつた	ことは出来なかつた
㊱	一八二・一〇	つぶつた目	くわつとあけ放つた目
㊲	一八四・一二	貴様は何者だ	何者だ
㊳	一九七・一五	速に	はやく
㊴	一九八・五～六	灰燼のなかにまつ黒になつた死骸がちらばつて、それを	灰燼のなかにちらばつたまつ黒な死骸を
㊵	一九八・七	爪をもつたお仲間うちとして	爪をもつた仲間として
㊶	二〇五・三	間違なく方面を	間違ひなく方向を
㊷	二〇五・六	間違はず	違はず
㊸	二〇五・七	後ろのはう	後ろに
㊹	二〇五・一一	私は逃げそくなつてしまつた	逃げそこなつた
㊺	二一一・一〇	きゆんきゆんと啼いた	啼いた
㊻	二一一・一三	運悪くとうとう出会はなかつた	運悪く出会はなかつた
㊼	二一一・一五	ともかく相応の	相当の
㊽	二一二・一	歩いたのだけれど	歩いたのに
㊾	二一二・五	噛みついて無茶苦茶にがりがりと	噛みつき無茶苦茶に
㊿	二一三・五	匂がしてごちゃごちゃに互に	匂がごちゃごちゃに
51	二一三・九	藪のなかを	藪を

㉜	二一三・一五	見るばかりである。	見るばかり。
㉝	二一七・一〇	本然の傾向に戻つた	本然の傾向に悖つた
㉞	二二三・一	それとともに	同時に

(四)　方法論について

中勘助は、一高・東京帝国大学英文科時代の恩師・漱石の推薦により『銀の匙』とその後篇「つむじまがり」が『東京朝日新聞』に掲載された幸運な作家である。中勘助自身、漱石から『銀の匙』絶賛の書簡を生前大切にしており、現在静岡市によって保管・管理されている。しかし中勘助による漱石の作品に対する評価は決して高くない。大正六年六月号の『三田文学』（第八巻第六号）に掲載された「夏目先生と私」では、漱石の『猫』に関する中勘助の回想は他の作品に比し多い。『猫』が評判になった頃は「併しその頃の私は詩歌ばかりを愛読して散文といふものは見向きもしなかつた」、「『吾輩は猫である』はその表題からして顔をそむけさせるに十分であつた」と関心外であり、大学入学後も「はじめて『猫』を手にとつてみたが、はじめの百頁内外で厭きてしまつたきりいまだにその先を知らない」と述べた。

大学の講義中の漱石による、次のような『猫』にまつわる言動もそこには記録された。

　また別の先生が『猫』を評して　自分はあの中の人物や事件を知つてるから面白いがさうでない人にはさほどでないだらう　といふようなことをいつたといふ話をして

「そんなんぢやない」

といつた。また遠方の知らない人がそつくり『猫』のまねをして書いたものを送つてよこしたといつた。そして

「なるほどよくまねてあつたが、そんなことをしたつてつまらないぢやありませんか」

といふやうなことをいつた。先生は独創がなくてはいけないといふことを度たびいつた。

これにより当時の『猫』の模倣作を漱石自身が「独創がなくてはいけない」と批判していたことが分かる。その漱石が『銀の匙』に独創性を認めていたことを中勘助自身が同稿で記述している。

先生はまた　子供の時のことを書いたものといへばトム　ブラウンやバッド　ボーイがあるが書いてある方面がちがふ。谷崎氏の「少年」はああいふもので『銀の匙』とは少したちがちがふし『銀の匙』のやうなものは見たことがない　といつた。先生は　綺麗だ　といつた。細い描写　といつた。また　独創があるといつた。私は「独創」といふ言葉をきいて　大学以来だな　と思つた。

『猫』受容者による「追随作」約一二〇作は日比嘉高により[3]、「同工異曲もの　飼い猫の視点から主人の家を観察し語るという趣向を借りて、別の世界で同趣の物語を行う」作品、「続編　『猫』の吾輩や他の人物の後日談を語る」作品、「手引き書　専門的な知識を普及させるために、当の知識の対象（養蚕なら蚕、映画ならばフィルムなど）が一人称『吾輩』となって叙述を行う」作品、「タイトル（のみ）の参照　内容は『猫』と直接関係ないが、

『吾輩は〜である』というタイトルをもつ」作品の四つに分類され、中勘助同様、漱石山脈の一端を担う内田百閒の代表作『贋作　吾輩は猫である』はそれらの中に含まれる。日比の挙げる追随作の中に『犬』は含まれないが、『猫』を換骨奪胎した『犬』こそ、漱石の影響を受けた中勘助が独創性を駆使した自信作と言えよう。

『猫』と『犬』の作品構造を対照すると表5の通りである。

表5　『猫』と『犬』の作品構造対照表

項目	A『猫』	B『犬』
①作品の時代	日露戦争下（明治三七年六月頃〜明治三八年一月頃）	ガーズニーのサルタン・マームードのインド侵略下（一〇一八年一〇月頃から一〇一九年）
②初出時	明治三八年一月	大正一一年四月
③主人公	一人称の語り手の猫（「我輩」）	ヒンズー教の僧・娘（共に名前が記されず、犬へと変身を遂げる）
④語りの内容	猫が見聞きした苦沙弥ら「太平の逸民」の言動	娘の恋の結末・娘犬が体験した僧犬との望まぬ夫婦生活・僧の破戒と異教徒殺害の経緯・僧犬が望んだ娘犬との夫婦生活
⑤食の記録	雑煮の餅	娘犬……死産した嬰児・人間の睾丸・大きな魚の頭
⑥主人公が体験する暴力	猫が行う「蟷螂狩り」「蝉取と云ふ運動」（「鼠狩り」）	娘の経験……異教徒からの性暴力・主人からの虐使・僧からの性暴力 娘犬の経験……僧犬からの性暴力、四匹の子犬の死 僧の経験……異教徒からの迫害・異教徒への

		復讐・娘への性暴力 僧犬の経験……娘犬への性暴力・娘犬から噛み殺される
⑦主人公の最後	溺死（「南無阿弥陀仏南無阿弥陀仏」と唱えながらの「大往生」）	僧犬……噛殺 娘……元の人間の姿に戻るが裂けた大地の奈落へ落ちる（湿婆神への祈りの結果）
⑧権力者	実業家・男爵・軍人	征服者（娘・僧ら現地人に対し）・主人（孤児である娘に対し）・宗教者（カースト下位の娘に対し）・「強さ」と「智慧」（犬において）

表5内、項目①について、山田有策[4]の指摘を始め、A『猫』では、日露戦争に関する言説が多数認められ、漱石の文明観を窺い知ることが出来る。

中でも小森陽一[5]は、「⑥主人公が体験する暴力」にあるような猫によって「運動」と評される種種の狩を戦争のメタファーとして漱石が表現した箇所に注目した。小森は、「鼠狩り」の「『吾輩』は自らを『東郷大将』になぞらえ、鼠軍団を『バルチック艦隊』と称し、鼠が姿を隠している『戸棚』を『旅順椀』と呼んでいる。『大運動』としての『鼠狩り』は、日露戦争なのだ」と述べた上で、「大運動でない代りにそれ程の危険がない」「蟷螂狩り」と「蝉取と云ふ運動」の描写に触れ、「『吾輩』の語りからは、他者を殺傷する欲望と、強姦における暴力への欲望とが等質であることが見えてくる」「その語りの中にも、性的欲望と連動した描写があらわれてくる」と、作品の時代背景としての戦争と主人公の性暴力への傾倒を「欲望」というキーワードのもと関連付ける。『猫』では隠喩として表現された戦争と性暴力との関係を顕在化したのが、『犬』と言えよう。『猫』では蟷蜘・蝉に暴力を行使する「吾輩」の視点から描写されたものが、『犬』においては被害者である娘（娘犬）の体験として描かれる所に大きな相違がある。

表5内、Ｂ『犬』項目①⑥の部分を確認すると、時代背景としての「征服者」サルタン・マームードの軍隊が印度に侵入し、現地人「偶像崇拝者」の文化を破壊していったという大きな暴力が描かれる。その過程で「征服者」である回教徒の青年士官から「現地人」の娘が強姦されるという事件が物語の発端にある。娘が宿した胎児の父親に一目会いたいと神に願掛けに通う途中で出会ったヒンズー教の僧から、異教徒と通じた事を非難され堕胎を強要された上に、さらに強姦される。同民族間での心身両面に及ぶセカンドレイプは、性的執着から僧が自らと娘を呪法によって犬と変身させた後には、夫婦間におけるドメスチックバイオレンスと形を変える。当初はカーストの上位者による下位者に対しての、犬の夫婦になってからは夫による妻に対しての性暴力が描かれる。その間に僧は呪法によって恋敵の青年士官を殺し、その報復としてマームードによって町が焼き払われるという事件が起こる。僧犬との間に産まれた子犬を犲《やまいぬ》に殺された娘犬は逃亡の末、僧犬を噛み殺す。

異民族間の戦争という暴力と、同民族間、同種間、夫婦間の暴力が連鎖して物語は進展する。

表5内、Ｂ『犬』項目⑤「人間の睾丸」のように戦争下、飢えた犬がマームード軍により焼き討ちにあった町で犠牲者の肉を食す場面が描写される。これにより、『猫』発表と同時期に漱石が、『帝国文学』明治三九年一月号（第一二巻第一号）に発表した「趣味の遺伝」冒頭の「陽気の所為で神も気違になる。『人を屠りて飢えたる犬を救え』と雲の裡より叫ぶ声が、逆しまに日本海を撼かして満州の果まで響き渡つた時、日人と露人ははつと応えて百里に余る一大屠場を朔北の野に開いた」という表現を中勘助が意識下においていたと推測される。この文章中の『犬』を「漱石が忌み嫌った『天下の犬ども』すなわち無教養で傲慢な実業家や役人」[6]と比喩表現として

捉える説もあるが、言葉通りに受け止めるならば、飢えた犬が犠牲者の死体を食べる場面は、戦争の醜悪で残酷な実態の象徴表現と言えよう。

『猫』では「あら猫が御雑煮を食べて踊を踊つてゐる」と子供に言われるような、餅に食い込ませた歯が取れなくなるという、人間の食べ物を食べたことによる滑稽が描かれる。それに対し『犬』の場合、恐ろしいカニバリズムが描かれる。

堀部功夫は、『銀の匙』の表現上の特徴の一つを「視・聴覚だけでなく、嗅・味・触覚をふくめ五官全体へ戦慄的に訴える表現」[7]と述べた。『犬』の表現にもこれは当てはまる。次にそれらの表現を挙げる。

> そこで彼女は胎児をぱくりと口にくはへた。で、舌を手伝はせながら首をひとつ大きくふつて奥歯のはうへくはへこんだ。そして二つ三つぎゆつと噛んでその汁けを味つたのちごくりと呑み込んでしまつた。
>
> それはぬらめいて渋みのある、こり〳〵しやき〳〵した物だつた。彼女はあらまし噛み砕いて苦労して呑みこんだ。むつとする噯気が出た。
>
> で、大急ぎでぐわつと噛みついて無茶苦茶にがり〳〵と噛み砕いてのみこんだ。彼女は幾度も喉に骨をたて、はぎやつと吐き出した。

これらの表現には、「ぎゆつと噛んで」「ごくりと呑み込んで」「こり〳〵しやき〳〵した」「むつとする噯気」

「ぐわつと噛みついて」「がり〳〵と噛み砕いて」「ぎやつと吐き出した」と、オノマトペが嗅・味・触覚の表現に活用されている。

（五）三人称の語り

表5内、B『犬』項目③のように、中勘助が『猫』追随作の多くが採用した一人称ではなく三人称を選んだ理由について、漱石の『文学論』第四編第八章「間隔論」Ivanhoe における佳人 Rebecca による戦況報告場面を例に挙げ、説明を試みたい。

漱石の解説を要約すると、通常記―著―読（記は記事、著は作家、読は読者）であるが、作品の幻惑度が高いと著者の存在を読者が忘れて記―読となる。Rebecca による戦況報告場面のように、叙述者の語りが生き生きとしている場合、著者と叙述者が入れ替わり、記―Ⓡ―読（ⓇはRebecca）となる。さらに幻惑度が高いと読記となり、著者が疎外視され読記―著となる。

原子朗は、『猫』の一人称の語りを「文体論的には、そうした〝神〟の立場に近い猫の視点が、たえず作者の精神の構造を読者に感じさせずにはいない。が、そのことは文学としてプラスなのかマイナスなのか、にわかには決めがたい。（中略）私たち読者は『猫』にひきずりこまれて、たしかに読記となることもできるものの、指摘してきたように著である漱石の眼光や精神の構造を圏外に放つことはできないからである。猫の姿はあくまで仮の姿であって、そこに著者の生《なま》な精神を読み取らされることを余儀なくされる」[8]と論じる。

三人称の語りを採用しながらも、記―僧・著―読　もしくは読記―僧・著という効果を上げている『犬』の表現の一例を次に挙げる。

彼は背面の隅の地面に近いところに明りの漏れる小孔を見つけて、そこへいやな恰好に四つ這ひになつて腹をひどく波たせながら覘きはじめた。

それとは知らず娘は一心不乱に祈願をこめてゐる。うす暗い燈明の光がこちらから裸体の半面を照らしてふんわりした輪廓を空に画いてゐる。しつかりと肉づいてのび〳〵した身体が屈んだり伸びたりする。むり〳〵した筋肉が尺蠖のやうに屈伸する。彼はその一挙一動、あらゆる部分のあらゆる形、あらゆる運動をひとつも見逃すまいとする。娘はつゝましく膝をとぢ、跪いてじつと神像を見つめたのち、祈願の言葉を小声にくりかへしながら上体をまげて、両肱と額を地につけて敬虔に平伏する。うなじから背筋へかけて強い弓のやうに撓んで、やゝ鋭い角をなしたゐしきがふたつ並んだ踵からわづかにはなれる。娘は起きあがる。顔が美しく上気してゐる。今度はかた膝をふみ出し左手を土について身を支へながら、及び腰に右手をのばして神像に浄水をふりかける。丸々した長い腕、くぼんだ肱、肉のもりあがつた肩、甘い果のやうにふくらんだ乳房、水々しい股や脛、きゆつと括れた豊かな臀……その色と、光沢と、あらゆる曲線と、それは日々生気と芳醇を野の日光と草木の薫から吸ひとつて蒸すやうな匂をはなつ一匹の香麞のやうに見える。

燈明が消えかゝつたので娘はかたよせた着物をとつてぐる〳〵と身につけはじめた。韻律正しい詩がこはれて平板な散文になつた。彼は非常な努力をもつてそこをはなれた。（『犬』）

娘が全裸で祈る姿を僧が覗く場面だが、煽情的というよりも美しい気品が漂う裸体描写である。「ふんわりした輪廓」「しつかりと肉づいてのび〳〵した」「むり〳〵した筋肉」「丸々した長い腕」「きゆつと括れた豊かな生じている。

臂」など中勘助特有のオノマトペを用いた表現の中で、僧の視点が読者の視点に重なり、記読の幻惑の効果が

(六)　まとめ

(二)の結果として、単純に文章量の点で角川書店版と岩波書店版の全集本文を比較した場合、角川書店版は一頁(43×16)字の組み方で約六二頁、岩波書店版は一頁(44×16)字の組み方で約六八頁というように、角川書店版の方がコンパクトに収まっている。(三)の**表4**のほぼ全項目が表現を短く平易にした赤字による校正である。中でも**表4**内㊱のように、怪奇映画さながら起屍鬼の表情をドラマチックにした赤字による校正もある。これら角川書店版全集本文校正の結果から、本文全体が短くなり、次から次へと驚くべきエピソードが行動中心に語られ、スピード感溢れる展開となった。

(四)に本文中より抜粋した表現にも表れたように、中勘助自身、自身の表現上の特徴とその効果を理解した上で、普通の人間が体験しえない異常な世界に読者をいざなうことに成功している。**表5**内、項目④のように猫が垣間見た人間の生活を人間のように見聞きし語るという擬人化の方法を単純に換骨奪胎したのではなく、元人間だった犬が本能的・外面的には犬の生活、その実、内面的には人間の夫婦生活を語る方法で、『犬』にはひねりと独創がある。**表5**内、項目⑤「食べ物の記録」にある表現と方法の点により、『猫』が猫に餅やビールなど人間の食べ物を与える場面を描き、猫を人間に近づける方法を採用していたのに対し、『犬』の場合、犬ならではの食行動を描き、人間が犬に近づく臨場感を演出している。娘犬の本能に基づく食行動の場面や怒りに基づき僧犬を噛み殺す場面では、犬としての行動の後に、人間としての内面的葛藤や絶望が現れるという展開となって

いる。表5内、項目①のように戦時下、非常事態時の時代背景も中勘助の場合、主人公の僧犬・娘犬から財産や社会的階級、人間的な繋がりなど全ての属性を奪う設定として有効であった。表5内、項目⑧のように人間世界に存在する階級差が崩れ、「力」と「智慧」が尊ばれる犬の世界においてさえも、僧犬は夫婦・宗教等、社会制度を後ろ盾に獣欲を満たそうとする。『猫』が当時のインテリが社会において台頭してきた権力を批判したのに対し、『犬』の場合、戦時下で全てを失った僧犬の中に、無教養で属性を持たない娘犬の視点から、人間の身勝手さを認める構造となっている。『犬』において中勘助は、人間が社会的属性を失った時にさえも持ち続ける自分本位さに痛烈な批判を与えている。その点で『犬』は人間の根源的悪に迫った作品と言えよう。

以上のように方法・構成の両面で、『猫』を念頭に置きながら、中勘助は『犬』において戦時下における性暴力や夫婦間の性暴力、人間の根源的な悪など普遍的かつ深刻な問題を扱った。この点からも、『犬』は伏字の存在とは離れて、中勘助の自信作となったと考えられる。

二　『犬』における人物造型

日本近代文学では外国の歴史を題材とした作品が少なくない。その多くは作者が収集した資料を基に史実を検討し、創作したものである。インド史を題材とした作品に関して述べると、森鷗外・大村西崖共著『阿育王事蹟』（春陽堂、明治四二年一月）を始め、仏伝や仏弟子伝等仏教史を題材とした作品が数多い。これには、日本では古来より仏教思想と共に受容してきた仏教史の方が、それを包括するインド史よりも一般的であったという特異な外国文化の理解方法が窺える。

中勘助の作品群の中にもインド史や仏教史を題材に採った作品がある。特に『犬』（『思想』第七号、大正一一年四月）は、『提婆達多』（初版、新潮社、大正一〇年五月）、『菩提樹の蔭』（『思想』第八九号、昭和四年一〇月）と共にインドを舞台とした作品であることからインド三部作と称される。『犬』の先行研究は、その大多数がテーマを論じたものであり、典拠に関して実証的に論じたのは、『犬』の書き出しを「V.A.Smith : *Early History of India.* に拠る部分があるのではないか」と指摘した堀部功夫のみである。堀部がその際に「中は『犬』の時代背景的記述を歴史書の借用で済ませているわけで、その点『提婆達多』執筆時『参考書は相当読んだけれど目的は小説で歴史ではないのだから結局自由な態度をとつた』（角川書店版『中勘助全集』第二巻あとがき）姿勢に通いあう。『犬』において『時代』はそれほど重要を担っていない、ともいえよう」[9]と記したように、作品とインド史との関連は問題視されなかった。

平成二四年度に筆者が行った静岡市資料調査の結果、中勘助が創作の過程で参考にしたインド史書の書き入れと作品のモデルが明らかとなった。そこで、本論では登場人物チエラルの人物造型を中心に『犬』の創作にどのようなインド史書が影響したのか調査結果を示し、『犬』とインド史との関連に言及する。

（一）典拠本に表れたアレキサンダー大王東征とマームードのインド侵入

中勘助は次の引用のように、大正一〇年六月八日付和辻哲郎宛書簡（岩波書店版『中勘助全集』第一五巻、四五～四六頁）で前掲書 *Early History of India*（以下、Early Hist. of Ind. と略す）一三頁の脚注に注目した。

Most of the Greek and Roman notices of India have been collected, translated, and discussed by the late Dr. McCrindle in six useful books, published between 1882 and 1901, and dealing with (1) Ktesias, (2)

Indika of Megasthenes and Arrian, (3) Periplus of the Erythraean Sea, (4) Ptolemy's Geography, (5) Alexander's Invasion, and (6) Ancient India, as described by other classical writers.
V.Smith の Early Hist. of Ind. の脚注（十三頁）に上記の様な事がありました。（中略）上記の本は一つはそれが読みたいからですが一つは今度書く阿育王の参考にもしたいのです。今注文しても六ケ月とみて（此間丸善からさういつてよこしましたからDipavansaを注文した時）十二月頃でなくては手に入らないとすると、それから読みだして愈筆をとるのはいつの事か、随分じれつたい話です。

同書中の「V.Smith の Early Hist. of Ind. の脚注（十三頁）」の引用元第Ⅰ章Ⅱ Sources of Indian History 見出し Arrian, and others. の本文を以下に挙げる。

Arrian, a Graeco-Roman official of the second century after Christ, wrote a capital description of India, as well as an admirable critical history of Alexander's invasion. Both these works being based upon the reports of Ptolemy son of Lagos, and other officers of Alexander, and the writings of the Greek ambassadors, are entitled to a large extent to the credit of contemporary documents, so far as the Indian history of the fourth century B.C. is concerned. The works of Quintus Curtius and other authors, who essayed to tell the story of Alexander's Indian campaign, are far inferior in value; but each has merits of its own.

以上により、当時の中勘助は *Early Hist. of India* に紹介されたアレキサンダー大王の東征について、特に McCrindle によって翻訳された資料に高い関心を示していることが分かる。静岡市資料 No.062A015 Vincent A. Smith, *The Early History of India Including Alexander's Campaigns*, 3rd.Edition（Oxford at the Clarendon Press, 1914）中の書き入れ線一二八箇所（**表6**）の内、No.6～27の二二箇所が第Ⅱ章 ALEXANDER'S INDIAN CAMPAIGN：THE ADVANCE にあり、この結果も中勘助による大王東征への関心の現れと言えよう。この関心の源は、中が当時、作品の『思想』掲載を巡って交流した『思想』編集担当であった和辻哲郎であることは、和辻の次のような作品群から分かる。それらは論文「北西印度、波斯、希臘」（『思潮』第二巻第一〇号、大正七年一〇月）、論文「アレキサンドルの遠征と西北印度」（『思潮』第二巻第一一号、大正七年一一月）、小説「健陀羅《がんだあら》まで」（『読売新聞』大正八年三月二〇日～四月一九日）である。「北西印度、波斯、希臘」は紀元前に北西インドに侵入したペルシャ・ギリシャ等の西方文化を歴史的に概観した論文であり、それぞれの文化の特徴、美術、歴史について詳しく解説している。紀元前のインド史の中でもアレキサンダー大王の東征がインドに及ぼした影響とその過程における大王の人間性の変容について論じたのが「アレキサンドルの遠征と西北印度」である。そこではインドからの帰途に気高さと自制の念が大王から失われていく経緯と共に、その若くしての死について「アリストテレースの力が、彼から去ることによつて彼を殺した」という哲学的な解釈が記されている。小説「健陀羅まで」は『読売新聞』連載の小説であり、アレキサンダー大王によって征服されたペルシャ王宮を舞台とし、青年武将カリステネスを主人公にする。愛妾タイスの甘言により、王宮に火を放つなど君主の気高さを失いつつある大王の周辺に抗争と暗殺の不穏な空気が流れる中、カリステネスは救世主の出現に救いを求める。ガンダーラの地で涅槃を説く女たちに出会い、その教団に入信を決意した夜、カリステネスは大王暗殺の首謀者として捉えられる、という筋である。

このような作品群の背景には、和辻によるアレキサンダー大王の東征への深い関心があったものと推測される。だからこそ、大王東征に関する資料収集の相談を中勘助は和辻に持ちかけたと考えられる。

次いで『犬』のインド史に関する歴史的記述の典拠本を静岡市資料に探した。サルタン・マームードのインド侵入について記載された書籍が二冊見つかった。**表7**として示す。

表7の①②③は既に堀部によって指摘済みだが、同項の④〜⑬における静岡市資料 No.067A008 Stanley Lane, *Mediaeval India under Mohammedan Rule*（T. Fisher Unwin Ltd. 1917 以下、*Mediaeval India* と略す）の指摘は筆者によるものである。

○「有名なガーズニーのサルタン・マームードは印度の偶像教徒を迫害し、その財宝を掠略することをもつて畢生の事業として」

① A few years later（A.D.997）the crown of Sabuktigin descended, after a short interval of dispute, to his son, the famous Sultan Mahmud, who made it the business of his life to harry the idolaters of India, and carry off their property to Ghazni.（*Early Hist. of India* pp.382-383）

○「紀元一〇〇〇年から一〇二六年のあひだにすくなくとも十六七回の印度侵入を企てた」

② He is computed to have made no less than seventeen expeditions into India.（Early Hist. of India p.383）

④ Between the year 1000 and 1026 he made at least sixteen distinct campaigns in India.（*Mediaeval India* p.18）

表6　"The Early History of India"への書き入れ

No.	章番号	章　名	節　名	項目名	ページと行
1	I.1	INTRODUCTION		Predominant dynasties.	p.6 l.10-l.16
2	II	THE DYNASTIES BEFORE ALEXANDER 600 B. C. TO 326 B. C.		Persian conquests.	p.37 1.8-1.27
3				c.500B. C.	
4				Rise of Chandragupta Maurya. 322 B. C.	p.42 l.5-l.12
5				Accession of Chandragupta.	p.43 l.12-l.23
6	III	ALEXANDER'S INDIAN CAMPAIGN : THE ADVANCE		April, 327 B. C. Passage of Hindu Kush.	p.49 l.1-l.11
7				Taxila.	p.61 l.17-l.22
8				Preparation for passage of river.	pp.63 l.31-pp.71 l.4
9				Provision of boats.	
10				Beginning of July. 316 B. C. Reserve force.	
11				Night march.	
12				The battlefield.	
13				The Indian army.	
14				Indian equipment.	
15				Alexander's tactics.	
16				First stage of battle.	
17				Second stage of battle.	
18				Third stage of battle.	

19				Rout of Indians.	
20				Capture of Poros.	
21				The Glausai and Poros Ⅱ.	p.73 l.8-l.12
22				The altars.	pp.76 l.28-pp.77 l.15
23				Worship at altars by Chandragupta.	
24			AppedixD Alexander's Camp ; the Passage of the Hydaspes ; and the Site of the Battle with Poros.	Night march.	p.82 l.27-l.45
25				Alexander's on interior line.	p.83 l.36-l.37
26				Battlefield.	p.84 l.9-l.19
27				Conclusion.	pp.84 l.43-pp.85 l.14
28	V	CHANDRAGUPTA MAURYA AND BINDUSARA, FROM 221 B. C. TO 272 B. C.		Native revolt.	p116 l.24-l.31
29				Early life of Chandragupta.	p.117 l.3-l.14
30				Usurpation of throne of Magadha. 322 B. C.	pp.118 1.3-pp.119 1.21
31				Invasion of Seleukos Nikator.	
32				312 B. C.	
33				305 B. C.	
34				Treaty between Seleukos and Chandragupta.	
35				303 B.C.	
36				Achievements of Chandragupta.	p.120 l.9-l.17
37				Pataliputra, the capital.	pp.121 1.10-pp.125 1.31

38				Palace.	
39				Court.	
40				Chase.	
41				Habits of the king.	
42				Plots.	
43				Military strength.	
44				Arms.	
45				Chariots and elephants.	
46				Size of Indian armies.	
47				New writers.	pp.129 l.19-pp.131 l.6
48				Penal code.	
49				The Sudarsana lake	pp.132 l.14-pp.133 l.2
50				Imperial care for irrigation.	pp.133 l.16-pp.135 l.3
51				Strict control.	
52				Riding regulations.	
53				High degree of civilization.	pp.135 l.13-pp.136 l.19
54				Arthasastra describe preMaurya conditions.	pp.137 l.20-pp.140 l.17
55				Autocracy tempered by reverence for Brahmans.	
56				The treatise applies only to a small kingdom.	

57				Every kingdom actually or potentially hostile.	
58				No morality in statecraft.	
59				Universal suspicion and espionage.	
60				Employment of courtesans.	
61				Princes like crabs.	
62				The duty of a king.	
63				Sale of honours.	p.142 l.7-l.18
64				Penal code.	pp.143 l.21-pp.144 l.25
65				Judicial torture.	
66				The Arthasastra a practical manual.	
67				Success of Chandragupta.	p.145 l.4-l.11
68				Indian military organization.	p.146 l.2-l.10
69				298B. C. Bindusara.	p.147 l.1-l.10
70				Embassy of Dionysios.	pp.147 l.23-pp.148 l.4
71				Probably effected by Bindusara.	pp.148 l.28-pp.149 l.10
72			Appendix G The Arthasastra, or Kautiliya-Sastra	Maurya age of the work.	p.153 l.5-l.13

73	Ⅵ	ASOKA MAURYA		Asoka as Crown Prince.	pp.154 l.1-pp.156 1.10
74				Taxila.	
75				Taxilan customs.	
76				Favourable position of the city.	
77				Ujjain.	
78				Asoka's peaceful accession.	
79				273 or 272 B.C. Accession ; 269 B.C. Coronation.	pp.156 l.17-pp.160 1.3
80				261 B. C. Kalinga war.	
81				Misery caused by the war.	
82				The remorse of Asoka.	
83				Asoka forswears war.	
84				Moral propaganda.	
85				257, 256 B. C.	
86				About 249 B. C. Pilgrimage.	
87				Birthplace of Buddha.	
88				Other holy palaces.	
89				Retrospect in the Seven Pillar Edicts.	pp.160 l.32-pp.161 1.3
90				The Council of Pataliputra.	p.161 l.16-l.22
91				Asoka in Nepal.	p.162 l.4-l.24

92	Ⅶ	ASOKA MAURYA (CONTINUED) ; AND HIS SUCCESSORS		Dhamma, or Law of Piety.	p.175 l.1-l.28
93				Sanctity of animal life.	
94				Doctrines of re-birth and Karma.	
95				Comparative disregard of human life.	p.176 l.17-l.22
96				Abolition of the royal hunt.	pp.177 l.1-pp.179 1.25
97				Code of 243 B. C.	
98				Reverence.	
99				Truthfulness.	
100				Toleration.	
101				Asoka's practice.	
102				Limitations.	
103				True charity.	
104				True ceremonial.	pp.180 l.1-pp181 l.9
105				Virtues inculcated.	
106				Official propaganda.	
107				Censors.	
108				Almoner's department.	pp.182 l.17-pp.186 1.25
109				Provision for travellers.	
110				Relief of sick.	
111				Animal hospital at Surat.	

112				Foreign propaganda.	
113				Extent of missions.	
114				Protected states and tribes.	
115				Southern kingdoms.	
116				Princes as monks.	
117				Mahendra in Ceylon.	
118				Missions to Hellenistic kingdoms.	pp.188 l.3-pp.189 1.13
119				Buddhism became a world religion.	
120				The work of Asoka.	
121				Upagupta.	pp.189 l.29-pp.191 1.14
122				Asoka's energy,	
123				and industry.	
124				Character of Asoka.	
125				Samprati ; Buddhist tradition.	pp.192 l.22-pp.193 1.7
126				Jain traditions.	
127				Decline and fall of the Maurya dynasty.	pp.194 l.12-pp.193 1.13
128				Local Maurya Rajas.	

表７　『犬』と典拠本との照合

『犬』本文	Early Hist. of India	Mediaeval India
有名なガーズニーのサルタン・マームードは印度の偶像教徒を迫害し、その財宝を掠略することをもつて畢生の事業として、	①A few years latert (A.D.997) the crown of Sabuktigin descended, after a short interval of dispute, to his son, the famous Sultan Mahmud, who made it the business of his life to harry the idolaters of India, and carry off their property to Ghazni.	
紀元一〇〇〇年から一〇二六年のあひだにすくなくとも十六七回の印度侵入を企てた。	②He is computed to have made no less than seventeen expeditions into India.	④Between the year 1000 and 1026 he made at least sixteen distinct campaigns in India,
いつも十月に首都を発して三ケ月の不撓の進軍をつづけたのち内地の最富裕な地方に達する慣ひであつたが、	③It was his custom to leave his capital in October, and then three month's steady marching brought him into the richest provinces of the interior.	
かやうにして印度河から恒河にいたるまでの平原を横行して		⑤in which he ranged across the plain from the Indus to the Ganges.
市城を陥れ、殿堂偶像を破壊することによつて、彼は「勝利者」「偶像破壊者」の尊称を得た。		⑥Year after year Mahmud swept over the plains of Hindustan, capturing cities and castles, throwing down temples and idols, and earning his titles of 'Victor' and 'Idol-breaker', Ghazi and Batshikan. (p.21)

〈151頁に続く〉

此度彼の馬蹄が印度の地を踏んでから、向ふところ敵はみな風を望んで降つた。		⑦Forts and cities surrendered as the great sultan passed by;
インダス、ヂェーラム、チエナブ、ラヴィ、サトレッヂの諸河は難なく越えられた。		⑧One after the other the rivers of India were crossed, Indus, Jehlam, Chenab, Ravi, Sutlej, with scarcely a check.
彼は鬱茂たるヂヤングルをとほして「櫛が髪を梳くやうに」進んだ。		⑨through the thick jungle he penetrated 'like a comb through a poll of hair,'
十二月初め彼はヂヤムナ河に達してマットウラを陥れ、		⑩Early in December he reached the Jumna and stood before the wall of Mathura,
更に東して同月末カナウヂに達した。		⑪Pressing eastwards, Kanauj was reaches before Christmas.
七つの塞をもつて固められたガンガ河上の大都市は一日にして攻略された。		⑫and the seven forts of the great city on the Ganges fell in one day.
この時波斯の奴隷市場は彼らのため供給過剰に陥つて、一人の奴隷が二シリングで売買されたいふ。		⑬the slave markets of Persia were glutted and a servant could be bought for a couple of shillings.

○「いつも十月に首都を発して三ケ月の不撓の進軍をつゞけたのち内地の最富裕な地方に達する慣であつたが」

③ It was his custom to leave his capital in October, and then three month's steady marching brought him into the richest provinces of the interior. (*Early Hist. of India* p.383)

○「かやうにして印度河から恒河にいたるまでの平原を横行して」

⑤ in which he ranged across the plain from the Indus to the Ganges. (*Mediaeval India* p.18)

○「市城を陥れ、殿堂偶像を破壊することによつて、彼は『勝利者』『偶像破壊者』の尊称を得た」

⑥ Year after year Mahmud swept over the plains of Hindustan, capturing cities and castles, throwing down temples and idols, and earning his titles of 'Victor' and 'Idol-breaker', Ghazi and Batshikan. (*Mediaeval India* p.21)

○「此度彼の馬蹄が印度の地を踏んでから、向ふところ敵はみな風を望んで降つた」

⑦ Forts and cities surrendered as the great sultan passed by; (*Mediaeval India* p.21)

○「インダス、ヂェーラム、チエナブ、ラヴイ、サトレッヂの諸河は難なく越えられた」

⑧ One after the other the rivers of India were crossed, Indus, Jehlam, Chenab, Ravi, Sutlej, with scarcely a check. (*Mediaeval India* p.24)

○「彼は鬱茂たるヂヤングルをとほして『櫛が髪を梳くやうに』進んだ」

⑨ through the thick jungle he penetrated 'like a comb through a poll of hair,'（*Mediaeval India* p.24）

○「十二月初め彼はヂヤムナ河に達してマットウラを陥れ」

⑩ Early in December he reached the Jumna and stood before the wall of Mathura,（*Mediaeval India* p.24）

○「更に東して同月末カナウヂに達した」

⑪ Pressing eastwards, Kanauj was reaches before Christmas.（*Mediaeval India* p.25）

○「七つの塞をもつて固められたガンガ河上の大都市は一日にして攻略された」

⑫ and the seven forts of the great city on the Ganges fell in one day.（*Mediaeval India* p.25）

○「この時波斯の奴隷市場は彼らのため供給過剰に陥つて、一人の奴隷が二シリングで売買されたといふ」

⑬ the slave markets of Persia were glutted and a servant could be bought for a couple of shillings.（*Mediaeval India* p.25）

以上により、中勘助は複数の英文参考図書の中に、実在の歴史上の人物であるアレクサンダー大王とサルタン・マームードの行状を発見し、作品の歴史的著述に用いたことが分かった。

(二)『犬』の人物造型

『犬』においてサルタン・マームードは、「一〇一八年にマームードがヒンドスタンの著名な古都カナウジのはうへ兵を進めた時のことである。彼の颱風のごとき破壊的進撃の通路にあつてクサカという町があつた。彼の軍隊は行軍の都合上そこに宿営した。さうして、略奪、凌辱、殺戮等、型のごとくあらゆる罪悪が行われたのち、彼らは津波のやうに町を去つた」（二五九頁）、「夜に入つてマームードの怒と人間の野性がクサカの町にむかつて爆発した。回教徒は全市に放火して灰燼に帰せしめ、逃げまどふ住民を手あたり次第に殺戮した。暗い大きな平野のなかにクサカの町の滅亡する火焔と赤黒い煙とがもの凄く舞ひあがつた」（一八八～一八九頁）と、部下による「略奪、凌辱、殺戮等、型のごとくあらゆる罪悪」を容認し、自らの怒りのために町を壊滅させる残忍な性格として描かれた。

一方、『犬』典拠本である*Mediaeval India*において、

> Mahmud was not cruel; he seldom indulged in wanton slaughter; and when a treaty of peace had been concluded, the raja and his friends were set free. (p.19)

と、めったに冷酷な行為を行わなかったと表現される。この性格の変容は、『犬』においてマームードに近い人物として描かれ、作品全体を通じて影響力を持ち続けるマームードの部下ヂエラルの描写と関連してみる必要があろう。

Early Hist. of India 及び *Mediaeval India* 両書にヂエラルという名の歴史上の人物は現れない。作品に描かれた

ヂエラルの人物像を次のように整理することができる。

一点目は、年若いが身分が高く武功に優れ、マームード軍で敬愛された人物像である。作品本文中の「彼は年はまだ若かつたが身分の高い勇敢な騎士であつた。さうして今度の遠征にも度々抜群な働きをして敵味方に驍勇を示したし、獲物も運びきれぬほどであつた。赫々たる功名と戦果は彼の心を此上なく幸福にした」（一八一頁）、「夕刻彼らはわづかの形見だけをのこして、身分と勲功の高いヂエラルの遺骸を嘗て彼が天幕を張つたことのある榕樹の蔭に埋め、そのうへに出来るだけ大きな石を置いた。彼らはこの誰にも敬愛された美しい若い騎士の思ひもかけぬ無惨な死を悲しんだ」（一八八頁）という描写から読解できる。

二点目として、性的欲望を満たすために女性に対して優しく接する色男像が挙げられる。作品本文では、女主人公を凌辱する前も「男は腰をおろして彼女を膝に抱きあげた。そうしてかた手で背後からしつかりとかゝへて、かた手で極度の恐怖のために蒼白くなつてゐる彼女の頬をそつとさすりながら、訳のわからぬ異国の言葉でやさしくなにかいいかけた。（中略）そのとき彼は彼女を膝からおろして自分のそばに坐らせた。さうしてそこにあつた果物をむいてすゝめたのを手もださずにゐたら、彼はふくろをひとつとつて彼女の唇におしつけた。彼女はまごついて口をあいてそれを食べた。彼は愉快さうに笑つて頬ぺたをつゝいた。そこで従者を呼んで二つの洋盞に酒をつがせ、先づ自分でひと息にのみほしてから、もうひとつのほうの洋盞を彼女の口へもつていつた。（中略）甘い、いゝ匂のする、きつい酒だつた。喉がかつとして、おなかで煮えくりかへるような気持ちがした。男は彼女の手をとつてうへしたに揺るやうにして拍子をとりながらいゝ声で異国の唄をうたつた。それをきいてゐるうちに身体ぢゆうがかつかとほてつて気が遠くなつてきた。」（一六八〜一六九頁）と誘惑する余裕を示し、その後も「天幕のなかで彼女は裸のまゝ両手で顔をかくしてしく〳〵泣いてゐた。男は着物をとつて手つだつて彼女に着せた。さうしてやさしくじつと抱きしめてさも可愛げに、また心から詫びるやうに涙に濡れた眼瞼に口づけた」（一七〇頁）と色事に慣れた所作で女主人公に優しく接する人物として描かれた。

三点目は、悲劇的な最期を遂げる人物像である。作品本文には、男主人公の嫉妬を煽ったため復讐の呪である毘陀羅法によって、「と、解き放たれた入口からぬうつと変なものがはひつてきた。それは確に人間の形はしてゐるが素裸で、全身紫色にうだ腫れて、むつとするいやな臭ひがする。そしてつぶつた目から汁が流れだしてゐる。（中略）そしてヂエラルが刀をぬかう〳〵とあせつてゐるうちに相手は突然痙攣的に右手をあげて小刀をぐさと彼の胸に突きさした。ヂエラルはどうと倒れた。そのうへ、折重つて化物の屍骸が」（一八二〜一八三頁）と、殺される顛末が記された。

以上三点の特徴を満たす人物像について、『犬』典拠本を再確認したい。戦場における悲劇のヒーロー像とも言うべき第一点目と第三点目の人物造型のモデルとして中勘助が受容とした *Mediaeval India* に登場し、The story of Mohammad Kasim's adventures is one of the romances of history（p.7）と紹介され、七一二年にインドに侵攻したモハメッド・カシム（Mohammad Kasim）が挙げられる。同書中、彼に関する著述は pp.7-11 に及び、大守アル・ハジャイの甥としての身分の高さ、一七歳の若さ、イスラム国家をインドの地に建国するべくインドへ赴いた勇敢さは、次の叙述から明らかである。

Al-Hajaj, the governor of Chaldæa,sent Kutaiba north to spread Islam over the borders of Tartary, and at the same time dispatches his own cousin Mohammad Kasim to India.

He was but seventeen, and he was venturing into a land inhabited by warlike races, possessed of an ancient and deeply rooted civilization, there to found a government which, however successful, would be the loneliest in the whole vast Mohammedan empire, a province cut off by sea, by mountains, by desert, from all peoples of kindred race and faith. Youth and high spirit, however, forbade alike fear and foreboding.（pp.7-8）

同書では、彼の死を、The young general's fate was tragic.（p.11）と解説し、次のようにインド王女の父王Dahirを殺されたことに対する復讐を目的とした讒言の結果と記す。

The story runs that he had made too free with the captive daughters of Dahir before presenting them to the caliph's harim, and that he was punished for the presumption by being sewn up alive in a raw cow-hide.

The young hero had made no protest, never questioned the death-warrant, but submitted to the executioners with the fearless dignity he had shown throughout his short but valiant life. But when the sacrifice was accomplished, the Indian princesses, moved perhaps by the courage of a victim brave as their own devoted race, confessed that their tale was deliberately invented to avenge their father's death upon his conqueror. The caliph in impotent fury had them dragged at horses' tails through the city till they miserably perished, but the second crime was no expiation for the first.（p.11）

首長の後宮にインド王女を送る前に彼女らを汚したとする汚名を着せられたカシムは、生きたまま牛の皮の中に縫い込まれる刑に処せられ死ぬ。カシムの死が讒言であることを告白した王女たちに向けられた首長の抑えられない怒りの結果、王女たちは死ぬまで市中を馬によって引き回されるという刑を受ける。大切な英雄が敵の復讐によって惨殺された怒りを、敵に対して爆発させる点で、首長は史書の記述とは異なるマームードの性格造型に反映したと言えよう。

讒言によるカシムの死の逸話は、中勘助以前に森鷗外によって戯曲「プルムウラ」として『スバル』創刊号（明治四二年一月）に発表されている。中勘助の作品『犬』に登場するインドの架空都市の名前クサカについて、鷗外が明治四三年一月に春陽堂から出版した単行本『黄金杯』に収録した翻訳小説『犬』（原作者 Leonid Nikolaevich Andreev 原題 Kussaka）の中に登場する犬の名前が同名の「クサカ」であることは注目に値する。一時は別荘に避暑に訪れた少女レリヤの情けを受けて人間への不信を解いだクサカだったが、秋に少女が別荘を去ったことにより元の境遇に戻るという話の内容である。中勘助も『犬』構想に当たり、鷗外の「プルムウラ」と『犬』を参考にしたと推測することができる。

Early Hist. of India は前掲**表6** №1～27 の項目名が示すように、主に紀元前三二七年から同三二三年までの大王のインドにおける戦闘の様子と統治の状況を記した書籍である。大王の人となりを記した書として、このたび静岡市資料 No.064A018 の S.G.W. Benjamin, *Persia*, 6th Edition（T. Fisher Unwin Ltd. 1920）を発見した。中勘助による書き入れは発見できなかったが、同書にはマームードのインド侵入に関する記述はないが、アレキサンダー大王の東征途上におけるペルシャ侵攻の記録があり、大王への関心に基づいて中によって購入された図書と考えられる。そこにヂエラルの性格設定に繋がる大王の好色と言える一面が以下のように描写されている。

Flushed with wine quaffed out of the golden and jeweled goblets of Persian kings, Alexander listened to the wild songs of Thais, a courtesan who had accompanied him from Greece. She bade him immortalize his name by applying the torch to the palaces of Persia. Their flames would emblazon his name with letter of fire on the scrolls of time.（p.145）

Alexander set the example by marrying Roxana, the daughter of a Bactrian prince, but afterwards, to still further orientalize himself and secure the affection of the Persians, accepted the system of polygamy, contrary to Greek usage, and took to wife Statira, daughter of Darius and Parysatis, the daughter of Artaxerxes Ochus. Ten thousand of the Macedonian soldiers, besides nearly a hundred of the higher officers also, married Persian woman.（pp.147-148）

以上のように、アレキサンダー大王はインド東征の過程で侵攻したペルシャで、タイスを側女とする一方で、アルタクセルクセスの娘やダリウス三世の娘だけでなく、インドにあったバクトリア領主の娘ロクサーヌとも結婚し、ペルシャの風俗に従って一夫多妻を実行した。同書一五三頁にある「アルベラの戦い後にダリウスの家族を尋ねるアレキサンダー大王」と題された次の**図3**の挿画には天幕の様子と大王の具体的な外見が描写されている。

この挿画で注目すべきは、ダリウス一家の天幕の描写が『犬』本文中のヂエラルの天幕の描写と、アレキサンダー大王の外見の描写が『犬』本文中のヂエラルの外見の描写と、似通っていることである。『犬』本文中、天

図3　アルベラの戦い後にダリウスの家族を訪ねるアレキサンダー大王

幕は「小高いところに一本の巨大な榕樹が無数の気生根を立て、美しい叢林をなしてゐる。その蔭にほかのものからすこしはなれてひとつの天幕がある」（一六八頁）、「鎖しの紐をほどいて顔を出すや否や」（一八二頁）と描写される。挿画において、ダリウス一家の天幕は、画面左の樹の奥に存在する他の天幕と少し離れて、大きな木の幹と枝に紐をかけて張られ、「鎖しの紐」で入口が開閉される構造が認められる。『犬』本文中、ヂエラルの外見は「一人の従者をつれた若い邪教徒の隊長」（一六七頁）で、「綺麗な彎刀」（一六九頁）を帯び、「金糸の縁縫ひをした着物」（一七一頁）を身に付け、「背のすらりと高い、品のい、、強さうな……」（一七九頁）男として描写される。挿画の中の大王は、左腰に彎刀《わんとう》を帯び、豪華な鎧と羽飾りのついた兜を身につけ、一人連れの従者を押しとどめて、自ら天幕内の女性たちに手を差し伸べている。その視線は、画面中央の袖を目に当てて泣いている美しい女性に注がれている。

『犬』執筆時の中勘助が視覚イメージを大切にしていたことは、『犬』創作について語った「『提婆達多』ののち頭の中で混沌としてたものが仏教辞典で偶然目に触れた鬼形の挿画と、それから知つたビダラ法といふ呪法が触媒的に活いて一遍に纏つた。」（角川書店版『中勘助全集』第二巻「あとがき」）からも明らかである。*Persia* 掲載の挿画が触媒的に働いてヂエラルの造型と天幕の場面設定に活きたと考えられよう。中勘助による紀元前インド史上のアレキサンダー大王への関心は、*Persia* 受容を経て『犬』におけるヂエラル性格と外見に関する造型とマームード軍の天幕描写に反映されたと言える。

マームードの性格についての『犬』と *Mediaeval India* 間の相違について、作品のプロット上、必要な改変だったと考えられる。前節において記した通り、『犬』の作品構造として、非常時における人間の本質を明らかにするために、主人公夫婦は種族や職業等人間の社会的属性を失う必要があった。そのためには彼らが生活するクサカの町の全滅が作品設定上、欠かせない。そのためマームードの造型には、戦時下「略奪、凌辱、殺戮等、型のごとくあらゆる罪悪」と町の焼き打ちが行われることが自然である残忍な性格付けがされたのだろう。前作『提婆達多』において、中勘助が耶輸陀羅及び提婆達多の人物造型に際し、山辺習学『仏弟子伝』（春陽堂、大正二年四月）の記述を元に、プロットの展開に合わせて自由に創作したことを前章にて明らかにしたが、同様の方法が『犬』のマームード造型でも採られたと言えよう。

（三） まとめ

『犬』には、中勘助によるアレキサンダー大王東征への関心を端緒とし、インド史に造詣の深い和辻を相談役としてインド史資料を受容した経過が反映された。一一世紀初頭を時代背景とする『犬』の歴史的著述は、Vincent A. Smith, *The Early History of India Including Alexander's Campaigns*, 3rd.Edition（Oxford at the Clarendon Press, 1914）と Stanley Lane, *Mediaeval India under Mohammedan Rule*（T. Fisher Unwin Ltd. 1917）を出典とした。

さらに中勘助は登場人物ヂエラルを、大王に関するペルシャ史資料 S.G.W. Benjamin, *Persia*, 6th Edition（T. Fisher Unwin Ltd. 1920）の歴史的記述と挿画とを、また *Mediaeval India* における英雄モハメッド・カシムに関する歴史的記述を基に造型した。大王東征とカシムのインド侵攻同様、異民族の侵入による戦時下を作品の時代背景に設定したことは、ヂエラルを造型する際に、彼のいる空間と時間、彼と現地の女性との関係性を創造することを容易にしたと言えよう。彼をめぐる主人公夫婦の小さな物語の背景に、異民族によって度々侵略されたインド民族の苦難の歴史という大きな物語が潜むという重層的な『犬』の構造は、中勘助によるインド史理解の影響として挙げることができる。

註

（1）市川浩昭「中勘助『提婆達多』とシェイクスピア『オセロ』―嫉妬をめぐる作品構造と人物造型に関する一考察―」（『上智大学国文学論集』第三九号、平成一八年一月）
（2）渡辺外喜三郎『はしばみの詩―中勘助に関する往復書簡―』（勘奈庵、昭和六二年一二月）
（3）日比嘉高「吾輩の死んだあとに―〈猫のアーカイヴ〉の生成と更新」（『漱石研究』第一四号、平成一三年一〇月）
（4）山田有策「猫の生きた時空」（『国文学　解釈と鑑賞』第四四巻第七号、昭和五四年六月）
（5）小森陽一「『運動』という名の殺戮」（『漱石研究』第一四号、平成一三年一〇月）
（6）長山靖生『『吾輩は猫である』の謎』〈文春新書〉（文芸春秋、平成一〇年一〇月）
（7）堀部功夫「『銀の匙』風俗図譜」『『銀の匙』考』（翰林書房、平成五年五月）
（8）原子朗「『猫』の文体序論」（『国文学　解釈と鑑賞』第四四巻第七号、昭和五四年六月）
（9）堀部功夫「『犬』考」『『銀の匙』考』（翰林書房、平成五年五月）

第三章　『菩提樹の蔭』

一　インド歌劇「シャクンタラー姫」の影響

『銀の匙』作者として世に知られる中勘助は、神奈川県平塚町在住期（大正一三年～昭和七年）に「童話―特に成人のための童話」と自ら称した作品群を書き始めた。昭和三八年までに書き終えた一二編の作品は当初の作者の命名どおり『鳥の物語』として現在世に知られている。「題材的に私好み、私の持味」と中勘助が呼ぶこれらの作品に先んじて、特定された個人・猪谷妙子（以下、妙子と略す）に捧げた「大人のための童話」である『菩提樹の蔭』が、昭和四年一〇月『思想』第八九号（岩波書店）に発表された。

中勘助が童話創作を始めた背景として、大正七年七月の『赤い鳥』創刊を機に、「大人の芸術の作家達が童話文学に筆を染め出した」時期を経て、一般的に「お伽噺」から「童話」へと子ども向け読み物の名称は変化するに伴い、内容も形式も大きな変化を遂げたことが挙げられる。

しかし中勘助の場合、童話読者の成長に着目し、童話の形式を用いながらも読者を大人に限定する特徴が認められる。

作者書き入れ本を含む静岡市資料は、古代インドを背景とする『提婆達多』『犬』『菩提樹の蔭』創作に影響を及ぼしたと考えられる。ここでは、静岡市資料のドイツ語訳インド学資料 No.60A010 *Sakuntala Drama in Sieben Akten Kalidasa* Hermann Camillo Kellner, Philipp Reclam, Leipzig, 1890「シャクンタラー　七幕の戯曲」とのプロットの相違から、『菩提樹の蔭』成立の過程を明らかにする。

（一）執筆動機及び構想の変化について

中勘助の回想内容を時系列的に並べると次の通りである。

①「大学生だったとき大阪に友人の山田を訪ねて文楽をおごられ、当時若手で将来に望みをかけられてた栄三の[1]朝顔[2]に魅了されて人形に恋をし、人形に魂のはひる話をいつかは私流に書きたいと思つた。その後約二十年、それが形にならないうちその頃パリにゐた妙子にねだられて作つたのがこれである。妙子は喜んだが、私は別に最初の著想と離れない純日本的なものを書きたいと思つてゐる。」

（角川書店版『中勘助全集』第二巻「あとがき」昭和三六年一月）

②「十何年もまへのことであつたらう。私は膝のうへにのつてお話をねだるかはいいもののためにひとつの童話[3]をかいてやつたことがあつた。そののち月日がたつうちに、彼女は私の膝からおりていつのまにか立派な娘ざかりになつてゐた。で、私はその童話を彼女の年にふさはしく書きかへてやらうとおもつていつものたどたどしい筆をはこんでゐるあひだに、はやくも彼女は若い母となり、自分のかはいいものを膝にのせるやうになつてしまつた。いま巴里の仮住居で揺藍でもゆりながら遥にこの話の完成を待つてゐるであらう若い母に、希くは平安と喜楽のあらんことを。」

（『菩提樹の蔭』序文『思想』第八九号、昭和四年一〇月）

③　去年三河台の御宅で御馳走になつてからもう一年になりますね。この頃はそちらの御普請でお忙しいのでせ

うと思ひます、お楽しみでせう。私はこの一月頃でしたかいつぞやお話しした彫像が人間になる話を書きあげました。彫刻のしかたについて知慧をかして頂いたあなたや木下さんに報告しないのがなんだか気になつてゐましたがそれなりぐづぐづになつてしまひました。御序がありましたら木下さんにもお伝へを願ひます。『思想』が休刊になつたのでどこへいつ出すかもまだわかりません。小宮がその内中央公論？へ世話するやうにいつてゐましたが。いつもの例によつてまづ素人に読んでもらひましたが面白いといひました。満点ではないのですが。私は素人評と黒人評とにそれぞれの価値を認めるのです。

（昭和四年三月二五日付志賀直哉宛書簡）

以上により、着想から脱稿までの時間経過の中で以下のことが理解できる。着想時は栄三の遣う「生写朝顔話」の文楽人形の影響から、人形に恋をし魂が入る話であったが、彫像が人間になる話へと構想が変化していったこと、直接的な執筆動機は妙子からの求めであったこと、『思想』休刊により出版の目途は立たなかったが完成を志賀直哉へ報告する程、自信作であったことである。また『菩提樹の蔭』初出時末尾には昭和三年一一月二日の脱稿日の記載があるが、これは妙子の結婚記念日であり、実際の完成時期は昭和四年一月頃であることも確認できる。

義太夫の興行年表(4)によると、中勘助の大学在学中の明治三八年九月より同四二年七月までの間の大阪における「生写朝顔話」の興行は、明治四一年九月一七日から同年一〇月一九日まで文楽座で行われたものに限定される。但し、その興行において栄三は乳母浅香・立花桂庵・野千平を遣っている。栄三が「朝顔」を遣ったのは文楽座での明治四三年六月一七日から七月一二日までの興行であることから、時期に関し中勘助の記憶の混濁が認められる。

（二）中勘助の親友・江木定男の長女・妙子の当時の状況について

『菩提樹の蔭』発表時期までの妙子略歴は、『猪谷妙子伝』[5]において次のように記される。

明治四一年　八月　父・江木定男、母マセ子の長女として生誕。
大正　四年　四月　東京女子高等師範学校付属小学校入学。
大正一〇年　四月　東京女子高等師範学校入学。
大正一一年　六月　父・江木定男咽頭結核のため逝去。（大正七年より、父を看護する母と別れて祖母悦子に訓育される）
大正一五年　三月　東京女子高等師範学校卒業。
　同年　四月　東京女子高等師範学校専攻科英文科入学。
昭和　二年一一月　東京商科大学助教授・猪谷善一と結婚。
昭和　三年　四月　猪谷善一・妙子夫妻洋行のため横浜出港。
　同年　五月　マルセイユ経由、パリに落着く。
　同年　八月　長女・洋子出生。
昭和　四年　九月　猪谷一家ジュネーブへ転居。
同年一〇月　「菩提樹の蔭」『思想』（岩波書店）に掲載される。
昭和　五年　三月　猪谷一家ドイツ視察旅行へ出発。
同年　五月　ロンドン出港、帰国の途につく。

同年　六月　神戸到着、夫・善一の両親と同居、実家母との感情のもつれも解消せず憂鬱な日を送る。
夏を祖母の暮す葉山で過ごす。
昭和　六年　四月　『菩提樹の蔭』（岩波書店）上梓。
昭和　八年　初頭　両親と別居、子どもの養育のため新居に転居。

『菩提樹の蔭』発表時期までの妙子と中勘助との関係を善一は、前出『猪谷妙子伝』において次のように回想する。

・「女学校時代の故人に関する資料は殆ど皆無である。仲の善かつた同窓の奥さん方に想ひ出を書いて貰ほうと思つてゐるうちに、時間がなくなつて了つた。父定男の親友であつた中勘助氏の随筆に出てくる□子が此時代の彼女の俤を伝へてゐる。」

・「当時江木家は本郷区駒込千駄木町の簡素な家に住んでゐた。結婚までの半歳、僕は幾度となく未亡人と文武二君のお相手に通つたものである。（中略）結婚後は洋行の準備もあり、研究にも急しく仲々千駄木町へ今迄のやうに通へぬ上に一人淋しく葉山に居る祖母に対する同情も手伝つて、我儘な婿は始第に母と疎遠になつた。何かの時に言つた忠告が誤解ともなり完全に母を激怒せしめ、若夫婦鹿島立の時は見送つて貰へず、文武二君が母の代理として横浜に現れ、妙子を叱り泣かして了つた。これ全く僕の不徳の致す所であつた。」

・「然し実家からボイコットを喰つた妙子は淋しかつたやうである『私の所には御祖母様と中さんからしか手紙が来ないのでつまりません。しかし御二人共よく私にかいて下さいますから本当に嬉しう御座います』」
（昭和三年九月八日付祖母宛書簡）

中勘助が『菩提樹の蔭』を執筆した当時、妙子はヨーロッパで実家と疎遠な中、第一子を養育していたことが窺える。中勘助が妙子に宛てた書簡中に、実家の様子を知らせる内容が含まれるのは、実家・実母との不和に起因すると思われる。肉親の援助を受けず異国で初めての子育てに苦労する妙子への労わりと同情が、『菩提樹の蔭』序文末尾の「いま巴里の仮住居で揺藍でもゆりながら遥にこの話の完成を待つてゐるであらう若い母に、希くは平安と喜楽のあらんことを。」という祈願文の背景にある。お話をねだる子どもの心を手紙を求める妙子の中に見出したことも創作の一因であろう。

(三)　中勘助によるインド歌劇「シャクンタラー姫」（カーリダーサ著）受容

当時の中勘助にとって入手可能な「シャクンタラー姫」のテキストを次に挙げる。

① *Sakuntala Drama in Sieben Akten*（Kalidasa Hermann Camillo Kellner Philipp Reclam, 1890）

② Harvard Oriental Series *The Sakuntala, translated into English from the edition of Professor Pischel, with exegetical and illustrative commentary, by Arthur William Ryder*（Harvard University Press, 1922）

③ Everyman's library *Kalidasa translation of Shakuntala, and other works, by Arthur W. Ryder*（London、J.M.Dent&Sons･New York E.P.Dutton&Co. 1912）

④ *Sakuntala, or, The fatal ring, a drama: to which is added, Meghaduta, or, Sacred song*（Kalidasa edited with an introduction by T. Holme W. Scott, 1902）

⑤ *Sakuntala*（Kalidasa prepared for the English stage by Kedar Nath Das Gupta in a new version written by Laurence Binyon, Macmillan, 1920）

⑥ 高楠順次郎『梵語戯曲シヤクンタラ』〈梵文学十二原書第一篇〉（文明堂、明治三六年一一月）

⑦ カーリター《ママ》サ著、高橋五郎・小森彦次訳『梵劇　さくんたら姫』（前川文栄閣、明治四〇年一月）

⑧ 森田草平編『戯曲しやくんたら姫』〈現代百科文庫宗教叢書第九編〉（日月社、大正三年一〇月）

⑨ カーリダーサ著、河口慧海訳『印度歌劇シヤクンタラー姫』〈世界文庫一八〉（世界文庫刊行会、大正一三年一一月）

⑩ カーリダーサ著、島準人訳「サクンタラー姫」『印度・支那篇』〈世界戯曲全集第四〇巻〉（世界戯曲全集刊行会、昭和三年八月）

レクラム社のドイツ文学図書の入手及び講読に関して、中勘助は昭和五年八月八日付「妙子への手紙」で、「アンデルセンの月の話は有名なものだよ。私達は高等学校でドイツ語をおぼえたじぶんにレクラムのを買つて読んだものだつた。可愛らしい、いい話だね。」と、述べている。中勘助と同級の安倍能成は、第一高等学校第二学年の頃レクラム版『若きウェルテルの悲しみ』を読んだこと、「岩元先生[6]にはフォッス（多分 Johann Heinrich Voss であろう）の『ゲーテとシラー』といふレクラム版の本を、二年になつてから習つた」こと、「その頃の先生の詞として残つて居るのは、ゲーテとシラーとレッシングを読めと、わざ〳〵レクラムのカタログにしるしをつけて下さつたこと」を『我が生ひ立ち　自叙伝』（岩波書店、昭和四一年一一月）で述懐する。以上からレクラム百科文庫が当時、ドイツ語初心者に相応しいドイツ文学テキストであったことが窺える。[7] ①を始め安倍能成が挙げた『ゲーテとシラー』を含むレクラム百科文庫のドイツ文学図書が静岡市資料に二四冊存在することから、中勘助が①を講読するに足りる語学力を有し、①を読んだと考えられる。森田草平も⑧に関し、「これ又訳者が第一高等学校より大学に移る夏の休暇に、純な敬虔の情から物語体に抄訳したるもの」[8]と自らの翻訳状況を述懐する。中勘助による随筆「寺田寅彦、森田草平、鈴木三重吉三氏の思ひ出」の「三十四、五の時だつたらうが、私は森田氏が利根河畔の某寺にゐたことがあるとひとからきいてそこへの紹介を頼みにいつた」という一文から、「大正七年十二月、下総国利根河畔大森町に移る」（紅野敏郎編「森田草平年譜」『鈴木三重吉・森田草平・寺田寅彦・内田百閒・中勘助集』〈現代日本文学大系二九〉筑摩書房、昭和四六年六月）という草平の転居に関連して、中勘助が草平へ仮寓先紹介を依頼したことが読み取れる。また草平は中勘助の作品『提婆達多』の新潮社における出版（大正一〇年五月）の仲介をする等[9]、両者は大正期より頻繁に交際したことが窺える。小宮豊隆・志賀直哉ら同窓生の著作を戦災で焼失したことから、静岡市資料に所蔵はないが、中勘助が読んだと思われる図書として⑧も挙げられる。

（四）「シャクンタラー姫」解説

「シャクンタラー姫」とはどのような作品か。「カーリダーサとその時代」（カーリダーサ作、辻直四郎訳『シャクンタラー姫』岩波文庫、昭和五二年八月）を基に簡単に解説すると次の通りである。

古代インド・クプタ朝（約三二〇～五五〇）に成立した戯曲であり、詩人カーリダーサが「マハーバーラタ」の中の一挿話を七幕の戯曲に改作したものである。「シャクンタラー」は近代ヨーロッパに紹介されたサンスクリット文学作品の最初の一つである。前出書の解説によると、一般に「シャクンタラー」の伝本は「デーヴァ・ナーガリ本（中印本）」「ドラヴィダ本（南印本）」「ベンゴール本」「カシュミール本」の四種あり、中勘助が実際に読んだと思われる静岡市資料 No.60A010 *Sakuntala Drama in Sieben Akten* Kalidasa Hermann Camillo Kellner,

Philipp Reclam, Leipzig, 1890 は、「デーヴァ・ナーガリ本（中印本）」に属する。

英語訳 W. Jones: *Sacontala or the Fatal Ring, an Indian Drama by Calidas.* Calcutta 1789, これからのドイツ語重訳 G. Forster: *Sakontala oder der entscheidende Ring.* Mainz und Leipzig 1791 フランス語訳 A.Bruguiere: *Sacontala oul'anneau fatal.* Paris 1803 を通して、ドイツのヘンデル、ゲーテ等に歓迎され、殊にゲーテは「ファウスト」の構成とプロローグにその影響の跡を残した。

『ゲーテと読む世界文学』（青土社、平成一八年一〇月）の編訳者・高木昌史は、「シャクンタラー姫」に言及したゲーテの文章を取り上げた。その中の一つ「『シャクンタラー姫』Sakontala 他」におけるゲーテの言葉は次の通りである。

インドの文学にも同様に言及しないとすれば、我々は非常に恩知らずということになるであろう。その文学が、一方では、きわめて難解な哲学との、他方では非常に奇怪な宗教との葛藤を経て、この上なく幸運な本性によって、生き抜き、この両者（＝哲学と宗教）から、内的な深みや外的な品位にとって益する以外のものは受容しなかったが故に、一層、驚嘆に値するのである。

特に『シャクンタラー姫』の名が挙げられる。我々は何年もの間この作品に大いに驚嘆してきた。女性の純粋さ、無垢な従順さ、男性の忘れやすさ、母性的な隠棲、父親と母親の息子を介した和合、完璧に自然な状態、等。ここでは、天と地の間、実りをもたらす雲のように浮遊する不思議な領域で、詩的に高められて、神々や神々の子たちによるきわめて日常的な自然演劇が上演される。

また「様々なエピグラム」（『ゲーテと読む世界文学』）には「昔の花、後の果実、魅惑し恍惚とさせ、満ち足りさせ養い育てるもの、天、大地、これを一つの名で捉えようとするなら、私は、シャクンタラーよ、お前の名を挙げる、すべてはこれで語られるから。」というフォルスターから献呈されたドイツ語訳「シャクンタラー姫」読後のゲーテの感動が詩として収められている。この詩は①の中にも収録されている。

更に「箴言と省察」（前出書）では、「シャクンタラー姫。詩人はここで最高の役目を帯びて登場する。最も自然な状態、最も繊細な生き方、最も純粋な道徳的努力、最も堂々とした品位、最も真剣な神への敬意を代表する者として、彼は果敢にも卑俗で愚かしい対象の中へ分け入ってゆく。」とゲーテの賞賛は作品に留まらず作者カーリダーサに及ぶ。先述したように中勘助が在籍した一高ではドイツ語教師岩元のもとゲーテ等が盛んに読まれていた。中勘助の「シャクンタラー姫」受容には、一高時代のドイツ語教養教育が影響しているといっても過言ではない。

次に「シャクンタラー姫」（前出①のテキストと現代語訳として一般的な岩波文庫版、辻直四郎訳『シャクンタラー姫』）の梗概を記すと次の通りである。

①序幕　祝祷……座頭と女優との対話の中で、カーリダーサの新作「アビジュニャーナ・シャクンタラム」[10]という芝居の上演開始が観客に告げられる。

②第一幕　狩猟……御者を従え羚羊を追うドゥフシャンタ王（以下、王と略す）の前に、カンヴァ仙人の下で修行を積む苦行者が現われ羚羊の命乞いをする。羚羊の命を助けた王を苦行者はカンヴァ仙人の庵に招く。カンヴァ仙人の養女シャクンタラー姫（以下、姫と略す）と二人の友人アヌスーヤとプリヤンヴァダーが、庵の若木

に水をやる美しい姿を垣間見た王は姫を見初める。蜜蜂に悩まされた姫を身分を明かさず助けた王は、姫の二人の友人と打ち解け姫がヴィシュヴァーミトラ大仙人とメーナカ仙女との間に生れた娘であることを知る。そこへ苦行者達から、王を探す軍兵たちが苦行林の中で動物と苦行者を脅かしているとの知らせが入る。王は軍兵を止めるため、庵を立ち去る。

③第二幕　内緒事……姫に心奪われ、苦行林を立ち去りがたい王は、将軍に狩を止める事と苦行林に兵士が入らないよう命令する。王は道化ヴィドゥーシャカに、自分の想い人がメーナカ仙女の娘でカンヴァ仙人の養女であると告白する。そこへ羅刹に修行を障げられたカンヴァ仙人の苦行者が現われ、悪魔から庵を守護することを王に依頼する。姫の住む苦行林に留まる口実ができたと喜ぶ王のもとへ、太后からの帰還命令をもった従者が到着する。王は二者択一を迫られて悩んだ末にヴィドゥーシャカを都城に帰還させ、自分は苦行林へ羅刹退治のため出掛ける。

④第三幕　恋の享楽……王は姫への恋に悩む。物陰で姫と二人の友人の会話を聞いた王は、姫が自分への恋煩いに悩むことを知る。二人だけになった頃を見計らい、姫の気持ちを確かめつつ、ガンダルヴァ結婚を申し込み王は姫をくどく。

⑤第四幕　シャクンタラーの門出……王は姫を娶り、一旦都城に帰還する。残された姫は養父と王との帰還を待ちわび、放心状態である。姫は無意識のままガンヴァ仙人の庵を尋ねてきた怒りっぽい大仙人ドゥルヴァーサスを無視する。非礼な行いの姫に対し怒った大仙人は、「恋人はお前を忘れてしまうだろう」と呪詛する。二人の友人が急いで仙人に許しを請うた結果、「二人の思い出の品を王が見たら呪が解ける」と大仙人は言い残して去る。二人は、別れの際、姫の指に王が自分の名前を刻んだ指輪を嵌めたことからその指輪が呪を解く鍵

だと考える。王が約束どおりに林へ戻らないことを怪しむアヌスーヤーのもとへ、姫の養父ドフシャンタ仙人が帰宅し、姫が王の子供を身籠ったこと、姫が仙人の勧めで輿入りすることが知らされる。姫が王の元へ嫁ぐことを許したカンヴァ仙人は、門弟に姫と出かけるように告げ、姫と永の別れを惜しむ。二人の友人は、ドゥルヴァーサスの呪いを思い出し、王が姫を忘れていた場合、王からもらった指輪を見せよと声を掛ける。

⑥第五幕　シャクンタラーの否認……王の城へ王の子供を身籠った姫とカンヴァ仙人の門弟が現われ、王と面会する。カンヴァ仙人による祝辞が門弟から伝えられても、姫と会っても、王は姫と結婚したことは勿論姫を思い出すことができない。王の振る舞いを非難するカンヴァ仙人門弟の言葉に身に覚えの無い王は当惑する。姫は王から贈られた王の名を彫った指輪を王に示そうとするが、沐浴所で落としたらしく見つからない。王とのロマンスを語る姫を王は拒む。王に騙されたと嘆く姫に王室附き祭官が、出産まで自分の家に留まるよう声を掛けようとするが、仙女が光となって現われ、姫を連れて消える。

⑦第六幕　シャクンタラーとの別居……捕まえた鯉の腹から王の名前を刻んだ指輪が発見され、それを売ろうとした漁夫が盗みの疑いで王の前に連れて来られる。指輪を見た王は姫を思い出す。姫の母メーナカ仙女の友人ミシュラケーシーは、都城の侍従から王が指輪を見て姫との結婚を思い出した結果、姫を拒んだことを後悔し春の祭りを取り止めた経過を知る。道化ヴィドゥーシャカと姫の絵姿を鑑賞しながら姫との思い出を語る王の前へ、インドラ天の御者マータリから、天上にいる悪魔の群れを退治する協力をインドラ神が求めていることが伝えられる。王はマータリの車に乗り天界へ向かう。

⑧第七幕　大団円……悪魔群を退治した王は、インドラ天の歓待を受けた後、マータリの車に乗り地上に向かう。帰途、王は聖者マーリーチャとその妻アディティが苦行するキンプルシャ山に到着する。聖者に敬意を表した

いと王はマータリの車を下車する。そこへ二人の苦行女に追いすがられながら一人の少年が登場する。転輪聖王の手相を少年に認めた王は少年の素性を苦行女に尋ねる。少年と王が似ていること、少年が王に逆らおうとしないこと、少年と王が同じプル王族であること、本人及び両親以外のものが手にすると蛇になり噛む少年の護符を王が拾うことができたことを苦行女はいぶかしがる。そこへ身をやつし苦行する姫が現われ、少年が王の息子であると王に告げる。王は姫に指輪によって姫との結婚を思い出した仔細を語る。聖者マーリーチャとその妻アディティに拝謁した王は、マーリーチャから姫を思い出せなかったことは呪詛によるとの説明を受ける。カンヴァ仙人へ夫婦の再会と父子の初対面の次第をマーリーチャが使いをやって知らせる。妻子を伴って帰還の途につく王へマーリーチャは地上の繁栄を約束し、王は弁財天やシヴァ神への祈祷で応える。

（五）『菩提樹の蔭』（以下項目上部に●を付す）と「シャクンタラー姫」（以下項目上部に○を付す）との対照

類似点として次のことが挙げられる。

- 古代インドが背景であり、インドの自然や動物・風俗（ガンダルヴァ婚など）が描かれる。
- 女主人公は美しく可憐で父親（●当初実父、後に養父。○養父）によって養育される。
- 神罰や呪詛によって主人公男女の一方が、もう一方を愛した記憶を失う。
- 女主人公は、二人の愛の記念品を失う（●自ら割る。○沐浴中に落とす）。
- 主人公のうち、捨てられた一方は、失望の日々の中、二人の間にできた子どもを養育する。
- 二人の愛の記念品を見ることによって、主人公のうち愛を忘れた一方が、もう一方もしくは二人の間にできた子どもへの愛を思い出す。

相違点として次のことが挙げられる。

●平易な言文一致体の文体。作品末尾に登場する歌謡の歌詞のみが古文表現を用いた美文調。

○原作は歌曲と科白で構成される。翻訳作品全体に占める劇中歌の割合が高い。美文調の文語文が多用される。

●耶摩にチューラナンダの還魂を祈願したプールナは、代償に自分の寿命を差し出す。耶摩との約束を口外すると神罰が当たるよう、事前に警告されたが、師父からの憎しみと恋人からの不信を解くために誓いを破り、両者からの信用を失うという神罰を被る。一旦罰が下ると、罰が一生消え去ることはない。

○恋に心を奪われたシャクンタラー姫の悪気の無い過失に対し、大仙人は王が姫を忘れるよう呪詛する。呪詛を解くための方法は、二人の約束の品を王が見ることと予言されている。偶然と苦行の結果、最後に呪詛は解ける。

●プールナは、生地を追われ貧しさの中、苦労を重ねながら一人で娘を育て、最後に母親に逢わせる、自分一人は生地の菩提樹の下で亡くなる。対照的にチューラナンダは、産み捨てた子どものことも忘れて歓楽な結婚生活を送り、物質的かつ精神的に満足な生活の末、自分の娘を胸に抱き死を迎える。

○シャクンタラーは、天界の苦行に身をやつし苦行者の助けによって息子を育てる。一方王はマータリの求めに応じて天界で魔物と戦う苦難を経、天界でシャクンタラーと再会し、転輪聖王と予言された息子と初対面する。

●プールナとチューラナンダの思い出の事物は、チューラナンダが割ってしまった浮き彫りと二人が子どもに名づけようと決めていたピッパラヤーナという子どもの名前。
○シャクンタラーと王との記念の品は、王の名前を彫った指輪。

●プールナは、自分の死後における遺児の行く末を心配し神の加護を祈る。
○王は、転輪聖王のような立派な世継ぎができることを神に祈る。

●結末に、母による捨てた娘への愛情が復活するが、男女の主人公間の愛情は蘇らない。
○結末に、男女の主人公間の誤解が解け愛情が蘇り、初対面の父子間に親愛の情が湧く。

●プールナの家族全てが死に果てる悲劇的結末。
○神々への篤い信仰の代わりに地上での王家の繁栄が約束されるハッピーエンド。

(六)　中勘助が説く「無条件の愛」と『菩提樹の蔭』のプロット

『菩提樹の蔭』に関し中勘助は、妙子へ次に引用した「妙子への手紙」収録書簡より時系列的に説明したことが窺い知れる。

・「今度の手紙には、母性愛、家庭の幸福を主張して私の独身主義に対して厳重な抗議を申込んできたね。『シリ

アス　マター』が起りさうな勢だね。だがすこし見当ちがひだよ。」

（昭和四年一〇月三〇日付）

・「だしぬけだが、いつぞやの手紙にあなたは私のあなたに対する愛情を盲目的といつたね。確かにあなたに話すときに私自身そういふ言葉を使つたこともあつたがそれはあとで取消して『無条件』と訂正しておいたつもりだ。（中略）私はいかにあなたが可愛くともそのためにあなたの正体を見損ふやうなことはいやだ。ただあなたの正体がどんなであろうともそのままが可愛いといふのだ。わかつた？　しかし私も御覧のとほりの凡夫だ。なかなか自分の思ふやうに明明察察ではあり得ないが私はまあ『盲目』に対する盲目的な反抗者だね。」

（昭和四年一二月九日付）

・「『菩提樹の蔭』お気に入って何よりだ。あなたのために書いたのだからあなたがつまらなくてはしやうがない。」

（昭和五年二月一六日付）

自分の子どもと対面し「徒に己の欲情の満足のためにこの世に生れいでしめることの罪深さを知って恐れ慄いた」プールナに、当時独身主義を貫いていた中勘助の姿を重ねたため、妙子は母性愛と家族の幸福という観点から作品批判をしたに違いない。「見当違い」と中が述べる背景には、プールナを道徳的罪悪感を抱く人ではなく自覚の人として描く意図があったと考えられる。

プールナは、恋に迷って神の掟を二度破り、師父と恋人の信頼を神罰によって失った後、己の不幸な境遇を自分の愚かさに帰し、自分を捨てて他の世間的成功者である男性と結婚してもチューラナンダの幸福を祈る。このプロットには、中勘助が説く「無条件の愛」が反映すると理解できる。善良な「凡夫」が、人間の弱さを基点として「我のない愛」を得るに至るまでの経過は、チューラナンダとピッパラヤーナの二人の存在に対するプールナの責任の自覚と反省の日々として描かれる。神話的かつ迷信的な要素である神罰を描きながらも、プールナは自己責任に目覚めた近代人として造型されたところに「大人のための童話」の意図があると考えられる。

（七）　昭和五年三月二二日付書簡における小宮豊隆の『菩提樹の蔭』批評への反応

小宮に対する中勘助の主張を次に引用する。

チューラナンダが男をおいて嫁にゆく理由を君のいふやうにすることは少しも差支へないし、またそのはうが普通であると思ふ。併し僕がああいふ風にしたのにはまたその理由があるので、今詳しく書くことはしないが、僕の一つの気持（といつておく）が全篇を貫いてゐるのだ。だからあすこをかへると前後もそのやうにかへなければならない、別の作になる訳だね。

チューラナンダの結婚は「彼女はその美貌と、多額の持参金と、さうして他人のためにあやまられたその境涯に対する同情のために」「すこしはなれたグンツールの市のある確かな商人」へ嫁いだとその経緯が描写される。新しい婿の事業に投資し金銭的な成功を得、幸福のさ中で父親であるナラダが亡くなる話の展開から、ガンダルヴァ婚が失敗に終わった後、ナラダに安心を与える結婚相手をチューラナンダが選択したことは、チューラナンダが処世術を身につけたことを示す現実的なプロットである。

この現実的な構想が、チューラナンダと対照的に、捨てられたプールナの童話的な純粋無垢さと自省する道徳的な内面性を際立たせる。小宮豊隆は「この我のない愛の奇跡を美しく描き出している」[11]とこの作品を解説したが、チューラナンダの無反省かつ無自覚な生き方とプールナの感傷的で無欲な生き方が、作品末尾まで対比されることによって、主要な登場人物たちが同時に死を迎える結末が、カタルシスとなる。

『菩提樹の蔭』着想の契機となった「生写朝顔話」も、ヒロイン深雪の美しい姫姿から朝がほのやつれた瞽女姿への零落が哀れである所に美があり面白さがある。（一）で確認したように、明治四一年の「生写朝顔話」を中勘助が見たと推測するならば、後の名人栄三が遣っていた人形は乳母浅香であり、この興行での見せ場は乳母と深雪の悲壮感溢れる死別場面であった。『菩提樹の蔭』において、プールナとその両親、チューラナンダとその生母、プールナとチューラナンダ、プールナ・チューラナンダとピッパラヤーナ等、男女の主人公と親しい者との死別が頻繁に描出される点で「生写朝顔話」の影響が認められる。

『菩提樹の蔭』の結末が悲劇であるところに、神々の祝福で大団円となる「シャクンタラー姫」と異なる静謐な透明感がある。[12]「シャクンタラー姫」を基にした宝塚歌劇団脚本家・岸田辰弥による翻案戯曲「歌劇　シャクンタラ姫」が大正一一年一月に発表され、同年五月一日から三一日まで花組公演として第一歌劇場で上演された[13]（昭和五年六月一日から三〇日まで雪組公演として再演された）。それは二場の場面設定に基づくグランドオペラ形式であった。内容は次の通りである。

悪魔の呪いを受けたシャクンタラは結婚の証拠である指輪を失ったことから王ドウシヤンタから計略を図ったといとまれ死刑を宣告される。指輪が見つかり王が記憶を取り戻したときに既にシャクンタラは処刑されていた。当時、この悲劇的ドラマが宝塚ファンに受け入れられて人気を博したことは、『歌劇』昭和一一年六月号・七月号における劇評や読者からの反響からも窺い知れる。

中勘助がこれら『歌劇』に目を通したかは未確認であるが、悲劇的結末を歓迎する時代思潮があったことと、「シャクンタラー姫」が既に一般化していた背景が明らかとなった。

（八）　まとめ

『赤い鳥』読者であった妙子[14]の成長に合せて、「童話」が大切にしてきた「直観力の鋭い、神経の鋭敏な子供にも分からない筈はない」「真に美しいもの、真に正しいこと、また、悲しい事実といふもの」[15]を師弟、恋人同士、夫婦、親子といった人間の関係性の中で描いたのが「大人のための童話」としての『菩提樹の蔭』である。換言すれば、中勘助が妙子に向けた「無条件の愛」の具体的解説であり、プールナが持つ美点、即ち自覚自省など近代人的価値観と社会生活をする上でなさざるを得ない虚偽や技巧を悪と認識する純真無垢さを賛美した作品といえる。

また、『菩提樹の蔭』に「シャクンタラー姫」が影響を与えたと思われるプロット上の設定を散見することができる。しかし、『菩提樹の蔭』が悲劇であることに、「死のない生、衰えることのない栄え、さういふものを心から楽しむことはできない」[16]という中勘助の価値観と美意識が強く働くのである。

二　『菩提樹の蔭』の成立をめぐって

中勘助の静岡市資料が研究者に公開された平成二一年以降、筆者は中勘助の作品における印度学・仏教学資料の受容研究を行ってきた。筆者は平成二四年四月より静岡市資料内中勘助手沢本及び原稿推敲箇所の調査を担当することになり、より具体的に、作品の参考図書及び全集掲載本文に至るまでの推敲の経緯を確認できるようになった。

これら静岡市資料を基に、本論では前節の補足事項として『菩提樹の蔭』の成立過程と、印度学・仏教学資料の受容を明らかにしたい。

『菩提樹の蔭』は後年、インド三部作と称された作品群の内、昭和三年一一月二〇日に書かれたと初出末尾にある。初出は昭和四年一〇月一日刊岩波書店発行の雑誌『思想』第八九号である。

（一）先行研究一覧

先行研究として、作品のテーマに触れたものを次に挙げる。

①小宮豊隆「解説」『菩提樹の蔭・提婆達多』角川文庫（昭和二七年三月）
『提婆達多』に描かれた我に基づく異性間の愛・親子間の愛が、中勘助の述べる「仏陀の慈悲」に連ならないと指摘し、「我が幾度も濾過されたのちに、この世界を一つに繫げる大きな愛」に近づいていくこと、「『菩提樹の蔭』では中勘助は、別の方面から、この我のない愛の奇蹟を描き出してゐる」ことを述べた。

『菩提樹の蔭』について触れたのは最後の一文のみであるが、その後の『菩提樹の蔭』論に幾度となく引用される「愛の奇蹟」を描いた作品という読みを提示した。

②関口宗念「『犬』『菩提樹の蔭』に於ける愛」（『聖和』第二号、昭和三二年一一月）。『中勘助研究』（創栄出版、平成一六年五月）収録。
『犬』『菩提樹の蔭』を愛の物語と述べた上で、遂げられぬ愛の悲劇と、それを貫こうとする愛の真心を描いたこと、人間の犬への変身、還魂という伝奇的構想、という共通点を挙げる。相違点として、『犬』が女の情熱的な愛の物語を基調とし、英雄的性格を持つ登場人物、激しい対立葛藤、「死」が最後の解決として描かれたこと、『菩提樹の蔭』が男の観照的な愛の物語を基調とし、平凡な幼馴染の恋、「死」が出発点であり、第二の「死」が最後の解決として描かれたことを挙げる。

インド三部作の最後の作品として、三作品共通のテーマを「性と愛の相克」と指摘した。『提婆達多』後篇における結果的には「仏陀について救われた」「性を呪いつつ性から生まれる愛に迷うアジャータシャトルの苦悩」の様相を、『犬』では「犬の娘が僧犬との間に生まれた子犬を、愛憎の矛盾を抱きつつ、本能的に愛撫する」という「苦悩の再現」として描いた、と言及する。

『菩提樹の蔭』では、「愛のために神を冒涜し、そしてまた愛のために神との誓約を背いた後の彼の愛は次第に性の匂いを失い」「愛はようやく性の絆から脱しようとしている」と考察した。

プールナのわが子やかつての恋人に対する思いを「限りない献身と静かな諦観に満ちた愛の祈り」と認め、三部作の最後に作者は「愛を、人間を、従って自己を、運命の大河に浮かぶ凡愚自然の相として諦観する」視点を得たと評価する。

古代インドに取材した点、作品の内面的主題の両面から、『提婆達多』『犬』『菩提樹の蔭』をインド三部作と初めて規定した論考。仏教者（仙台市内の真宗大谷派寺院徳泉寺住職）として中勘助の仏教思想について触れ、その後の仏教者による観念的な中勘助インド三部作評価の軸となった。

③藤原久八「『菩提樹の蔭』考」（『中勘助の文学と境涯』（金喜書店、昭和三八年五月）

「我のない愛の奇蹟」を描いた同時代の文学として、作品の背景は異なるが同じく彫刻師を主人公とした幸田露伴の『風流仏』概要が紹介された。「無私の愛」について中勘助の日記体随筆「街路樹」中の「私は近頃になつて真に、それこそ真に、愛することの喜びを知り得たように思う。私の愛が漸く無私になつたからであろう。それはただ愛することによつて充たされる。そこには獲得の焦慮もなければ保持の不安もない。それは奪うこともなければ奪われることもない。」を引用した。

①の小宮の論を補うような論である。「風流仏」と詳細な比較が行われなかった点が残念と言えよう。
④奥山和子『中勘助の思想』（同氏が日本女子大学文学部国文学科に昭和四二年提出の卒業論文を基にした私家版。奥付に出版年月日記載はないが、平成二五年の著者聞き取りにより昭和四四年頃出版と推測される）
②の関口論との影響関係はないが、インドを舞台にした小説という共通点、三作の内容に相互の進展が見られることから、『提婆達多』『犬』『菩提樹の蔭』をインド三部作と名付け、それらの作品に現れた「恋愛」「家族」「宗教・道徳」「美」に関する思想を説明した論である。プールナの愛は「己のため」であり、このように「人間らしさ」が顕現された結果、「前二作で形式的なものを打ち砕いて、その中に残った、古くて新しいまことの愛の姿を求めた」作品であると位置づけた。「父一人・娘一人の構成のくり返し、韻をふむようにして用いる言葉や文章」との指摘は示唆的である。
⑤渡辺外喜三郎「小説から童話へ『菩提樹の蔭』」『中勘助の文学』〈近代の文学九〉（桜楓社、昭和四六年一〇月）
『菩提樹の蔭』の前書きを引用し、インドに取材した点は共通するが『提婆達多』『犬』と異なり、「大人のための童話」としての位置づけを提示した。『銀の匙』に描かれた「静かにして美しい平安への悲願」が自然の成り行きとして本作に至ったと述べる。

『鳥の物語』の主題である「大人のための童話」の一つとして『菩提樹の蔭』を位置付けた点が特徴的である。

その他『中勘助・内田百閒集』〈現代日本文学全集七五〉（筑摩書房、昭和三一年六月）解説（河盛好蔵）、『長塚節・鈴木三重吉・中勘助』〈日本の文学一六〉（中央公論社、昭和四四年九月）解説（山本健吉）、『梶井基次郎・牧野信一・中島敦・嘉村礒多・内田百閒・中勘助・広津和郎・瀧井孝作・網野菊・丸岡明・森茉莉』〈昭和文学全集第七巻〉（小学館、平成元年五月）解説「中勘助・人と作品」（三好行雄）等が挙げられる。

続いて作品の典拠に関する論を挙げる。

⑥竹長吉正「引用のエクリチュール——「菩提樹の蔭」（中勘助）と「道草」（夏目漱石）を例に——」『授業に生きる教材研究』〈国語教育叢書七〉（三省堂、昭和六三年五月）

師漱石の「道草」との影響関係を示した。具体的には、ナラダはおきまりの「チューラナンダ　おまいは誰の子だ」をいつて、彼女がもう飽きあきしてゐる答へをくりかえさせた。「お父様の子」という箇所が、「道草」の健三と島田夫妻の「御前の御父さんは誰だい」「御前の御母さんは」と問いを繰り返す場面との類似性を示した。影響関係については疑問の余地があるが、後述するようにこの場面の指摘は重要といえる。

⑦木内英実「中勘助の「菩提樹の蔭」成立におけるインド歌劇「シャクンタラー姫」の影響」（『小田原女子短期大学研究紀要』第三七号、平成一九年三月）

『菩提樹の蔭』執筆の契機と関わった人物（江木妙子・山田又吉）を紹介し、後述する静岡市資料060A010カーリダーサ作 Sakuntala Drama in Sieben Akten を中勘助が受容する社会的背景を解説し、代表的な日本語訳『シャクンタラー姫』（辻直四郎訳、岩波文庫、昭和五二年八月）と『菩提樹の蔭』とのプロットの比較を行った。また、執筆の動機になった文楽の「生写朝顔話」が『菩提樹の蔭』の女主人公造型に及ぼした影響に触れた。

⑧木内英実「中勘助と仏教童話——「菩提樹の蔭」成立を中心に——」（『印度学仏教学研究』第五六巻第二号、平成二〇年三月）

『菩提樹の蔭』執筆背景としてカーリダーサ作『シャクンタラー姫』、小泉八雲作『バカワリ』『閻魔王』等の受容を示し、印度学・仏教学資料の受容を和辻哲郎・宇井伯寿ら研究者を通して行っていたことを指摘。

⑨堀部功夫「「菩提樹の蔭」と古典」（『国語国文』第七九巻第六号、平成二二年六月）

木内が⑦で言及した「生写朝顔話」と『菩提樹の蔭』との比較を詳細に行い、『古今著聞集』における登場人物の名前が『提婆達多』の典拠本であった山辺習学『仏弟子伝』を出典とすることを指摘した。オウディウスの「変身物語」に大理石像に魂が入るピグマリオン神話の存在、『古今著聞集』の影響の指摘もある。

筆者が日本比較文学会第七〇回全国大会（平成二〇年六月二一日、於大妻女子大学）での研究発表「中勘助童話におけるインド文学の影響」レジュメ（同日配付）に記したように、『菩提樹の蔭』前半の重要なプロットである彫刻に魂の入る話について、オウディウスの「変身物語」に大理石像に魂が入るピグマリオン神話を典拠とする説に筆者も賛成する。『仏弟子伝』を典拠とする登場人物の名前に関しての指摘は見事と言えるが、なぜそれらの作品から発想を得たのか、さらに実証が求められよう。

（二）　本文異同

本作品は、初出（『思想』第八九号、昭和四年一〇月）から初刊『菩提樹の蔭』（岩波書店、昭和六年四月五日）、角川文庫『菩提樹の蔭・提婆達多』（昭和二七年三月三〇日）、角川書店版『中勘助全集』第二巻（昭和三六年一月三〇日）、岩波文庫『菩提樹の蔭　他二篇』（昭和五九年一二月一七日）、岩波書店版『中勘助全集』第二巻（平成元年一一月二一日）という順番で公表されてきた。

角川書店版『中勘助全集』全一三巻（昭和三五年〜四〇年）は、和辻哲郎・小宮豊隆・中勘助自身が編者として名を連ねているが、和辻の逝去もあり、実際は中勘助自身が自らの代表作を収める目的のもと編集を担っていたことが、静岡市資料の作者直筆メモより分かる。当初の構想は、編年体・全八巻構成（No.012F008）、A〜Fの六案（No.012F009）とa、b二案（No.012F010）であった。

巻ごとの収録ページ数も作者自らが決めていたことがこの静岡市資料**写真7**（No.012F008の一部）からも理解できる。

この角川書店版全集を編むためにインド三部作の他の二作品にも手入れを熱心に行っていることから、『菩提樹の蔭』（岩波書店、昭和六年四月五日）No.022F027と角川文庫『菩提樹の蔭・提婆達多』第三版（昭和二九年二月二〇日）への書き入れを考察する。句読点の整理及び作者好みの漢字への修正（例、奇麗→綺麗）以外の朱筆を**表8**に示す。

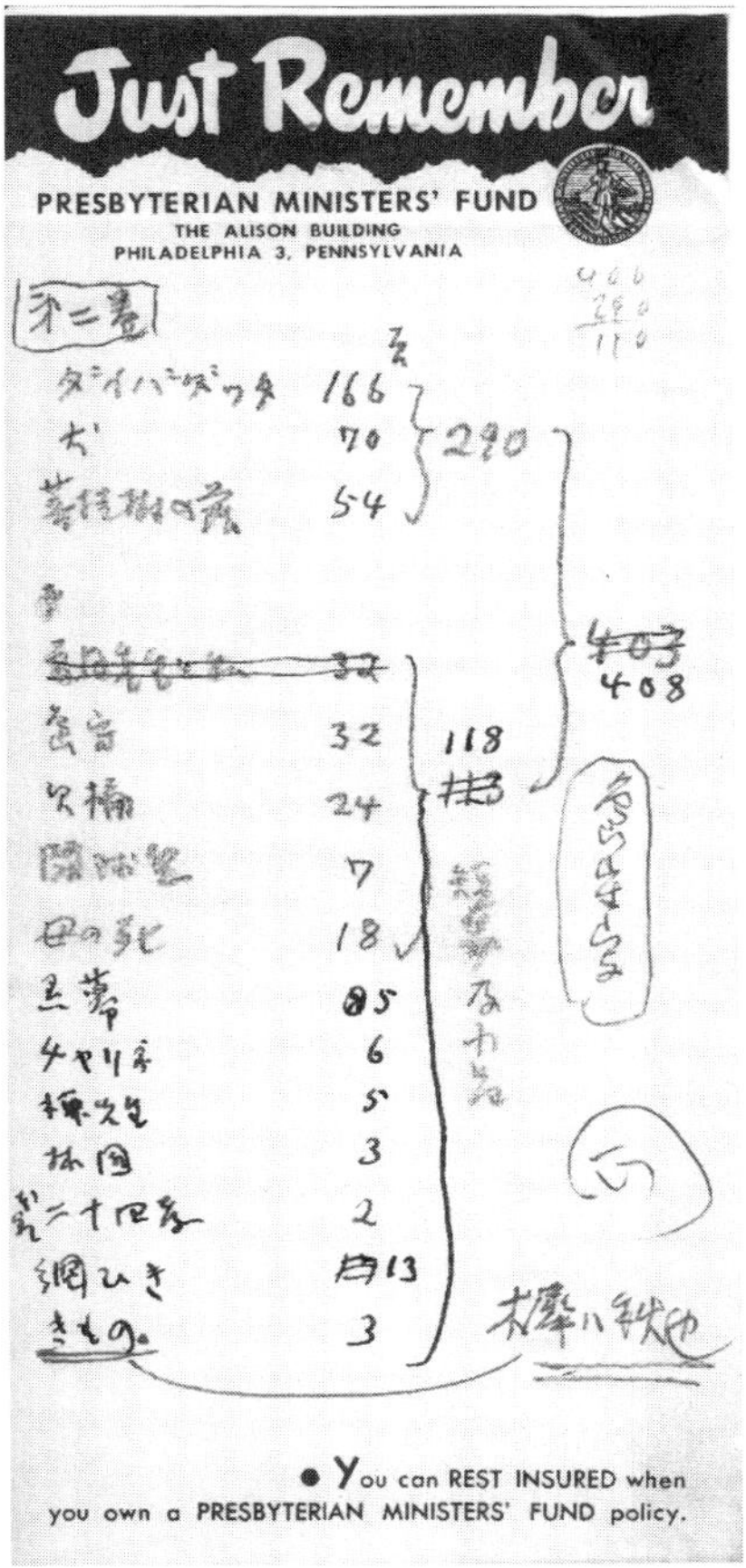

写真7　角川書店版全集第二巻構想メモ

表8　作者書を入れ本における書き入れ

No.	角川文庫頁	022F027書き入れ
1	一四三頁	もってゐたので　↓　もってたゆえ
2	一四四頁	報　↓　報ひ?
3	一四六頁	役目であった。　↓　役目で、
4	一四六頁	恵まるる　↓　恵まれる
5	一四九頁	気持ちがいいので、　↓　気持ちがよかった。
6	一五一頁	親なき　↓　親のない
7	一五二頁	飽くことなき恋　↓　飽くことのない恋
8	一五七頁	抑へきれなくなって　↓　抑へきれなくなり、
9	一五九頁	古い習慣にしたがって　↓　古い習慣にしたがひ
10	一六〇頁	愛情そのときは　↓　愛情――そのときは
11	一六一頁	過ぎし日　↓　過ぎた日
12	一六二頁	チューラナンダが、あっと　↓　チューラナンダが　あっ　と
13	一六四頁	わしもうんといはう　↓　わしも　うん　といはう
14	一六四頁	思って、後姿　↓　思ひ、後姿
15	一六五頁	我にかへって　↓　我にかへり
16	一六六頁	できなかった　↓　できな?かった
17	一六八頁	目のあたり神の誓の　↓　目のあたり神の誓ひの

18	一六八頁	彼女は、「この場合になって、」↓ 彼女は「この場合になって、」？
19	一六八頁	「すっかり~さびしい」？
20	一六八頁	「よい思~ものを」？
21	一七〇頁	きくことにしたが ↓ きくことにした。が
22	一七一頁	かへらなければならなかった ↓ かへらなければならない、
23	一七二頁	故郷には、とはいへ ↓ 故郷は、
24	一七三頁	その匂、その凄み ↓ その匂ひ、その凄み
25	一七六頁	ピッパラヤーナ ↓ ?ピッパラヤーナ
26	一七六頁	悩ましき ↓ 悩ましい
27	一七七頁	耶摩の恵か ↓ 耶摩の恵みか
28	一七八頁	とはいへ ↓ さりながら、しかし
29	一七八頁	ピッパラヤーナ ↓ ?ピッパラヤーナ
30	一七八頁	ではなかったが ↓ ではなかったけれど
31	一七九頁	ピッパラヤーナ ↓ ?ピッパラヤーナ
32	一七九頁	愚な父の ↓ 愚かな父の
33	一八〇頁	新しき血は ↓ 新しい血は
34	一八〇頁	纏へる玉の緒 ↓ 纏った玉の緒
35	一八二頁	二つの詩の上に、「同大活字」の指示書き有

36	一八三頁	会話の上部に?‥が付く
37	一八三頁	「奥様。ただいま」↓「奥様　ただいま」
38	一八三頁	「はい。アマラヴァティー～」↓「はい　アマラヴァティー～」
39	一八三頁	「奥様。たうとう～」↓「奥様　たうとう～」
40	一八三頁	「はい。ただ～」↓「はい　ただ～」
41	一八三頁	「さう。それなら～」↓「さう　それなら」
42	一八三頁	「スンダリや。なんていい～」↓「スンダリや　なんていい～」
43	一八三頁	「奥様。さきほどの～」↓「奥様　さきほどの～」
44	一八三頁	ピッパラヤーナ　↓　?ピッパラヤーナ

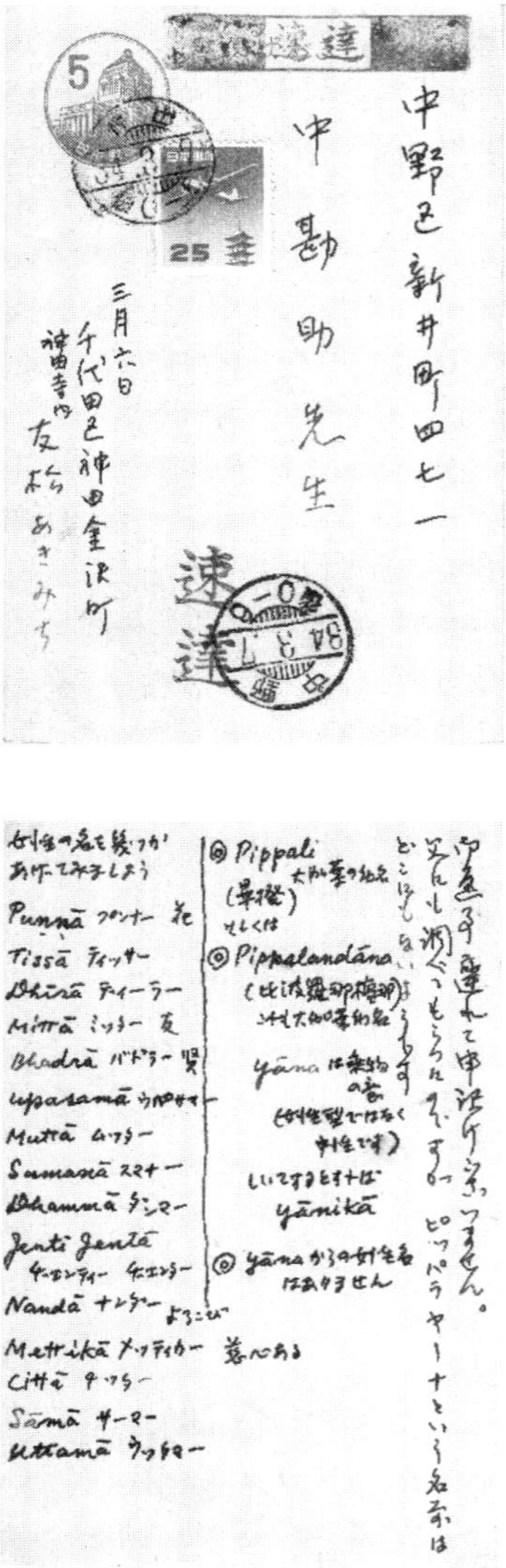
速達
中野区新井町四七一
中勘助先生
三月六日
千代田区神田金沢町
神田寺内
友松あきみち
速達

Punnā
Tissā ティッサー
Dhīrā ディーラー
Mittā ミッター 友
Bhadrā バドラー 賢
upasamā
Muttā
Sumanā スマナー
Dhammā ダンマー
Jenti Jentā
Nandā ナンダー
Mettikā メッティカー 慈心ある
Cittā
Sāmā サーマー
uttamā

◎ Pippali
もしくは
◎ Pippalandāna
yāna
yānikā
◎ yāna

写真8　友松あきみちの中勘助宛葉書

（三）ピッパラヤーナの名前への逡巡

表8 №25、29、31、44にあるように、ピッパラヤーナという名前の使用が仏教資料中に登場するか、中勘助は角川書店版全集収録時に再検討している。静岡市資料 No.094SB022 友松あきみち（神田寺住職・友松円諦の息子）からの葉書（昭和三四年三月七日消印）を**写真8**として次に掲載する。

また「菩提樹の子」という意味女児の名前を中勘助の求めに対して探し、一般的な女児名を書き記している。（一）⑨で堀部は『仏弟子伝』における大迦葉の記載から、ピッパラヤーナは大迦葉の幼名であるとの説を示したが、葉書中の友松の言葉によると「父にも調べてもらっていますが、ピッパラヤーナという名前はどこにもないようです。」との言葉に加え「Pippali 大迦葉の幼名」と記していることから、堀部説には更に検討する余地がある。

中勘助が角川書店版全集を編む際に、『菩提樹の蔭』において、ピッパラヤーナの名前にこだわりを持っていたことが明らかになったことから、この作品の成立に当たり「名前」が大きな意味を持っていたといえよう。

（四）「シャクンタラー姫」再検討

静岡市資料 No.60A010 *Sakuntala Drama in Sieben Akten*（Kalidasa Hermann Camillo Kellner Philipp Reclam, 1890）の作者書き入れ箇所について、書き入れ箇所は**写真9**の通り、青鉛筆での傍線と鉛筆での訳語の書き入れであり、青鉛筆による傍線は全部で一一箇所に及んだ。資料の全頁数が一一一頁と少ない資料ながら、書き入れの多さは他資料に類を見ない。

それらの傍線箇所の表現と『菩提樹の蔭』には、（一）⑦の筆者の論で既に示したプロット上の影響関係だけ

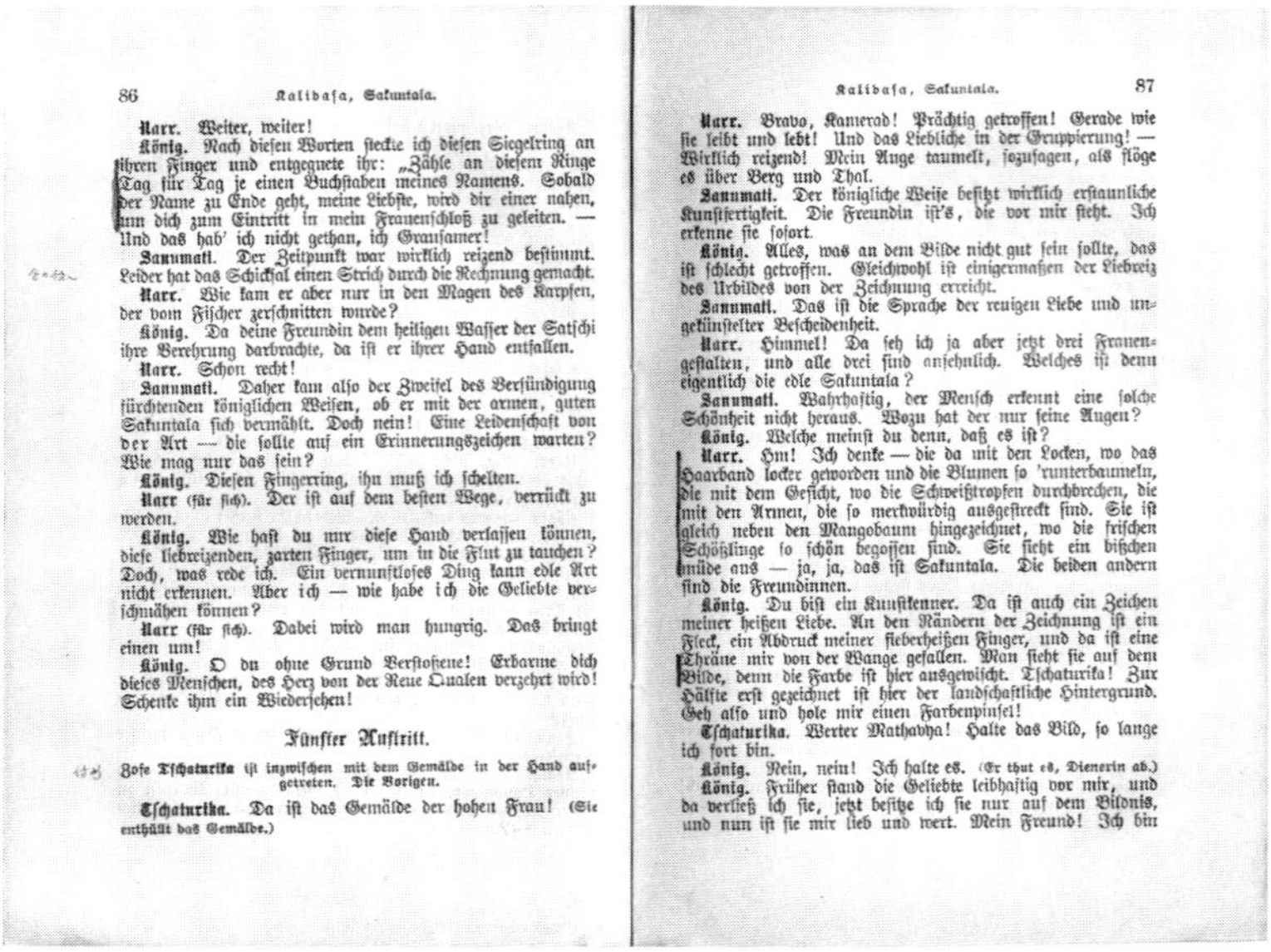
86 Kalidasa, Sakuntala.

Narr. Weiter, weiter!

König. Nach diesen Worten steckte ich diesen Siegelring an ihren Finger und entgegnete ihr: „Zähle an diesem Ringe Tag für Tag je einen Buchstaben meines Namens. Sobald der Name zu Ende geht, meine Liebste, wird dir einer nahen, um dich zum Eintritt in mein Frauenschloß zu geleiten. — Und das hab' ich nicht gethan, ich Grausamer!

Sanumati. Der Zeitpunkt war wirklich reizend bestimmt. Leider hat das Schicksal einen Strich durch die Rechnung gemacht.

Narr. Wie kam er aber nur in den Magen des Karpfen, der vom Fischer zerschnitten wurde?

König. Da deine Freundin dem heiligen Wasser der Satschi ihre Verehrung darbrachte, da ist er ihrer Hand entfallen.

Narr. Schon recht!

Sanumati. Daher kam also der Zweifel des Versündigung fürchtenden königlichen Weisen, ob er mit der armen, guten Sakuntala sich vermählt. Doch nein! Eine Leidenschaft von der Art — die sollte auf ein Erinnerungszeichen warten? Wie mag nur das sein?

König. Diesen Fingerring, ihn muß ich schelten.

Narr (für sich). Der ist auf dem besten Wege, verrückt zu werden.

König. Wie hast du nur diese Hand verlassen können, diese liebreizenden, zarten Finger, um in die Flut zu tauchen? Doch, was rede ich. Ein vernunftloses Ding kann edle Art nicht erkennen. Aber ich — wie habe ich die Geliebte verschmähen können?

Narr (für sich). Dabei wird man hungrig. Das bringt einen um!

König. O du ohne Grund Verstoßene! Erbarme dich dieses Menschen, des Herz von der Reue Qualen verzehrt wird! Schenke ihm ein Wiedersehen!

Fünfter Auftritt.

Zofe **Tschaturika** ist inzwischen mit dem Gemälde in der Hand aufgetreten. **Die Vorigen.**

Tschaturika. Da ist das Gemälde der hohen Frau! (Sie enthüllt das Gemälde.)

Kalidasa, Sakuntala. 87

Narr. Bravo, Kamerad! Prächtig getroffen! Gerade wie sie leibt und lebt! Und das Liebliche in der Gruppierung! — Wirklich reizend! Mein Auge taumelt, sozusagen, als flöge es über Berg und Thal.

Sanumati. Der königliche Weise besitzt wirklich erstaunliche Kunstfertigkeit. Die Freundin ist's, die vor mir steht. Ich erkenne sie sofort.

König. Alles, was an dem Bilde nicht gut sein sollte, das ist schlecht getroffen. Gleichwohl ist einigermaßen der Liebreiz des Urbildes von der Zeichnung erreicht.

Sanumati. Das ist die Sprache der reuigen Liebe und ungekünstelter Bescheidenheit.

Narr. Himmel! Da seh ich ja aber jetzt drei Frauengestalten, und alle drei sind ansehnlich. Welches ist denn eigentlich die edle Sakuntala?

Sanumati. Wahrhaftig, der Mensch erkennt eine solche Schönheit nicht heraus. Wozu hat der nur seine Augen?

König. Welche meinst du denn, daß es ist?

Narr. Hm! Ich denke — die da mit den Locken, wo das Haarband locker geworden und die Blumen so 'runterbaumeln, die mit dem Gesicht, wo die Schweißtropfen durchbrechen, die mit den Armen, die so merkwürdig ausgestreckt sind. Sie ist gleich neben den Mangobaum hingezeichnet, wo die frischen Schößlinge so schön begossen sind. Sie sieht ein bißchen müde aus — ja, ja, das ist Sakuntala. Die beiden andern sind die Freundinnen.

König. Du bist ein Kunstkenner. Da ist auch ein Zeichen meiner heißen Liebe. An den Rändern der Zeichnung ist ein Fleck, ein Abdruck meiner fieberheißen Finger, und da ist eine Thräne mir von der Wange gefallen. Man sieht sie auf dem Bilde, denn die Farbe ist hier ausgewischt. Tschaturika! Zur Hälfte erst gezeichnet ist hier der landschaftliche Hintergrund. Geh also und hole mir einen Farbenpinsel!

Tschaturika. Werter Mathavya! Halte das Bild, so lange ich fort bin.

König. Nein, nein! Ich halte es. (Er thut es, Dienerin ab.)

König. Früher stand die Geliebte leibhaftig vor mir, und da verließ ich sie, jetzt besitze ich sie nur auf dem Bildnis, und nun ist sie mir lieb und wert. Mein Freund! Ich bin

写真 9　“*Sakuntala Drama in Sieben Akten*”における作者書き入れ

でなく、次のような表現上の影響関係が認められた。日本語訳は内田賢太郎氏による。

①少女の肉体的成長の描写

「プリヤンヴァダー　それはあなたの胸を膨らませる若さのせいなのですよ。」（静岡市資料 No.60A010p.18 l.12-13）「王　若くみずみずしいお体も、肩の上でやわらかな結び目をつくり、胸のかたちをかくしてしまうような衣服では、その美しさも増してはくれないというものです。それではまるで、花が色枯れた葉の窪みに隠されているようなものです。」

（静岡市資料 No.60A010p.18 l.16-19）

「チューラナンダの胸にならんだ禁断の果はいつしかまとはれた衣のかげにふくらんだ。彼女のなりのよい肩のゆりかたにも、かはゆい足の運びにも、娘らしいしながそふやうになつた。」

（岩波書店版『中勘助全集』第二巻、一三五頁）

②まだ見ぬ父の名前を知る子ども（Sakuntala）と

生き別れたわが子の名を知る母　（『菩提樹の蔭』）

「少年　ぼくのお父様はドゥフシャンタ様です。あなたではありません。」

（静岡市資料 No.60A010p. 104 l.18）

「ピッパラヤーナ？　おおピッパラヤーナ！　まあピッパラヤーナ！　さうピッパラヤーナつていふの」

（岩波書店版『中勘助全集』第二巻、二七六頁）

③神の加護のもとで、子どもを得た喜びを表す際の子どもを果実に例えた表現

「王　わたしの望みは甘い果実を実らせたのだ。稲妻を操るインドラ天は、ひょっとしてこのことをまだご存じないのではあるまいか。」

（静岡市資料 No.60A010p.106 l.23-25）

「耶摩は散りすぎた青春の夢の花をもとの枝にかへすかはりに、その花のむすんだ果を彼にさづけたのであつた。」

（岩波書店版『中勘助全集』第二巻、二六五頁）

これらの他、青鉛筆による傍線箇所を中心に本文を再確認すると次のようなプロット上の類似点が再発見された。

④親を証明する子どもが身につけたお守り

「第一の苦行女　ああ偉大なる王様、おききください。この中には「不敗の草」という名の薬草が入つております。この子が生を受けたとき、マリーシャからこの子へ送られたものなのです。この薬草は地上に落ちましたが、ただこの子のご両親とこの子自身を除いては、誰もさわれはしません。」　（静岡市資料 No.60A010p. 104 l.1-4）

「チューラナンダは（中略）子供の頸にかかつてゐる護り袋にしては大きすぎる袋に目をつけた。さうしてその口紐をゆるめてなかの物をとりだした。そこにはあの浮彫が、昔の姿が割れたままに仕上げられてあつた。」

⑤親子の再会の折の装束は苦行姿・巡礼姿

「待つ間あせらず、色なき喪服に身を包まれて、しやくんたら姫は轉ぶが如くにして来れり。夫に棄てられし妻の務めなりといふ勤行の厳しさに、豊かなり頬の肉は落ちて、束ねし黒髪は縺れて肩を掩へり。」

（岩波書店版『中勘助全集』第二巻、二七六頁）

（森田草平訳「しやくんたら姫」『十字軍の騎士』〈世界大衆文学全集第五一巻〉改造社、昭和五年三月、四九八頁）

「『奥様。ただいま子供をつれた若い巡礼がまゐりまして……』（中略）『奥様。さきほどの巡礼が子どもをおいてつてしまひました』（中略）やがて、だまされてやうやく泣きやんだ子がしやくりあげながら召使に手をひかれてきた。痩せこけて発育のわるい体に粗末ながらさつぱりとした麻衣をまとつてゐる。」

（岩波書店版『中勘助全集』第二巻、二七二〜二七五頁）

（五）　父親の責任

筆者は（一）⑦において、「生写朝顔話」が『菩提樹の蔭』へ及ぼした影響について解説した。角川書店版全集第二巻の「あとがき」にある「大学生だつたとき大阪に友人の山田を訪ねて文楽をおごられ、当時若手で将来に望みをかけられてた栄三の朝顔に魅了されて人形に恋をし、人形に魂のはひる話をいつかは私流に書きたい」との一文を基に解き始めた。

堀部は（一）⑨において、「生写朝顔話」大井川の段に『古今著聞集』の松浦佐用姫の引用を見、佐用姫石化が『菩提樹の蔭』チューラナンダの石化に影響したと述べ、神の定めた通りの死を迎えた結末から「神の強さと人間の弱さ」の葛藤をテーマとして挙げた。

中勘助が最も親しんだ文楽はというと、堀部が引用した中勘助の詩「文楽座」に表現された「小太郎」「朝顔」「弁慶」「義経」「静御前」「忠信」が主な役の作品だけではない。（四）②④⑤の要素を含む文楽作品「傾城阿波の鳴門」(17)の受容を中勘助は『銀の匙』前篇十二中に「大日様には方方のお寺にあるやうに柿色や花色の奉納の手拭のさがつた掘りぬき井戸があつて、草双紙に阿波の鳴門のお鶴がもつてる曲物の柄杓が浮いてゐた。」（岩波書店版『中勘助全集』第一巻、二二頁）と記す。

お鶴が登場する「傾城阿波の鳴門」の代表的演目である第八段「順礼歌の段」を引用する。

お鶴が幼い頃に生き別れた母親お弓と西国巡礼途上のお鶴が出会うが、お弓は夫十郎兵衛と共に明日とは知れぬ命であることから、親の名乗りを行わない。そのくだりは次のように示される。

「順礼歌　補陀落や。岸うつ波は。三熊野の。那智のお山に。響く滝つ瀬。」年は。やう〳〵とを〴〵の道を。かけたる。笈摺に。同行二人と記せしは。一人は大悲のかげ頼む。「ふる里をはる〴〵。ここに。紀三井寺。花の都も。近くなるらん。巡礼に御報謝」と。言ふも訛しき国なまり。「テモしほらしい順礼衆。ドレ〳〵報謝しんぜう」と。盆に精の志。「アイ〳〵有難ござります」と。言ふ物ごしから爪はづれ。可愛らしい娘の子。定めて連衆は親御達。「国は何国」と尋られ。「アイ国は阿波の徳島でござります。」「ム、何じや徳島。さつても夫はマアなつかしい。わしが生れも阿波の徳島。そしてとゝ様やかゝ様と一所に順礼さんすのか。」「イエ〳〵其とゝ様やかゝ様に逢たさ故。夫でわし一人。西国するのでござります」と。聞てどふやら気にかゝる。お弓は猶も傍に寄り。「ム、とゝ様やかゝ様に逢たさに西国するとは。どふした訳じや夫が聞たい。マア其親達の名は何といふぞいの。」「アイどふした訳じや知らぬが。三ツの年に。とゝ様やかゝ様もわしをば、様に預て。どこへやら行かしやんしたげな。夫でわたしは。ば、様の世話になつて居たけれど。どふぞと、様やか、様に逢たい顔見たい。夫で方々と。尋て歩くのでござります。と、様の名は阿波の十郎兵衛。か、様はお弓。か、様はお弓と申ます」と。聞て恟りお弓が取付。「コレ〳〵アノと、様は阿波の十郎兵衛。か、様はお弓。三ツの年別れて。ば、様に育られて居たとは。疑ひもない我娘」と。見れば見る程稚顔。見覚の有額の痣。ヤレ我子なつかしやと。言はんとせしがイヤ待しばし。夫婦は今もとらる、命。元より覚悟の見なれ共。親子といはゞ此子に迄どんな憂目がか、らふやら。夫を思へばなま中に。名乗だてして憂めを見んより。名乗らで此侭帰すのが。却て此子が為ならんと。

（『近松半二浄瑠璃集〔二〕』国書刊行会、平成八年四月、三五五～三五六頁）

ここには、㈣②⑤の類似点が認められる。子どもは巡礼姿、父母の名前を知っており、それを聞いた母親がわが子と確認するというプロットである。

そこにはあの浮彫が、昔の姿が割れたままに仕上げられてあつた。チューラナンダはしげしげと子供の顔をみた。姿を。手足を。髪の毛から爪の先まで。チューラナンダの胸はたかまつた。彼女は声をふるはせながらいつた。

「おお　おお　いい子だね。私がかはいがつてあげるからね。かはいさうに。私のいふことがわかるかい。かはいい子や。おまいの名はなんていふの」

「ピッパラヤーナ」

やさしくいたはれられたためにやつと安心した子供はさう答へてかすかに笑顔をみせた。
「ピッパラヤーナ？　おおピッパラヤーナ！　まあピッパラヤーナ！　さうピッパラヤーナつていふの」
チューラナンダは父の名母の名をきかうとはしなかつた。

と、巡礼の子供が語る自らの名前「ピッパラヤーナ」が「菩提樹の蔭の恋がたりに、もしも二人のあひだに子供ができたならばこの思ひ出のおほい木の名にちなんで、ピッパラヤーナと名をつけよう　とちかつたこと」を思い出させるというプロットである。
さらに『菩提樹の蔭』のクライマックスシーンで、

朝になつた。人人は臥搨のうへに横つたまま冷い石像となつたチューラナンダの胸にひしと抱きしめられて、乳首をふくんだなりピッパラヤーナの息が絶えてゐるのを見出した。

と乳を含む子の姿が描写される。これも第八段「巡礼歌の段」にある

「何とマア見やしやんしたか。（中略）ドレ〳〵。帯といてゆつくりと。久しぶりで母が添乳。」と。笈摺はづし帯とく〳〵。見れば手足も冷へ渡り息も通はぬ娘の死骸。「ヤアコレ。こりや娘は死で居る。どふして死だどふして」と。余りの事に涙も出ず。

（『近松半二浄瑠璃集〔二〕』国書刊行会、平成八年四月、三六一頁）

とお弓がお鶴に乳を含ませ添い寝しようとする場面、転じて愁嘆場の影響と見ることができる。

『義太夫年表』（明治篇）及び（大正篇）によると、中勘助が山田と共に文楽を楽しんだ文楽座における「傾城阿波の鳴門」「十郎兵衛住家の段」（「順礼歌の段」に同じ）上演は、山田と中勘助の出会いから山田逝去の間には明治三五年九月、四〇年五月、四三年四月二日と上演記録が残る。

「傾城阿波の鳴門」「順礼歌の段」は、親子であることを分かりながら名乗れない母の苦悩、親子と知らず娘を殺してしまった父の悔恨が描かれた悲劇である。『菩提樹の蔭』は、プールナによる「どうぞあはれなこの子をお守りください。私はこれを人手にまかすことはできませぬ。（中略）そのうへにはチューラナンダにも冥加をたれてやつてください。」という祈りにより、親子全員が同時に静かな死を迎えるというアンハッピーエンドの体裁をとったハッピーエンドで終了する。

「因縁」に人間が振り回される「傾城阿波の鳴門」よりも、人間に近い神が描かれ近代的な意味合いが強い。『菩提樹の蔭』末尾は親子の「心中もの」のように、親子三人の同時の死が描かれた。「傾城阿波の鳴門」の阿波十郎兵衛のようにわが子を殺した結果、残された両親が悲嘆にくれるという悲劇や、幼い孤児が残される悲劇とは無縁の、思い残すことがない理想的な死の姿である。

インド伝奇集『屍鬼二十五話』の「娘一人に婿三人　彼女の灰を抱いていた男」[18]にあるようにチューラナンダの姿を大理石に刻み還魂をしたプールナは、チューラナンダの父親の役割を図らずも負ってしまった。自分が世に出したチューラナンダとピッパラヤーナに対して自らの死に際して、父親の責任を自覚するということではないだろうか。作品のテーマとして父親の責任を挙げたい。

（六）　まとめ

（一）⑧で述べたように大正時代から中勘助の印度学・仏教学資料の受容に関係した和辻哲郎は、「聖観音はこの傾向の、かなり絶頂に近い所にあるのです。（中略）父インド、母ギリシアの間から生まれた新しい子供なのです。」（「神を人間の姿に」『新潮』大正七年二月）といい、ギリシア人アレキサンダー大王の東征を背景にその部下カリステネスが仏教教団に出会うという「健陀羅まで」（『読売新聞』大正七年三月二〇日～四月一九日）とギリシャとインドの文化交流をしきりに記した。「人形に魂のはひる話」のギリシャ版ピグマリオン神話、数奇な親子の対面を描いたインドの「シャクンタラー姫」と日本の「傾城阿波の鳴門」、そして作品の基調をなす「生写朝顔話」と『菩提樹の蔭』は、ギリシャ・インド・日本の結びつきへと展開が可能で物語が結びつき成立したと言えよう。中勘助が本作の執筆動機に記した亡き親友の娘で、パリで女児をもうけた猪谷妙子に対して、母親ではなく父親の責任を解説した文学を与えたという点からも、ユニークな作品と位置づけられる。

後記　本論執筆の過程において、日本比較文学会第七〇回全国大会（平成二〇年六月二二日、於大妻女子大学）での筆者による研究発表「中勘助童話におけるインド文学の影響」の質疑で千葉大学・佐藤宗子先生にご指導いただいた。

註

（1）「人形遣い。〔初世〕（明治五年～昭和二〇年）大正・昭和期の文楽人形遣いの名手。「えいぞう」ともいうが、自伝によれば栄三郎の郎を略したものというから「えいざ」が正しい。明治五年大阪東区濃堂町に生れた。本名柳本栄次郎。

明治一六年、叔母豊竹湊玉の夫吉田栄寿（二世栄三の父、のちの光造）の紹介で沢の席の初開場に光栄を名のって初舞台。以後、初世吉田玉造や名人桐竹紋十郎の間にもまれながら、一生きまった師匠をもたずに孤立の道を歩いた。明治二五年彦六座で栄三と改名、三一年から御霊文楽座に移り、借金のため明楽座とかけもちで勤めたが、三五年以後は文楽座を動かず、昭和二年桐竹紋十郎没後、久しく空席であった人形の座頭におされた。初め娘や二枚目をおもに遣っていたが、座頭を機会に女方を三世吉田文五郎に譲った。晩年は荒物遣いと思われるほどに小柄で非力の彼が熊谷や光秀を遣ったが、これが彼の寿命を縮めたともいえる。彼の本領は重兵衛や治兵衛や忠兵衛のような「ぼけやつし」にあり重の井や尾の上はもちろん、八重垣姫でさえ文五郎にはない味を出した。芸風はしぶく陰翳のある腹芸であったが、昭和二〇年一二月九日、疎開先の奈良県片桐村小泉で没した。弟子には栄三郎（のち狂死）・光造（のち二世栄三）らがある。」（早稲田大学坪内博士記念演劇博物館編『演劇百科大事典』第五巻、平凡社、昭和三六年九月）

（2）「別名題「生写朝顔日記」。義太夫節の曲名。時代物。五段。山田案山子遺稿、翠松園主人校補。天保三年正月二日から大阪竹本木々太夫座初演。講釈師芝屋司馬叟の長話「蕣」が原拠で、これを近松徳叟が脚色したが、深雪にふんすべき女方がなく、四、五年を経るうち雨香園柳浪がさし絵を入れて文化八年に前編五巻・後編五巻の読本『朝顔日記』が成立した。この小説「朝顔日記」が広く読まれたため、翌九年大阪堀江市の側芝居で「生写蕣日記」（作者出来島千助）と題して演じ、ついで同一一年二世沢村田之助が、たまたま江戸から大阪に帰ったので、改めて奈河清助が、脚色することになり、「けいせい筑紫𨏍」八幕二九場が成った。これは角の芝居正月興行で、おもな配役は、春雨姫と深雪を二世沢村田之助、阿曾次郎と浮洲の仁三を二世嵐吉三郎が演じた。これの浄瑠璃化が本作で、山田案山子というのは近松徳叟のことである。秋月弓之助の娘深雪は、宇治の蛍狩で宮城阿曾次郎と恋しあったが、阿曾次郎が鎌倉出張を命ぜられやむなく別れる。のち深雪は、大内家の臣駒沢次郎左衛門との縁談が起ったが実はその人こそ恋する当の阿曾次郎と知らず、阿曾次郎とのちぎりを忘れかねて家出する。大内家では奸臣岩代多喜太を中心に悪事をたくらみ、駒沢はひとり心を痛めている。一方家出した深雪は両眼を泣きつぶして、浜松のあたりをさまよううち乳母の浅香にめぐりあったが、浅香は悪者のため痛手を負い、自分の生みの親古部三郎兵衛という者を尋ねて、力にせよといいのこして死ぬ。深雪はかつて阿曾次郎が書いてくれた朝顔の歌を唄ってめぐり歩くうち、島田の戎屋徳右衛門方で駒沢の阿曾次郎に会う。阿曾次郎は同宿の岩代の手前名のらずに深雪に扇を残して去る。深雪はあとでそれと知って大井川まで追っていくが、おりからの大雨にひと足違いで川留めとなる。深雪は天を仰いで、身の悲運を嘆くところへ徳右衛門と中間関助が落ち合い、話の末に徳右衛門が古部三郎兵衛とわかる。徳右衛門は自分の生血をそそいで、深雪の眼病を平癒させる。やがて駒沢の忠義で大内家も安泰となり、駒沢と深雪は御前で婚儀を結ぶ。現行の歌舞伎脚本は、「絵入稗史莾物語」（嘉永ごろ、西沢一鳳作）を加味したもので、大内のお家騒動の部分は削除され、主として深雪・阿曾次郎の恋の件のみが浄瑠璃・歌舞伎ともに上演される。宇治の蛍狩の場、島田宿戎屋の場、大井川の場などで、まれに浄瑠璃のほうで浜松小屋の段を上演する。「蛍狩」の場は時代物の見染めのシーンの代表的なもので、宿屋の駒沢・岩代・朝顔（深雪）という人物の配列といい、演出といい、「壇浦兜軍記」の「阿古屋琴責め」の場に類似している。大井川の場は、中間関助が川越人足を相手にしての大立回りがあって、タチの手をつくす見た目本位の場であるが、最近では荒唐無稽さをさけて、徳右衛門の切腹さえはぶくことがある。」（早稲田大学坪内博士記念演劇博物館編『演劇百科大事典』第三巻、平凡社、昭和三五年一〇月）

（3）「妙子への手紙」収録大正六年五月の手紙より『菩提樹の蔭』のもとの話は「『夢のゆくえ』というお噺」であったことがわかる。

（4）『義太夫年表（明治篇）』（義太夫年表刊行会、昭和三一年五月）

（5）猪谷善一編『猪谷妙子伝』（猪谷善一、昭和一八年七月）

（6）安倍在校中の第一高等学校独語教授・岩元禎。「第一高等学校一覧（自明治三七年至明治三八年）」「第六章　職員（三八年一月一四日調）」による。

（7）静岡市資料 No.060A001~060A016, 060A024~060A026, 062A001, 062A002, 062A006, 064A001, 064A006 であり、表

9として示す。

（8）森田草平「小序」『十字軍の騎士』（世界大衆文学全集第五一巻）（改造社、昭和五年三月）

（9）中勘助の一部蔵書の焼失状況に関しては中勘助が静岡市疎開中に、中邸を借り被災した友松円諦日記（山本幸世編『友松円諦日記抄』真理舎、平成元年一一月）による。

（10）「シャクンタラー姫」の正式名称「指輪によって思い出されたシャクンタラー」の意味。

（11）小宮豊隆「解説」『菩提樹の蔭・提婆達多』（角川文庫、昭和二七年三月）

（12）『歌劇』第二二号、大正一一年一月

（13）「宝塚上演演目史　大正三年四月から昭和三九年五月まで」（『宝塚歌劇五十年史〔1〕』宝塚歌劇団、昭和三九年五月）

（14）『赤い鳥』第一巻第六号（大正七年一二月）収録「賛助読者名簿（四）」七六頁一行目「東京○江木定男」の名前があり、購読していたことが分かる。

（15）小川未明「私が『童話』を書く時の心持」（『早稲田文学』第一八七号、大正一〇年六月）

（16）中勘助「しづかな流（一）」内、昭和二年六月一六日付、日記体随筆

（17）「義太夫節の曲名。時代物。一〇段。近松半二・八民平七・吉田兵蔵・竹田文吉・竹本三郎兵衛ら合作。別名題「契情阿波の鳴門」。明和五年六月一日から大阪竹本座で初演。近松門左衛門作「夕霧阿波の鳴渡」の改作というが原作のおもかげはほとんどとどめていない。（中略）（八段）（十郎兵衛内）十郎兵衛のるすに順礼の子がたずねてくる。お弓はその身の上話からわが子お鶴とわかる。盗賊として捕えられる自分たちのことを考え母と名のらずに帰国させる。十郎兵衛はわが子と知らず、外からこの順礼をつれて帰り、金をもっているのをみて、武太六への返済金に当てるため貸してくれとたのむ。順礼が大声でそれを拒むので、その口をふさぐと窒息死してしまう。お弓はお鶴を帰したあと心ひかれて追っていったが、家へ帰るとわが子が死んでいる。十郎兵衛も順礼がわが子とわかり夫婦は悲嘆にくれる。お鶴

の懐中から発見された手紙によって、国次の刀は郡兵衛が持っていることがわかる。おりから捕手にとり囲まれるが、二人は奮戦し家に火を放って帰国の途につく。（中略）第八段の十郎兵衛内、通称「順礼唄の段」が最も名高く再演以後はほとんどこの段だけがくりかえされている。」（早稲田大学坪内博士記念演劇博物館編『演劇百科大事典』第二巻、平凡社、昭和三五年六月）

(18)　ソーマデーヴァ作、上村勝彦訳『屍鬼二十五話』〈東洋文庫三二三〉（平凡社、昭和五三年一月）インドの伝奇集。二十五話からなる。死体に取りついたヴェータラがトリヴィクラマセーナ王に聞かせる二五の不思議な物語から成り、各話の最後にヴェータラが問答を仕掛け、トリヴィクラマセーナ王がそれに見事に答えるという形式を持つ。最後に王はシヴァ神に認められ、ヴィディヤーダラ族の転輪聖王とされた。「娘一人に婿三人　彼女の灰を抱いていた男」は、屍鬼がトリヴィクラマセーナ王に対し、三人の求婚者が亡くなった娘に対してそれぞれ行ったことを説明し、そのうちの誰が再生した娘の夫に相応しいかと尋ねた話。呪文の力で遺灰から娘を生き返らせた青年は父親の役割を果たしたこと、娘の骨をガンジス河に投げ捨てた青年は娘の息子の役割を果たしたこと、娘の灰を寝床にし、それを抱きしめて苦行していた青年こそ深い愛情により夫に相応しく行動した、と王は答えた。

情報を整備した]

叢　書　名	著者名	出版年月	判型	頁数
Universal Bibliothek 381	H. C. Andersen	不明	B6	63
Universal Bibliothek 416	H. AJunghans	不明	B6	50
Universal Bibliothek 510	Friedrich hölderlin	不明	B6	140
Universal Bibliothek 1081-1084	Karl Philipp Moritz	不明	B6	304
Universal Bibliothek 1371-1373	Johann Gottfried von Herder	不明	B6	304
Universal Bibliothek 1451-1453	Nicolaus Lenau	不明	B6	414
Universal Bibliothek 1701	Iwan Turgenjeff, Wilhelm Lange	不明	B6	100
Universal Bibliothek 1858	Droste-Hülshoff	不明	B6	58
Universal Bibliothek 2231, 2232	Otto F. Lachmann	不明	B6	251
Universal Bibliothek 2751	Kālidāsa	不明	B6	111
Universal Bibliothek 3021, 3022	Ludwig Uhland, Friedrich Brander	不明	B6	298
Universal Bibliothek 3631, 3632	Friedrich Kudert	不明	B6	261
Universal Bibliothek 3671, 3672	Friedrich Ruckert, Philipp Stein	不明	B6	248
Universal Bibliothek 3831	Franz Blei	不明	B6	109
Universal Bibliothek 4378	Franz Grillparzer	19--年	B6	73
Universal Bibliothek 4384	Franz Grillparzer	19--年	B6	80
Universal Bibliothek 3801-3806	Hermann Camillo Kellner	18--年	B6	640
Universal Bibliothek 2454, 2455	Heinrich Stiehler	1904年	B6	184
Universal Bibliothek	Franz Grillparzer	19--年	B6	94
	Rudolf von Gottschall, Frlter Band	[1834年]	B6	776
	Otto F Lachmann	[1834年]	B6	637
	Otto F Lachmann	1834年	B6	720
	Otto F Lachmann	[1834年]	B6	780
	Friedrich von Schiller	不明	B6	286

表９　レクラム百科文庫一覧［静岡市作成目録を基に科研費(C)16K02421により

No	収蔵番号	資料番号	分類	書　　名
1774	060	001	847	Bilderbuch Ohne Bilder von H.C.Andersen
1775	060	002	841	Anakreon
1776	060	003	841	Gedichte von Friedrich hölderlin
1777	060	004	164	Götterlehre der Griechen und Römer
1778	060	005	763	Stimmen der Völker in Liedern
1779	060	006	941	Gedichte von Nicolaus Lenau
1780	060	007	981	Gedichte in Prosa
1781	060	008	940	Die Judenbuche : eine Sittengemälde aus dem gebirgigten Westphalen
1782	060	009	940	Heinrich Heine's Buch der Lieder
1783	060	010	929	Sakuntala : Drama in sieben Akten. Urvasi : ein indisches Schauspiel. Masavika und Agnimitra : ein indisches Schauspiel
1784	060	011	941	Gedichte von Ludwig Uhland
1785	060	012	941	Liebes struhling
1786	060	013	941	Gedichte von Friedrich Ruckert
1787	060	014	941	Die Gedichte Novalis
1788	060	015	942	Sappho: Trauerspiel in fünf Aufzügen
1789	060	016	942	Des Meeres und der Liebe Wellen : Trauerspiel in fünf Aufzügen
1790	062	001	940	Goethes Briefe an Frau Charlotte von Stein : Auswahl in fünf Büchern
1791	062	002	940	Paul Flemings ausgewählte Dichtungen mit erklärungen herausgeben und einlegeitet
1792	064	001	940	Das goldene Vlies
1793	060	024	940	Heinrich Heines sämtliche Werke : in vier Bänden Bd. 1
1794	060	025	940	Heinrich Heines sämtliche Werke : in vier Bänden Bd. 2
1795	060	026	940	Heinrich Heines sämtliche Werke : in vier Bänden Bd. 3
1796	062	006	940	Heinrich Heines sämtliche Werke : in vier Bänden Bd. 4
1797	064	006	941	Gedichte von Friedirich von Schiller

第四章　インド三部作解釈の地平

一　『阿育王事蹟』のインド三部作への影響

第一部第一章で取り上げた鷗外の『阿育王事蹟』を再確認すると、中勘助の作品との共通点が多いことに気づかされる。

『阿育王事蹟』には、底本の一つである Edmund Hardy が著した *Konig Asoka* に掲載がない「第三十四図バルフウト楝欄格の浮彫逝多林故事」と称する写真が収録されている。この写真の元は何という書籍か明示されていないが、「JETAVANA ANADHAPEDIKO DETI KOTI SABTHATENA KETA 給孤独長者一億金もて逝多林を買ふ」との説明書きから、サンスクリット語書籍からの転用と考えられる。つまり、第二部第一章一で示した新潮社版『提婆達多』表紙カバー写真の出典として、堀謙徳『美術上の釈迦』、T.W.RHYS DAVIDS の *BUDDHIST INDIA* だけでなく『阿育王事蹟』も挙げられる。

第二部第二章二にて考察したチエラルの人物造型について、紀元前三二七年〜三二三年にインド東征を行ったマケドニア帝国の王アレキサンダー大王と七一二年にインドへ侵攻したイスラム教徒モハメッド・カシムの影響を論じたが、『阿育王事蹟』「壹　前紀」にて「仏滅後約百五十年の頃、希臘の北方マケドニヤ MAKEDONIA.

の歴山王 ALEXANDROS. 新に波斯を破り、十三万五千の歩兵、一万五千の騎兵及び象軍を率ゐて印度の疆に臨みき。（中略）撤兵の後、モフィス、ポオロスの二王は、共に歴山王の諸侯と為りて、パンジャアブを治せしが、ポオロスは基督前三百二十一年、隣国を領せし希臘軍の将エウデモス EUDEMOS. に謀り殺され、歴山王の占領せりし印度の地はシリヤ SYRIA. に帰し、王の軍に将たりしセレウコス、ニカトル SELEUKOS NIKATOR, 312-281B.C. が剏めつるセレウコス朝の世とは為りぬ」とアレキサンダー大王の東征とその死後のインドの状況について、「拾陸　後紀」には「亜拉伯の将カシム KASIM. 軍を率ゐて信度河を渡る。信度の王ダヒル DAHIR. 戦死し、未亡人城を守りて自焚す。時に基督暦七百十二年なり」とモハメッド・カシムがダヒル王が破ったことについて記される。

第二部第二章二、**表7**で『犬』のインド史に関する歴史的記述部分を取り上げ、典拠本二冊、Vincent A. Smith, *The Early History of India Including Alexander's Campaigns* ,3rd.Edition（Oxford at the Clarendon Press ,1914）と Stanley Lane, *Mediaeval India under Mohammedan Rule*（T. Fisher Unwin Ltd. 1917）との表現の比較を行ったが、「拾陸　後紀」にも同様の歴史的著述が登場する。両書の表現を次に比較する。

有名なガーズニーのサルタン・マームードは印度の偶像教徒を迫害し、その財宝を掠略することをもつて畢生の事業として、紀元一〇〇〇年から一〇二六年のあひだにすくなくとも十六七回の印度侵入を企てた。いつも十月に首都を発して三ケ月の不撓の進軍をつづけたのち内地の最富裕な地方に達する慣であつたが、かやうにして印度河から恒河にいたるまでの平原を横行して市城を陥れ、殿堂偶像を破壊することによつて、彼は「勝利者」「偶像破壊者」の尊称を得た。（中略）

これは一〇一八年にマームードがヒンドスタンの著名なる古都カナウヂのはうへ兵を進めた時のことである。

（『犬』）

第十世紀の末、基督暦九百十九年。波斯の「スルタン」マアムッド SULTAN MAHMUD. 位に即き、基督暦千一年兵をカアブルに進め、ラホオル LAHORE,LOHARA. の王ジエイバル RAJA JEIPAL. を破る。（中略）これより千二十四年に至るまで、回教徒の来襲すること二十二回にして、就中千十七年には、カナウジ及ムットラ KANAUJ,MUTTRA. を破壊し、千二十四年には、グジェラアトのソムナアトなる摩醯首羅 MAHESVARA.SIVA. 大自在天《ママ》。の祠を破壊しつ。これより後、マアムッドは波斯に事あるが為に、侵伐を反復すること能はざりき。

（『阿育王事蹟』）

侵攻の期間、侵攻の回数が、「紀元一〇〇〇年から一〇二六年のあひだにすくなくとも十六七回」と「千一年」から「千二十四年に至るまで、回教徒の来襲すること二十二回」、カナウヂ侵攻の西暦が「一〇一八年」「千十七年」との違いがあるが、「殿堂偶像を破壊」「グジェラアトのソムナアトなる摩醯首羅 MAHESVARA.SIVA. 大自在天。の祠を破壊」と「サルタン・マームード」（「スルタン」マアムッド SULTAN MAHMUD）のインド侵攻の様子は同内容として描かれる。

また、第二部第三章ではカーリダーサ「シャクンタラー姫」と『菩提樹の蔭』との影響関係を示したが、『阿育王事蹟』「壹　前紀」には「シャクンタラア SAKUNTALA. の戯曲の訳者たるキリアム、ジョオンス SIR WILLIAM JONES,1746-94. は音の近きより、この名の施那羅笈多と同じきを知りぬ」、「拾陸　後紀」には「文芸も亦先のカアリダアサに次いで、シュウドラカ王、SUDRAKA.六世紀。」と戯曲「シャクンタラー」作者「カアリダアサ」共に登場する。

以上から、鷗外の『阿育王事蹟』を印度学的な知見の一つとして中勘助が参考としていた可能性が見受けられる。

二　インド三部作の位置づけ

第二部で確認したインド三部作の時代背景とテーマを振り返ると、『提婆達多』は時代背景が仏陀在世期で、テーマは近代人の魂の救済であった。信州（長野県）野尻湖畔の安養寺を始め、上野の寛永寺山内真如院、比叡山横川の恵心堂、茨城県布川の徳満寺に滞在し、特定の仏教宗派における救済の思想を描くことは、『大日本校訂　大蔵経』（弘教書院）や『大正新脩大蔵経』等大蔵経典に親しんでいた中勘助にとって、比較的容易なことであったろう。しかし「阿育王」構想の過程で和辻哲郎・宇井伯寿等を通して入手困難な印度学・仏教学資料に当たり、原始仏教に傾倒していったのか、そこには仏陀の思想や慈悲心を解明したいという思いがあったと推測される。『提婆達多』『犬』『菩提樹の蔭』と三部作に共通する「性と愛の相克」というテーマから推測すると、中勘助は「性への処し方、愛への処し方」を探究したいという考えがあったと考えられる。中勘助は前掲、和辻照子宛書簡にて「色々不満なところもありますが特に仏陀の説法に関して随分物足らなく思つてゐます。併し説法を創作する気にもなりませんでしたから致し方ありません」と小説家としてのジレンマはあるが仏陀の説法は伝承内容を変えずに『提婆達多』に用いた。それこそ説法を通して仏陀の思想や慈悲心を解明する必要があったからではないか。

『犬』は、一〇一八年頃回教徒のインド侵攻時代が時代背景であり、戦争という国家間・文明間の暴力と男女間の性暴力、性への妄執がテーマであった。暴力が蔓延する中、回教徒の隊長に一途な片思いをするインド娘が暴力の被害者から加害者へ変化するさまが描かれた。暴力の連鎖の中で神からも救済されない人間の無明さが表された。

『菩提樹の蔭』は、アマラヴティーが彫刻産業で賑わった時代、紀元前三世紀頃から三世紀頃までの間が時代背景であり、主人公プールナの父親としての責任への自覚と自覚自省というストイックさが神の心に適うというテーマである。

インド三部作創作の経過で、中勘助が参考とした印度学・仏教学資料は、大蔵経や『往生要集』等経典類、原始仏教に関する解説書から、インド史資料へ、最後にインド文学へと変遷した。それらの資料を用いる際に中勘助が大切にしたことは、参考資料にとらわれない小説としての独創性であったと考えられる。『阿育王事蹟』を著した森鷗外の原始仏教時代への憧憬はドイツにおける印度学隆盛と日露戦争が背景にあった。「阿育王」構想の経過で受容したインド史資料の中で中勘助が注目したのは、マケドニア王アレキサンダー大王と回教徒のモハメッド・カシムであった。共にインドを武力侵攻した軍人である。アレキサンダー大王について和辻哲郎が論文「北西印度、波斯、希臘」（『思潮』第二巻第一〇号、大正七年一〇月）、論文「アレキサンドルの遠征と西北印度」（『思潮』第二巻第一一号、大正七年一一月）、小説「健陀羅《がんだあら》まで」（『読売新聞』大正八年三月二〇日〜四月一九日）を発表し、インドとギリシャ・ペルシャの文化交流に興味を抱いていたこともその一因であろう。回教徒モハメッド・カシムについて『阿育王事蹟』と脚本「プルムウラ」において鷗外も言及し、信度国王女プルムウラからの求婚をカシムが断り讒言される経緯を「この王女プルムウラの話は実に珍しい面白い話で、西洋の詩人がこれを種にして叙事詩か脚本かを作つて居ない筈がないと思つた。併し一応調べた所でそんな物は見付からない」（「脚本『プルムウラ』の由来」『歌舞伎』第一〇二号、明治四二年一月）と注目している。『菩提樹の蔭』では『阿育王事蹟』に登場するのみならず、ゲーテにも愛されたカーリダーサの七幕戯曲「シャクンタラー姫」の影響を確認することができる。インド・ギリシャ・日本の物語のエッセンスを融合させる試みであった。

三　『鳥の物語』に至る鷗外『阿育王事蹟』の影響

インド三部作以降の作品ではあるが、関連事項として『鳥の物語』にも触れたい。

『思想』昭和四年一〇月号（第八九号）への『菩提樹の蔭』発表の後、中勘助は昭和六年一月頃から『鳥の物語』に着手し始めた。昭和七年四月に『鳥の物語』の第一作「雁の話」が脱稿され、翌八年六月号の『思想』（第一三三号）に発表した。この作品の構想について角川書店版『中勘助全集』第三巻「あとがき」（昭和三六年二月）に中勘助は次のように記した。

私が童話、特に成人のための童話――適当な名が見つからない。――を作ることを思ひついたのは平塚海岸に住んでた時だつた。それが一群の鳥の物語になつたのは最初の一つが鳥――鶴の話だつたからだらう。しかしそれを単純に味よく纏めるのに暇どつてるうちに題材になる話のある雁ののはうが先に出来た。で、大汗の前での席次としては鶴が首席であるべきのをこの本では稿了順発表順によつて「後の雁が先」になつてゐる。

『鳥の物語』の形式は途中変化したことが「雁の話」の次作「鳩の話」（昭和一六年七月脱稿、同年一〇月『鳩の話』収録、岩波書店より刊行）の次のような前書きから知ることができる。

> 雁の話をかいたときには鳥たちは風流な足利義満将軍の御前でかしこまるつもりになつてゐた、それが十年後の今日この鳩は寛仁大度なオゴタイ汗のまへで話すことになつた。

以上のように『鳥の物語』は、当初室町幕府の足利義満の前で鳥が体験談もしくはその種族に伝承される歴史上の人物や場面についての物語を語るという形式だったのが、途中でチンギス汗《ハン》の息子でモンゴル帝国第二代皇帝オゴタイの前で語る形式に変化した。「雁の話」は長安の都が中国漢時代に栄えていた頃の匈奴によって軟禁された蘇武奪還の物語であり、「鳩の話」は洗礼者ヨハネとナザレのイエスの受難の物語である。ここで注目すべきは鳥が語る相手の変化である。

足利義満は室町幕府第三代将軍であり、武家であっても「風流な」と形容されるように鹿苑寺（金閣寺）建立を始め、北山文化を築き南北朝を合一させ、人心安定した一時代を築いた。一方オゴタイは、父チンギス汗とモンゴル統一、金遠征、大西征を行った武人であり、自らの皇帝時代においても帝国領土をヨーロッパへ拡大させ続けた。文化人足利義満から武人オゴタイへの変化は、日中戦争の戦局激化が背景として考えられる。

『鳥の物語』においては、「雁の話」で漢と匈奴の戦時下に捕囚となった蘇武の忠臣としての忍耐と李陵との友情のあり様が著され、「鳩の話」では、領土拡大のため周辺地域侵略を進めたオゴタイに対して、鳩が神の子イエス伝を語るというように、中国大陸の歴史上の人物が登場し、中勘助の中国びいきの様相が示される。中国大陸もまたインド同様古来より、多くの覇者が現れ、侵略し侵略される動乱の歴史を有している。つまり覇者オゴタイはインド史におけるアレキサンダー大王、サルタン・マームードと同様に位置づけられる。ヨハネやイエスが精神性やその信念によって人々を開眼させた物語を、武力統一者オゴタイに対し平和の象徴である鳩が語るという点に「鳩の話」の枠物語としての面白さがある。

鷗外が『阿育王事蹟』において、阿育王にとっての理想的な国家像、即ち不殺生と仏法による国民の精神統一を紹介したのと同様に、中勘助は、人間はいかに生きるべきかとの指針を鳥に語らせた。鷗外が間接的に嫌悪を示した戦争を進める覇者は、『鳥の物語』において、鳥によって啓蒙される対象として位置づけられた。国家間・文明間の衝突は暴力によっては解決できないという現代社会に通じる視点を『阿育王事蹟』や印度学・仏教学資料の受容を通し中勘助は得たといえる。

第三部　中勘助参考文献目録

（鈴木一正・木内英実編）

中勘助参考文献目録

鈴木一正・木内英実 編

凡例

一、本目録は、「1 単行本」「2 雑誌追悼号・特集号」「3 中勘助全集（岩波書店版）」「4 新聞・雑誌・単行本等所収論文」「5 渡辺目録 補遺」から成る。

一、「4」は、渡辺外喜三郎作成の①「中勘助（二十八）—参考文献年表—」（「鹿児島大学文科報告」第1分冊、第21号、昭60・9）（収録期間は大正2年～昭和48年）、②「中勘助（二十九）参考文献年表（二）」（同第22号、昭61・9）（収録期間は昭和49年～昭和61年7月）以降の文献を収めた。ただし、②の昭和61年1～7月分は再掲した。「5」は、①と②の渡辺目録未収載分を掲げた。また「1」と「2」は、昭和61年以前の分も掲げた。

一、排列は、発行順に並べた。同月内は、著者名の五十音順とし、雑誌等で同時に複数掲載の場合は掲載順とした。ただし、週刊紙（誌）・日刊紙は、同月内の後に月日順に並べた。

一、単行本は『 』、雑誌等は「 」で示し、叢書名・特集名等、補足的事項は〈 〉を用いた。また無署名の場合は、————で示し、所収書名は、↓『 』で示した。その他、必要に応じて注記した。

一、連載・分載等で一括で記入した場合は、著者名の上に＊印を付した。

一、原則として雑誌等の「初出」によった。初出不明、未確認の場合は単行本所収時のものを記した。

1　単行本

稲森道三郎『服織の中勘助　その生活と文学』（静岡大学教育研究所、昭31・12・10）

藤原久八『中勘助の文学と境涯』（金喜書店、昭38・5・30）

橋本　武『「銀の匙」研究ノート』（橋本武、昭43・4）

渡辺外喜三郎『中勘助の文学』〈近代の文学9〉（桜楓社、昭46・10・25）

稲森道三郎『一座建立　中勘助の手紙』（六興出版、昭62・7・25）

渡辺外喜三郎『はしばみの詩―中勘助に関する往復書簡―』（勘奈庵、昭62・12・10）

稲森道三郎『服織の中勘助　その生活と文学』（麹香書屋、平2・1・30）昭31・12刊の新版

渡辺外喜三郎『この友ありて―小宮豊隆宛中勘助書簡―』（勘奈庵、平3・10・30）

静岡市立藁科図書館編『熱砂の中のオアシス　中勘助、服織への讃歌　昭和十八年―昭和二十三年』（静岡市立藁科図書館、平4・3・30）

十川信介『『銀の匙』を読む』〈岩波セミナーブックス43〉（岩波書店、平5・2・24）

渡辺外喜三郎『鶴のごとし―中勘助の手紙―』（勘奈庵、平5・4・5）

堀部功夫『「銀の匙」考』（翰林書房、平5・5・3）

富岡多恵子『中勘助の恋』（創元社、平5・11・10）→『富岡多恵子集』9〈評論Ⅲ〉、筑摩書房、平11・5

渡辺外喜三郎『『カンナ』の流れとともに―牧祥三先生の手紙―』（勘奈庵、平6・3・25）

稲森道三郎『中勘助の手紙　一座建立』〈中公文庫〉（中央公論社、平7・1・18）

平塚市中央図書館編『中勘助展 目録』（平塚市中央図書館、平7・11・17）

稲森道三郎『花追い　回想・中勘助のことども』（アイデア、平10・12・10）

富岡多恵子『中勘助の恋』〈平凡社ライブラリー363〉（平凡社、平12・9・8）

稲森道三郎『風のごとし』（アイデア、平13・3・30）

平塚文化塾編『しづかな流　中勘助に学ぶもの』（平塚市中央図書館、平16・3）

関口宗念『中勘助研究』（創栄出版、平16・5・10）

平塚市中央図書館奉仕担当編『中勘助展 目録』（平塚市中央図書館、平16・11）

小堀鷗一郎・横光桃子編『鷗外の遺産』第3巻〈社会へ〉（幻戯書房、平18・6・20）

静岡県立静岡西高等学校［編］『静岡県立静岡西高等学校三十一期生 朝読書&総合の時間「銀の匙」文学プロジェクト』（静岡県立静岡西高等学校、平20・3・18）

鈴木範久『中勘助せんせ』（岩波書店、平21・12・10）

伊藤氏貴『奇跡の教室 エチ先生と『銀の匙』の子どもたち』（小学館、平22・12・4）

橋本 武『灘校・伝説の国語授業 本物の思考力が身につくスローリーディング』（宝島社、平23・12・5）

橋本 武『〈銀の匙〉の国語授業』〈岩波ジュニア新書709〉（岩波書店、平24・3・22）

十川信介『中勘助『銀の匙』を読む』〈岩波現代文庫 文芸209〉（岩波書店、平24・9・14）

橋本 武『灘校・伝説の国語授業 本物の思考力が身につくスローリーディング』〈宝島 SUGOI 文庫〉（宝島社、平26・1・23）

静岡市文化振興財団編『顕彰誌 縁の作家、中勘助』〈中勘助生誕一三〇年・没後五〇年中勘助文学記念館開館二〇周年記念事業〉（静岡市、平28・1・29）

香本明世『インド旅行記／中勘助の世界—『銀の匙』作者のその後』（文芸社、平28・3・15）

奥山和子『地獄の道づれ』（静岡新聞社、平29・1・15）

2 雑誌追悼号・特集号

中勘助追悼（「俳句」第14巻第6号、昭40・6）

中勘助追悼（「心」第18巻第6号、昭40・7）

小特集「銀の匙」考（「国文学」第33巻第14号、昭63・12）

3 中勘助全集（岩波書店版）

——後記（『中勘助全集』第1巻〈小説Ⅰ〉、岩波書店、平1・9）

今江祥智『銀の匙』のことなど（同右月報）→『今江祥智の本』第35巻〈ぼくのメリー・ゴー・ラウンド〉、

理論社、平2・4

堀部功夫　「銀の匙」初出本文注（同右月報）→『「銀の匙」考』翰林書房、平5・5

――　後記（『中勘助全集』第4巻〈随筆・小品Ⅰ〉、岩波書店、平1・10）

小堀四郎　中さんの肖像（同右月報）

稲森道三郎　南柯之印（同右月報）

堀部功夫　釣りに行く兄弟（同右月報）→『「銀の匙」考』翰林書房、平5・5

――　後記（『中勘助全集』第2巻〈小説Ⅱ〉、岩波書店、平1・11）

川路重之　中野新井町（同右月報）

堀部功夫　「提婆達多」の参考書（同右月報）

――　後記（『中勘助全集』第5巻〈随筆・小品Ⅱ〉、岩波書店、平1・12）

林喜代弘　邦楽小曲集「しづかな流」余香（同右月報）

堀部功夫　黒い幕（同右月報）

稲森道三郎　樝の実（同右月報）

――　後記（『中勘助全集』第6巻〈随筆・小品Ⅲ〉、岩波書店、平2・1）

串田孫一　心の人（同右月報）

石井正之助　中先生とのお付き合い―赤坂表町のころ―（同右月報）

――　後記（『中勘助全集』第7巻〈随筆・小品Ⅳ〉、岩波書店、平2・2）

槇　晧志　蓑蟲（同右月報）

堀部功夫　「銀の匙」に出てくる絵・本・話（上）（同右月報）→『「銀の匙」考』翰林書房、平5・5

――　後記（『中勘助全集』第8巻〈随筆・小品Ⅴ〉、岩波書店、平2・3）

清水邦夫　中勘助と南谷さん（同右月報）

堀部功夫　「銀の匙」に出てくる絵・本・話（中）（同右月報）→『「銀の匙」考』翰林書房、平5・5

――　後記（『中勘助全集』第9巻〈随筆・小品Ⅵ〉、岩波書店、平2・4）

安良岡康作　回想の中勘助先生（同右月報）

堀部功夫　「銀の匙」に出てくる絵・本・話（下）（同右月報）→『「銀の匙」考』翰林書房、平5・5

――　後記（『中勘助全集』第10巻〈随筆・小品Ⅶ〉、岩波書店、平2・5）

岸田衿子　いくつかの足跡（同右月報）
稲森道三郎　服織村（同右月報）
――後記（『中勘助全集』第3巻〈小説Ⅲ〉、岩波書店、平2・6）
中川李枝子　はしばみの詩（同右月報）
石井正之助　中先生とのお付き合い（二）―静岡市外服織村のころ―（同右月報）
――後記（『中勘助全集』第11巻〈随筆・小品Ⅷ〉、岩波書店、平2・7）
加藤喜美子　檀《まゆみ》（同右月報）
深津健一　『銀の匙』と私（同右月報）
市川浩昭　『提婆達多』の二刷本について（同右月報）
――後記（『中勘助全集』第12巻〈随筆・小品Ⅸ〉、岩波書店、平2・9）
橋本　武　『銀の匙』を教材に（同右月報）
石井正之助　中先生とのお付き合い（三）―『ヘリック詩集』のこと、中野新井町のころ―（同右月報）
――中勘助氏の近ごろ（同右月報）再録
――後記（『中勘助全集』第13巻〈随筆・小品Ⅹ〉、岩波書店、平2・10）
波野ときこ　松籟―渋谷澄氏を訪ねて―（同右月報）
松岡磐木　勘助おじ（同右月報）
――後記（『中勘助全集』第14巻〈詩歌〉、岩波書店、平2・11）
串田孫一　心の身形（同右月報）
赤羽　淑　中勘助の短歌（同右月報）
――後記（『中勘助全集』第15巻〈書簡Ⅰ〉、岩波書店、平3・1）
南谷行宏　中先生と碁（同右月報）
波野ときこ　まぼろしの遺稿集―中勘助宛山田又吉書簡によせて―（同右月報）
――後記（『中勘助全集』第16巻〈書簡Ⅱ〉、岩波書店、平3・2）
渡辺三郎　月食―妙子さんのこと（同右月報）
堀部功夫　妙子さん（同右月報）
石上史子　羽鳥から（同右月報）
――後記（『中勘助全集』第17巻〈書簡Ⅲ〉、岩波書店、平3・3）
渡辺外喜三郎　年譜（同右）
南谷行宏　先生のレコード蒐集（同右月報）

稲森道三郎　二人静―先生の死―（同右月報）

４　新聞・雑誌・単行本等所収論文（昭和61年以降）

小堀杏奴　本質とは？（三十四）（「森鷗外記念会通信」No.73、昭61・1）

坂村真民　中勘助先生の近影に寄せて／くひな笛　中勘助先生より御著をいただいて（『坂村真民全詩集』第2巻、大東出版社、昭61・1）

渡辺外喜三郎　銀の匙（『日本大百科全書』7、小学館、昭61・1）

市毛勝雄　中勘助（分銅惇作ほか編『日本現代詩辞典』桜楓社、昭61・2）

加賀まひる『中勘助随筆集』を読んで（「カンナ」第113号、昭61・2）

＊波野ときこ　山田又吉（一）～（十二）―若き日の中勘助を知るために―（「カンナ」第113～115、117～122、124、125号、昭61・2、5、9、昭62・5、9、昭63・2、7、10、平1・2、10、平2・2）〔（一）は第112号（昭60・9）掲載〕

＊渡辺外喜三郎　牧先生の手紙（九）～（三十三）―『カンナ』の流れ―（「カンナ」第113～115、117～138号、昭61・2、5、9、昭62・5、9、昭63・2、7、10、平1・2、6、10、平2・2、6、11、平3・3、7、11、平4・3、7、11、平5・3、7、11、平6・3、7）〔（一）～（八）は第105～112号（昭58・5～昭60・9）掲載〕。↓『『カンナ』の流れとともに―牧祥三先の手紙―』勘奈庵、平6・3

小林　図　酒と人生（「朝の思想」第390号、昭61・3・1）

――天声人語（「朝日新聞」昭61・3・11朝刊）『鳥の物語』に言及

岩倉規夫　愛蔵の中勘助初版本〈書物雑話2〉（「日本古書通信」第51巻第4号、昭61・4）↓『書物雑話』〈こつう豆本79〉日本古書通信社、昭62・10

西　英生　中勘助『銀の匙』小論（「児童文学研究」第17号、昭61・4）

堀部功夫「銀の匙」モデル考（「日本近代文学」第34集、昭61・5）↓『「銀の匙」考』翰林書房、平5・5

山本健吉　春の夜の夢野の鹿の夢にのみきよりなびかひなくはたが子ぞ／紫のむらむら春の山見れば胸どよみ

して人の恋しき中勘助（『句歌歳時記　春』新潮社、昭61・5）
安野光雅　中勘助「銀の匙」〈レモンの表紙〉（「本」第11巻第6号、昭61・6）
三浦英子　禁欲の美学・中勘助（「芸文東海」第7号、昭61・6）
――天声人語（「朝日新聞」昭61・6・26朝刊）
中勘助の梅雨観に言及
小堀杏奴　選ばれた人（渋谷区立松濤美術館編『小堀四郎特別展』渋谷区立松濤美術館、昭61・7）
平川祐弘　人生のランナー小堀四郎さん（同右）
堀之内嘉代子　『銀の匙』の伯母さん（「カンナ」第115号、昭61・9）
渡辺外喜三郎　中勘助（二十九）参考文献年表（二）（「鹿児島大学文科報告」第1分冊、第22号、昭61・9）
岸田衿子　病弱だった幼少時代の感性　透明な文体で克明につづる〈岸田衿子さんと銀の匙をよむ〉（「朝日新聞」昭61・9・14朝刊）
渡辺外喜三郎　中勘助（長谷川泉編『現代文学研究　情報と資料』〈「国文学解釈と鑑賞」別冊〉至文堂、昭61・11）
三浦英子　母性憎悪・中勘助（「芸文東海」第8号、昭61・12）
堀部功夫　「銀の匙」風俗図譜（「池坊短期大学紀要」第17号、昭62・2）↓『「銀の匙」考』翰林書房、平5・5
――中勘助／銀の匙（三好行雄ほか編『日本文学史辞典　近現代編』〈角川小辞典32〉角川書店、昭62・2）第3章「近代文学の成立」のうち
森本隆子　『銀の匙』論―〈想起〉という方法―（「国文論叢」第14号、昭62・3）
渡辺外喜三郎　中勘助研究回顧（「国語国文薩摩路」第30・31号、昭62・3）〈渡辺外喜三郎教授退官記念号〉
――渡辺外喜三郎先生略歴・研究著作目録（同右）
渡辺外喜三郎　中勘助著『銀の匙』〈回想・この一冊189〉（「国文学」第32巻第3号、昭62・3）
市川浩昭　中勘助と和辻哲郎―奈良での出逢いについて―（「論究」第19号、昭62・4）

加藤まひる　『蜜蜂・余生』（「カンナ」第117号、昭62・5）
増永俊一　文化のヒダをさぐる〝インフォーマル〟な自己表現通し〈論点'87　5月下〉（「読売新聞」昭62・5・29夕刊）『銀の匙』人気の理由に言及
市川浩昭　中勘助と島崎藤村―中勘助における藤村理解―（「島崎藤村研究」第14・15合併号、昭62・6）
村尾清一　中勘助「妙子への手紙」（『新・手紙読本』講談社、昭62・6）
小堀杏奴　序にかえて（稲森道三郎著『一座建立　中勘助の手紙』六興出版、昭62・7）↓稲森道三郎著『中勘助の手紙　一座建立』〈中公文庫〉中央公論社、平7・1。小堀鷗一郎・横光桃子編『鷗外の遺産』第3巻〈社会へ〉、幻戯書房、平18・6
川路重之　中勘助の思い出〈読む人・書く人・作る人〉（「図書」第456号、昭62・7）
紀田順一郎　「怖い妻」野上弥生子日記の迫力　秘められた中勘助との恋（「新潮45」第6巻第7号、昭62・7）
小林　図　中勘助の生きる姿勢（「朝の思想」第406号、昭62・7・1）
飯野　博　『銀の匙』中勘助著（石本隆一ほか編『日本文芸鑑賞事典―近代名作1017選への招待―』第5巻〈大正元～5年〉、ぎょうせい、昭62・8）
高崎隆治　大戦の詩／詩集　百城を落す（『戦争詩歌集事典』日本図書センター、昭62・9）
渡辺外喜三郎　中勘助（『日本大百科全書』17、小学館、昭62・9）
群ようこ　大人が喜ぶ物語　中勘助「銀の匙」（『鞄に本だけつめこんで』新潮社、昭62・10）平2・10に新潮文庫版
山住正己　『銀の匙』と教育改革〈シリーズ教育を改革するために12〉（「世界」第508号、昭62・12）↓『山住正己著作集』6〈文化と教育をつなぐ〉、〈学術著作集ライブラリー〉学術出版会、平28・6
安岡章太郎　「中勘助全集」を是非　胆石発作の描写に感心〈読みたい本書きたい本〉（「毎日新聞」昭63・1・4朝刊）↓『歳々年々　年年歳歳花相似歳歳年年人不同』講談社、平1・12
野田サヱ子　「妹の死」と私の思い出（「カンナ」第119号、

昭63・2）

富岡多恵子　文通から伝わる「浄化」　禁欲が静かな存在感に〈文芸時評 上〉（「朝日新聞」昭63・2・24夕刊）『銀の匙』、渡辺外喜三郎著『はしばみの詩』を取り上げる。↓『こういう時代の小説』筑摩書房、平1・4（「有名人＝ブランド化の時代」と改題）。『富岡多恵子集』10〈エッセイ〉、筑摩書房、平11・7

市川浩昭　中勘助と志賀直哉―漱石的なものとその相違―（「上智近代文学研究」第6集、昭63・3）

鈴木敬司　『銀の匙』―その光芒の秘密（「中央学院大学総合科学研究所紀要」第5巻第2号、昭63・3）

堀部功夫　「銀の匙」構成試論（「池坊短期大学紀要」第18号、昭63・3）↓『「銀の匙」考』翰林書房、平5・5

――――　文芸復興〈今日の問題〉（「朝日新聞」昭63・3・14夕刊）『銀の匙』に言及

鈴木敬司　中勘助（日本児童文学学会編『児童文学事典』東京書籍、昭63・4）

安野光雅　花はさかりに月はくまなきをのみ見るものかは　解説にかえて（安野光雅ほか編『心洗われる話』〈ちくま文学の森2〉筑摩書房、昭63・5）「島守」を収録

井尻雄士　『私の三冊』にみられる読者の同好性（「図書」第466号、昭63・5）

竹長吉正　引用のエクリチュール―「菩提樹の蔭」（中勘助）と「道草」（夏目漱石）を例に―（『授業に生きる教材研究』〈国語教育叢書7〉三省堂、昭63・5）

＊田中真弓　中勘助の「愛」について（一）～（六）（「カンナ」第120～125号、昭63・7、10、平1・2、6、10、平2・2）6回連載

松本清張　一葉と緑雨、芥川と三島、中勘助とその嫂について〈作家の日記3〉（「新潮45」第7巻第9号、昭63・9）↓『過ぎゆく日暦』新潮社、平2・4

稲森道三郎　蘇る中勘助―中勘助の人と著作（「季刊銀花」第76号、昭63・12）

渡辺外喜三郎　「銀の匙」の子供（「国文学」第33巻第14号、昭63・12）〈小特集「銀の匙」考〉

平岡敏夫　「銀の匙」―漱石をめぐる幻想（同右）↓『塩飽の船影』有精堂出版、平3・5。『坊つちゃん』の世界』〈塙選書65〉塙書房、平4・1

小森陽一　ひきだしの気韻（同右）
堀部功夫「銀の匙」補遺二編考（同右）→『「銀の匙」考』翰林書房、平5・5
谷本光典　名古屋弁の小説―「銀の匙」―（『白血病に娘を奪われて』近代文芸社、平1・2）
市川浩昭　中勘助「ひばりの話」論―求道性の意味をめぐって―（「論究」第25号、平1・3）
渡辺外喜三郎「銀の匙」とその作者（『文芸カセット日本近代文学シリーズ　銀の匙解説書』岩波書店、平1・3）
坂本賢三　星とお星様（「図書」第479号、平1・5）
平岡敏夫　比類なく美しい幼少年期の物語（中勘助著『銀の匙』〈角川文庫〉解説、角川書店、平1・5）→『夏目漱石『猫』から『明暗』まで』鳥影社、平29・4
三好行雄　中勘助・人と作品（『梶井基次郎・牧野信一・中島敦・嘉村礒多・内田百閒・中勘助・広津和郎・瀧井孝作・網野菊・丸岡明・森茉莉』〈昭和文学全集7〉小学館、平1・5）→『近現代の作家たち』〈三好行雄著作集第4巻〉筑摩書房、平5・5
紅野敏郎　中勘助年譜（同右）
鈴木敬司『銀の匙』―その美しい光芒の秘密（「文学と教育」第17集、平1・6）
堀部功夫　中勘助（浦西和彦ほか編『奈良近代文学事典』和泉書院、平1・6）
三浦英子　中勘助と「家」（「芸文東海」第13号、平1・6）
川崎　洋　はつ鮎　中勘助（『すてきな詩をどうぞ』〈ちくまライブラリー29〉筑摩書房、平1・9）
竹盛天雄　中勘助（国史大辞典編集委員会編『国史大辞典』第10巻、吉川弘文館、平1・9）
豊島　緑『銀の匙』試論（「百舌鳥国文」第9号、平1・10）
栗原克丸　中勘助（『近代日本を生きた人と作品―わが読書の旅から―』冬扇社、平1・11）
山本茂実　解説（『長野県文学全集』第Ⅱ期随筆・紀行・日記編　第2巻〈明治編Ⅱ〉、郷土出版社、平1・11）「島守」を収録
＊高瀬正仁　中勘助の数学者の詩《うた》―中さんの詩「アベル」と「ガロア」に寄せて―（一）～（七）（「カン

ナ」第125〜131号、平2・2、6、11、平3・3、7、11、平4・3）7回連載
中島国彦　こまの歌、鳥の歌―未明・勘助・基次郎と小学唱歌―（「国文学」第35巻第2号、平2・2）〈特集音楽と文学〉
波野ときこ　「山田又吉」の終わりに（「カンナ」第126号、平2・6）
三浦英子　二人の逃亡者・中勘助と島尾敏雄（「芸文東海」第15号、平2・6）
岩瀬いく　中勘助の名作「沼のほとり」（「流山研究・におどり」第9号、平2・7）
矢島幸雄文・写真　ほほじろの声　中勘助〈信濃町〉（『信濃路の詩碑』銀河書房、平2・9）
中島国彦　「書くこと」と「書かないこと」の間―中勘助の位置〈実感・美感・感興―近代文学に描かれた感受性　第21回〉（「早稲田文学」〔第8次〕第174号、平2・11）→『近代文学にみる感受性』筑摩書房、平6・10
荒川洋治　中勘助（朝日新聞社編『現代日本　朝日人物事典』朝日新聞社、平2・12）
平山城児　中勘助『提婆達多』（「解釈と鑑賞」第55巻第12号、平2・12）〈特集　近・現代作家と仏教文学〉→『現代文学における古典の受容』有精堂出版、平4・10
――　中勘助（日外アソシエーツ編『作家・小説家人名事典』日外アソシエーツ、平2・12）平14・10に新訂版
市原善衛　中勘助と我孫子　手賀沼の景観に感激〈文学みちしるべ〉（「千葉日報」平3・1・9）
今江祥智　解説（今江祥智・山下明生編『現代童話Ⅰ』〈福武文庫〉福武書店、平3・2）「猫の親子」を収録
市川浩昭　『銀の匙』研究序説―夏目漱石の「銀の匙」評価と中勘助理解をめぐって―（「花袋研究学会々誌」第9号、平3・3）
市川浩昭　一日露戦後青年の肖像―中勘助における野尻湖の意味―（「日本文学風土学会紀事」第16号、平3・3）
＊波野ときこ　房州へ架ける虹（一）〜（七）（「カンナ」第128〜133、136号、平3・3、7、11、平4・3、

7、11、平5・11）7回連載

――中勘助（新潮社辞典編集部編『新潮日本人名辞典』新潮社、平3・3）

大久保喬樹　随筆的―物主体の文学（『近代日本文学の源流』〈叢刊・日本の文学17〉新典社、平3・4）「近代小説の場合―「銀の匙」」を含む

松平信久　中勘助　銀の匙＝私（『物語にみる世界の子ども日本の子ども』一莖書房、平3・4）

立川昭二　病者の光学―中勘助と広津和郎の場合（有精堂編集部編『日本の文学』第9集、有精堂出版、平3・6）〈特集 日本文学の病誌〉

林　静一　『銀の匙』〈私の一冊6〉（「東京人」第6巻第6号〔通巻第45号〕、平3・6）

細野秀子　作品で綴る太宰の自伝　中勘助翻訳と研究〈翻訳された日本〉（「知識」第116号〔第7巻第7号〕、平3・7）

＊渡辺外喜三郎　拾遺雑纂　中勘助の文学（一）～（十五）（「カンナ」第129～143号、平3・7、11、平4・3、7、11、平5・3・7、11、平6・3、7、平7・3、9、平8・3、9、平9・3）15回連載

関森勝夫　『文人たちの句境　漱石・龍之介から万太郎まで』〈中公新書〉（中央公論社、平3・10）もろてきてなにを忘れん茗荷たけ／たをたをと竹ひきゆくや露の朝／磯月や魚と化したる夢さめて／毒をはいて後生明るきふぐ提燈／銀の匙に麦粉そなへん漱石忌／ゆふ月やもらひ湯にくる春日巫女、の六句の鑑賞

紅野謙介・小森陽一・関　礼子・十川信介　『銀の匙』（中勘助）を読む（「文学」第2巻第4号、平3・10）

谷川俊太郎　愛の人・中勘助（谷川俊太郎編『中勘助詩集』〈岩波文庫〉岩波書店、平3・11）

編集部　　略年譜（同右）

稲森道三郎　中勘助（静岡新聞社出版局編『静岡県歴史人物事典』静岡新聞社、平3・12）

三浦英子　中勘助・妻恋（「芸文東海」第18号、平3・12）

――「銀の匙」（文芸春秋編『少年少女小説ベスト100』〈文春文庫ビジュアル版〉文芸春秋、平4・2）「銀の匙」はベスト11位

中村忠生　日記文学の教材化―中勘助の日記によって―（「独創」第6号、平4・3）兵庫県高等学校国語部会

東播磨支部発行
和田敦彦「回想形式」による読書操作─『銀の匙』の手法─（「国文学研究」第106号、平4・3）
串田孫一　読者が演奏者となる時（『中勘助』〈ちくま日本文学全集29〉筑摩書房、平4・4）
編集部　年譜（同右）
大岡　信　なにしかも日記つけると人はいふははわしや松を植ゑとるのぢやよ　中勘助〈折々のうた〉（「朝日新聞」平4・4・20朝刊）→『第十 折々のうた』〈岩波新書〉岩波書店、平4・9
中谷順子　中勘助（1）　惹かれた普遍の美しさ〈房総の作家15〉（「千葉日報」平4・4・23）→『房総を描いた作家たち』暁印書館、平10・12
木下　豊　黒姫・野尻湖（長野県観光連盟編『信濃路文学の旅』教育書籍、平4・5）
福士和久　中勘助（神奈川県高等学校教科研究会国語部会編『神奈川県近代文学資料』第10集、神奈川県高等学校教科研究会国語部会、平4・5）
中谷順子　中勘助　我孫子仮住い　漱石も驚いた簡素な生活〈房総の作家16〉（「千葉日報」平4・5・14）→『房総を描いた作家たち』暁印書館、平10・12
本林勝夫　中勘助〈文人たちのうた8〉（「短歌研究」第49巻第9号、平4・9）→『文人たちのうた─もう一つの短歌の世界』短歌研究社、平6・12
渡辺外喜三郎　中勘助（作家研究大事典編纂会編『明治大正昭和 作家研究大事典』桜楓社、昭4・9）
中田　実「銀の匙」作家の利根川・手賀沼時代を読む（『手賀沼を愛した文人展　白樺派と楚人冠たち』朝日新聞社、平4・10）
市川浩昭　中勘助と手賀沼（日本文学風土学会編『湖沼の文学』朝文社、平4・12）
吉野朔美　病弱な体から湧きでた静謐な愛　中勘助日記〈保存版大特集　日本近代を読む［日記大全］〉（「月刊Asahi」第5巻第1号、平5・2）
国語教育第一ゼミナール『銀の匙』を読む（「国語教育学研究誌」第13号、平5・3）
富岡多恵子・柄谷行人〈対談〉友愛論─夏目漱石・中勘助・中上健次〈リレー対談3〉（「文学界」第47巻第3号、平5・3）→柄谷行人著『ダイアローグ』V〈1990-1994〉、第三文明社、平10・7

関　礼子　中勘助『銀の匙』（「解釈と鑑賞」第58巻第4号、平5・4）〈特集 大正・昭和初期長編小説事典〉

立川昭二「氷を割る」中勘助（『臨死のまなざし』新潮社、平5・4）第2章「死に寄り添う」のうち

――　中勘助（日外アソシエーツ編『詩歌人名事典』日外アソシエーツ、平5・4）平14・7に新訂第2版

平川祐弘「「大和魂」という言葉―北京で『銀の匙』を読む―（「新潮」第90巻第6号、平5・6）

今西幹一　作品解説（今西幹一編『ふるさと文学館』第24巻〈長野〉、ぎょうせい、平5・10）「はしばみ」を収録

森本隆子　十川信介著『「銀の匙」を読む』・堀部功夫著『「銀の匙」考』〈書評〉（「日本近代文学」第49集、平5・10）

小林茂夫　戦争と子どもの歴史の貴重な作品―中勘助「銀の匙」（家永三郎編『日本平和論大系』5〈田中正造 朝永三十郎 反戦平和文芸集―小説・詩歌・文芸評論―〉解説、日本図書センター、平5・11）「銀の匙（抄）」を収録

大江健三郎　漱石をめぐって「今日的批評」で見るか「その時代」で味わうか〈文芸時評 上〉（「朝日新聞」平5・11・24夕刊）富岡多恵子著『中勘助の恋』を取り上げる

島森路子　富岡多恵子著『中勘助の恋』〈書評〉（「毎日新聞」平5・11・29朝刊）

井上　弘　中勘助の「しづかな流」の生活（『平塚―ゆかりの文人たち』門土社総合出版、平5・12）

富岡多恵子　中勘助を「読む」（「文学界」第47巻第12号、平5・12）

小倉千加子　富岡多恵子著『中勘助の恋』〈書評〉（「週刊朝日」第98巻第52号、平5・12・10）

安西篤子　富岡多恵子著『中勘助の恋』〈書評〉（「朝日新聞」平5・12・12朝刊）

北川　透　富岡多恵子著『中勘助の恋』〈書評〉（「日本経済新聞」平5・12・12朝刊）

三枝和子　富岡多恵子著『中勘助の恋』〈書評〉（「読売新聞」平5・12・14朝刊）

岩阪恵子　解けはじめた中勘助の謎―富岡多恵子『中勘助の恋』〈世紀末読書術'94〉（「新潮」第91巻第2号、

平6・2）
川村　湊　富岡多恵子著『中勘助の恋』〈書評〉（「現代」第28巻第2号、平6・2）
西川祐子　富岡多恵子著『中勘助の恋』〈書評〉（「群像」第49巻第2号、平6・2）
山崎行太郎　富岡多恵子著『中勘助の恋』〈書評〉（「すばる」第16巻第2号、平6・2）
荒川洋治　富岡多恵子著『中勘助の恋』〈書評〉（「アサヒ芸能」第49巻第4号、平6・2・3）
市川浩昭　明治の青春―岩波茂雄・安倍能成・中勘助の野尻湖―（「三郎山論集」第1号、平6・3）
＊波野ときこ　光あせぬ遺産―中勘助の「貝桶」の貝たち―（一）（二）（「カンナ」第137、141号、平6・3、平8・3）2回連載
富岡多恵子、尾崎真理子（聞き手）『中勘助の恋』（読売文学賞受賞）を書いた富岡多恵子さん〈著者インタビュー〉（「THIS IS 読売」第5巻第1号、平6・4）
――中勘助〈ご存じですか〉（「千葉日報」〔県南版〕平6・4・16）
中村智子　初恋の人・中勘助（『人間・野上弥生子『野上弥生子日記』から』思想の科学社、平6・5）
山折哲雄　中勘助の「呪詛」（「文芸」第33巻第2号、平6・5）
相原和邦　中勘助（三好行雄ほか編『日本現代文学大事典　人名・事項篇』明治書院、平6・6）
相原和邦　銀の匙／提婆達多／鳥の物語（三好行雄ほか編『日本現代文学大事典　作品篇』明治書院、平6・6）
野崎正幸　富岡多恵子著『中勘助の恋』〈書評〉（「鳩よ！」第12巻第6号、平6・6）
岸田衿子　銀の匙―中勘助（朝日新聞社学芸部編『読みなおす一冊』〈朝日選書509〉朝日新聞社、平6・8）
祖田浩一　作品解説（祖田浩一編『ふるさと文学館』第13巻〈千葉〉、ぎょうせい、平6・11）「沼のほとり」を収録
藤沢　全　作品解説（藤沢全編『ふるさと文学館』第26巻〈静岡〉、ぎょうせい、平6・12）「名月」を収録
市川浩昭　『銀の匙』改作期の中勘助　後篇部結末の削除をめぐって（「上智大学国文学論集」第28号、平7・1）

高杉一郎　解説（稲森道三郎著『中勘助の手紙　一座建立』〈中公文庫〉中央公論社、平7・1）

市川浩昭　交錯する〈くだもの〉その相貌―芥川龍之介『蜜柑』・梶井基次郎『檸檬』・中勘助『きんかん』をめぐって―（『三郎山論集』第2号、平7・3）

久野　昭　送る―あの世への鎮送（『死に別れる　日本人のための葬送論』三省堂、平7・3）「妹の死」を取り上げる

＊渡辺外喜三郎　続・鶴のごとし（一）～（五）―中勘助夫人の手紙―（『カンナ』第139～143号、平7・3、9、平8・3、9、平9・3）5回連載

清原康正　作品解説（清原康正編『ふるさと文学館』第18巻〈神奈川Ⅱ〉、ぎょうせい、平7・8）「こま」を収録

内田道雄　中勘助の『ゆめ』その他―百閒との対比の試み―（『古典と現代』第63号、平7・9）

関森勝夫　中勘助（尾形仂ほか編『俳文学大辞典』角川書店、平7・10）

小堀四郎　中勘助像（豊田市美術館編『小堀四郎　豊田市美術館所蔵作品選』豊田市美術館、平7・11）絵画

富岡多恵子　中勘助（①銀の匙（岩波）、②犬　他一篇（岩波）、③蜜蜂・余生（岩波・品切れ））（丸谷才一編『私の選んだ文庫ベスト3』毎日新聞社、平7・12）平9・10に早川書房〈ハヤカワ文庫〉版

森本隆子　中勘助（静岡近代文学研究会編『静岡県と作家たち　近代の文学誌』静岡新聞社、平8・1）

毛束忠由　中勘助は、ほんとうに小児愛者であったか―「銀の匙」にみられる精神―性的発達―（『東京都立医療技術短期大学紀要』第9号、平8・3）

橋爪洋子　使嗾する二面性―『銀の匙』の時間と構成―（『国語国文研究』第102号、平8・3）

矢野貫一　大戦の詩　中勘助／百城を落とす　中勘助（矢野貫一編『近代戦争文学事典』第3輯〈和泉事典シリーズ5〉和泉書院、平8・6）

新堀邦司　中勘助のこと（『野尻湖物語』信濃町文化によるふる里おこしの会、平8・9）平11・10に里文出版から改訂新版

小関和弘　中勘助（天沢退二郎ほか編『日本名詩集成　近代詩から現代詩まで』学燈社、平8・11）「ほほじろの声」「かもめ」「貝殻追放」を収録

小沢信男　新聞旧聞日本橋。長谷川時雨、谷崎潤一郎、中勘助と歩く。（「東京人」第12巻第2号〔通巻第113号〕、平9・2）

石丸亜紀　中勘助『提婆達多』（「愛文」第32号、平9・3）

岩井　寛　中勘助（岩井寛編『作家の臨終・墓碑事典』東京堂出版、平9・6）

下鉢清子　「白樺」のコロニーと中勘助〈手賀沼に魅せられた文人の俳句10〉（「絵硝子」第2巻第10号〔通巻第22号〕、平9・10）→『沼辺燦燦』朝日新聞社、平12・6

山本鉱太郎　中勘助住居跡〈我孫子〉〈東葛観光歴史事典〉（「東葛流山研究」第16号、平9・11）

田村道美　野上弥生子と中勘助（一）（「香川大学教育学部研究報告」第Ⅰ部、第102号、平9・12）

山室　静　中勘助（磯田光一ほか編『増補改訂　新潮日本文学辞典』新潮社、平10・1）

阿刀田高　選者解説（阿刀田高選、日本ペンクラブ編『奇妙な恋の物語』〈光文社文庫〉光文社、平10・3）「銀の匙（抄）」を収録

市川浩昭　中勘助初期随筆研究・「裾野」研究―「裾野」の世界とその成立をめぐって―（「三郎山論集」第5号、平10・3）

岡部信彦　中金一先生（『花と天然』〈池の金魚6〉海鳥社、平10・5）

新保　哲　文学者をとおして見た生命観―夏目漱石と中勘助、芥川龍之介―（新保哲編著『日本人の生命観』北樹出版、平10・10）

＊大倉　宏　詩人という孤独―中勘助と西脇順三郎（一）～（五）〈日本の近代美術の「歴史」・ノート（五）～（九）〉（「同時代」〔第3次〕第5～9号、平10・12、平11・6、12、平12・6、12）5回連載。→『東京ノイズ』〈てんぴょう叢書〉アートヴィレッジ、平16・1

野尻睦早　内向する「私」の感受性―中勘助の同時代性―（「かほよとり」第6号、平10・12）

中村忠生　日記文学の教材化―中勘助の日記によって―〈私の教材研究〉（「月刊国語教育」第18巻第12号、平11・2）

福島茂太　手賀沼時代の作家中勘助（「東葛流山研究」

第17号、平11・3）
高橋康雄　勘助を後押しする漱石（『風雅のひとびと　明治・大正文人俳句列伝』朝日新聞社、平11・4）
加賀乙彦　中勘助『銀の匙』　懐かしい古い文庫本（大岡信ほか編『近代日本文学のすすめ』〈岩波文庫別冊〉岩波書店、平11・5）
高橋康雄　虚弱児の王国―中勘助『銀の匙』（『冒険と涙〈童話以前〉』北宋社、平11・5）
富岡多恵子　『室生犀星』と『中勘助の恋』〈連載8〉（『富岡多恵子集』9〈評論Ⅲ〉月報、筑摩書房、平11・5）
新堀邦司　「島守」中勘助（『野尻湖物語』里文出版、平11・10）改訂新版
前田　昇　中勘助文学記念館　『銀の匙』を著した孤高の作家を偲ぶ（淡交社編集局編『日本の文学館百五十選』淡交社、平11・10）
江藤　淳　『銀の匙』（『漱石とその時代』第五部〈新潮選書〉新潮社、平11・12）
酒井　敏　坪内逍遙「此木の実……」の歌をめぐる小考―中勘助『銀の匙』と尾張の幼遊び―（「中京国文学」第19号、平12・3）
稲垣政行　中勘助（平岡敏夫ほか編『夏目漱石事典』勉誠出版、平12・7）
十川信介　漱石と中勘助　過去の意味（「漱石研究」第13号、平12・10）〈特集 漱石山脈〉→『明治文学　ことばの位相』岩波書店、平16・4
七北数人　解説（七北数人編『猟奇文学館2』〈ちくま文庫〉筑摩書房、平12・12）「ゆめ」を収録
清水　信　中勘助〈詩人の恋15〉（「韮」第9号、平13・1）→『清水信文学選』18〈詩人の恋（2）〉、村井一朗、平25・11
藤代恵美子　幼年期の観察と夢想が喚起する幻想世界―『銀の匙』を中心に―（白百合女子大学大学院猪熊葉子ゼミ編集委員会編『ファンタジーの諸相』〈猪熊葉子先生古稀記念論文集〉白百合女子大学児童文化研究センター、平13・2）
横田順子　中勘助『銀の匙』考Ⅰ―「子どもの視点」というレトリック―（同右）
中田睦美　中勘助『飛鳥』（浅田隆・和田博文編『古代の幻　日本近代文学の〈奈良〉』〈SEKAISHISO

SEMINAR〉世界思想社、平13・4）

西岡光秋　鳥・昆虫への愛―中勘助（『鑑賞　愛の詩』慶友社、平13・4）「四十雀」「ほほじろの声」「米つき虫」「みの虫」を収録

金津赫生　中勘助―二つの戦争詩集（「日本医事新報」第4021号、平13・5・19）

菊野美恵子　中勘助と兄金一（「新潮」第98巻第7号、平13・7）

竹盛天雄　中勘助（臼井勝美ほか編『日本近現代人名辞典』吉川弘文館、平13・7）

石川有生・荒井　歩　文化人の描写に基づく我孫子の景観構成要素の把握（「東京農大農学集報」第56巻第2号、平13・9）

矢島裕紀彦文、高橋昌嗣写真　中勘助の匙（『文士の逸品』文春ネスコ、平13・9）

久保昌之　静岡市〈静岡県近・現代文学散歩4〉（「静岡近代文学」第16号、平13・11）

――――　中勘助（講談社出版研究所編『講談社日本人名大辞典』講談社、平13・12）

中沢　弥　中勘助『銀の匙』（栗坪良樹編『現代文学鑑賞辞典』東京堂出版、平14・3）

和田　登　中勘助　幼年時代への固執と鋭い文明批評（『民話の森・童話の王国信州ゆかりの作家と作品』オフィスエム、平14・3）

青木正美　中勘助（保昌正夫監修、青木正美収集・解説『近代詩人・歌人自筆原稿集』東京堂出版、平14・6）「パガニーニ」を収録

牛丸　仁　解説（和田登編『ランプで書いた物語　古典的作家三人集』〈信州・こども文学館第1巻〉郷土出版社、平14・7）「銀の匙」を収録

正津　勉　しらさぎさへも　きみかとぞおもふ　中勘助「あるときのうた」（『詩人の愛百年の恋、五〇人の詩』河出書房新社、平14・7）

市川浩昭　「中勘助全集」未収録文章の紹介及び初出未詳作品の調査報告（「学苑」第747号、平14・11）

谷川俊太郎文、柿沼和夫写真　中勘助（『顔　美の巡礼柿沼和夫の肖像写真』ティビーエス・ブリタニカ、平14・11）

――――　中勘助文学記念館（日外アソシエーツ編『新訂　人物記念館事典』Ⅰ〈文学・歴史編〉、日外アソシ

エーツ、平14・11）

――中勘助文学記念館（中川志郎監修『全国人物記念館』講談社、平14・12）

福島茂太　中勘助の『沼のほとり』（流山市立博物館友の会事務局編『東葛文学なんでも事典』〈「東葛流山研究」第21号〉流山市立博物館友の会事務局、平15・3）

――中勘助氏の逸話聴講　静岡・文学記念館　平塚の研究会員20人（「静岡新聞」平15・7・27朝刊）

↓平塚文化塾編『しづかな流　中勘助に学ぶもの』平塚市中央図書館、平16・3

木内　昇　清浄無垢　銀の匙／中勘助（『ブンガクの言葉』ギャップ出版、平15・8）平16・11に青幻舎版

飯田時生　作家・中勘助の素顔探る　平塚市の受講生40人　静岡の『記念館』訪問（「中日新聞」平15・8・7）↓平塚文化塾編『しづかな流　中勘助に学ぶもの』平塚市中央図書館、平16・3

市川浩昭　中勘助の書誌及び全集逸文等の調査報告ならびに一高関係の資料紹介（「学苑」第756号、平15・9）

小川義男『銀の匙』中勘助（小川義男編著『あらすじで読む日本の名著』No.2、楽書館、平15・11）平24・6に新人物往来社〈新人物文庫〉版

市川浩昭「銀の匙」〈初出稿〉から「硝子戸の中」へ――自己を語るという行為――（「学苑」第759号、平15・12）

――独自の領域を築いた脱俗孤高のひと「中勘助」静岡市服織ゆかりの文学者（「Sure　静岡県土地家屋調査士会だより」Vol.8、平16・1）

――藁科川とその周辺を訪ねて―中勘助が覚えた安らぎ―（同右）

木内英実　中勘助の平塚時代に関する一考察（「小田原女子短期大学研究紀要」第34号、平16・3）

佐藤奇平　平塚　独自調査で足跡たどる　ゆかりの作家中勘助　市民ら冊子まとめ（「神奈川新聞」〈湘南版〉平16・4・13）

川島幸希『銀の匙』小堀杏奴宛献呈本〈続署名本の世界12〉（「日本古書通信」第69巻第6号、平16・6）

佐藤正午『銀の匙』〈書く読書6〉（「図書」第662号、平16・6）↓『小説の読み書き』〈岩波新書〉岩波書店、平18・6

市川浩昭　銀の匙／提婆達多／中勘助（浅井清・佐藤勝

編『日本現代小説大事典』明治書院、平16・7）平21・4に増補縮刷版

――中勘助（日外アソシエーツ編『20世紀日本人名事典』そ～わ、日外アソシエーツ、平16・7）

和久田雅之　服織　中勘助『名月』（『静岡文学散歩』羽衣出版、平16・8）

張　競　極致の表現で描く幼い心　中勘助『銀の匙』〈名作を読む〉（「サンデー毎日」第83巻第52号、平16・9・19）→『張競の日本文学診断』〈五柳叢書98〉五柳書院、平25・10

木内英実　中勘助と小田原―漱石の修善寺の大患と『銀の匙』―（「小田原史談」第199号、平16・10）

鈴木助次郎　一会の人―中勘助先生（『カプリチオ―綺想曲―』〈裸木叢書9〉裸木同人会、平16・10）

工藤哲夫　土神と狐の物語―那珂（中勘助）『提婆達多』からの影響―（「女子大国文」第136号、平16・12）→『賢治考証』〈近代文学研究叢刊45〉和泉書院、平22・3

――湘南ひらつか文化フォーラム　中勘助と『しづかな流』〈文化財団トピックス85〉（「湘南ホームジャーナル」第1152号、平17・1・14）

――中勘助（『新渋谷の文学』編集委員会編『新渋谷の文学』渋谷区教育委員会、平17・3）

黒岩祐治「銀の匙研究ノート」から学んだこと（『恩師の条件　あなたは「恩師」と呼ばれる自信がありますか？』リヨン社、平17・4）→『灘中奇跡の国語教室橋本武の超スロー・リーディング』〈中公新書ラクレ394〉中央公論新社、平23・8

――「中勘助の家」に疑義あり（「湘南ホームジャーナル」第1173号、平17・6・17）

助川徳是　中勘助（畑有三・山田有策編『日本文芸史表現の流れ』第6巻〈近代Ⅱ〉、河出書房新社、平17・7）第1部「新しい美意識と倫理」、第1章「耽美と官能の世界」、第5節「メルヒェンの世界」のうち

佃　堅輔　サロメが舞をみたまへ　中勘助、ハイネ、三好豊一郎＋サロメ（『スーチンの雉』西田書店、平17・8）

秋山公男『犬』（中勘助）―性と愛の相克（『近代文学性の位相』翰林書房、平17・10）

朔多　恭　中勘助（山下一海ほか編『現代俳句大事典』三省堂、平17・11）
増山初子　中勘助『銀の匙』の成立（「聖和大学論集」A・B〈教育学系・人文学系〉、第33号、平17・12）
市川浩昭　中勘助『提婆達多』とシェイクスピア『オセロ』―嫉妬をめぐる作品構造と人物造型に関する一考察―（「上智大学国文学論集」第39号、平18・1）
市川浩昭　『銀の匙』（中勘助作）の舞台に住んだ田山花袋―小日向水道町九十二番地をめぐって―（「田山花袋記念文学館研究紀要」第19号、平18・3）
上田穂積　漱石と勘助―「銀の匙」ノート（「徳島文理大学比較文化研究所年報」第22号、平18・3）
――　やはり中勘助の旧宅か？「その可能性は限りなく高い」　調査した専門家が所見（「湘南ホームジャーナル」第1209号、平18・3・10）
川崎純子　中勘助〈作者紹介〉（木股知史編著『明治大正小品選』おうふう、平18・4）「小箱」を収録
待田晋哉　鷗外の娘・杏奴へ26年　中勘助の未発表書簡公開　父が娘を呼ぶように…（「読売新聞」平18・4・18朝刊）
小堀杏奴　中さん〈小堀鷗一郎・横光桃子編『鷗外の遺産』第3巻〈社会へ〉、幻戯書房、平18・6）
――　中勘助（「平和人物大事典」刊行会編著『平和人物大事典』日本図書センター、平18・6）
松岡正剛　抽斗に忘れた幼な心　中勘助『銀の匙』（『松岡正剛千夜千冊』第1巻〈遠くからとどく声〉、求龍堂、平18・10）
市川浩昭　中勘助書誌・補遺　未確認初出をめぐって（「学苑」第793号、平18・11）
堀部功夫　中勘助（浦西和彦ほか編『四国近代文学事典』〈和泉事典シリーズ19〉和泉書院、平18・12）
木内英実　中勘助の「菩提樹の蔭」成立におけるインド歌劇「シャクンタラー姫」の影響（「小田原女子短期大学研究紀要」第37号、平19・3）
――　中勘助と静岡羽鳥（静岡県出版文化会編『新訂　静岡県文学読本』三創、平19・3）
荒井洌文、深井せつ子絵遊びにふける　『銀の匙』―中勘助作（『保育者のための世界名作への旅　保育に生かすすてきな言葉』冨山房インターナショナル、平19・4）

蜂飼　耳『銀の匙』中勘助　伯母さんが弁舌で味つけ　不安な時間を包む愛情〈名作ここが読みたい〉（「読売新聞」平19・5・19夕刊）
内堀　弘　深閑とした店のただ一つの希望　あのとき、あの場所の一冊〈中勘助『飛鳥』〉〈あの本〉（「週刊朝日」第112巻第47号、平19・9・21）↓『古本の時間』晶文社、平25・9
浅田　隆　中勘助（大塚常樹ほか編『現代詩大事典』三省堂、平20・2）
木内英実　銀の匙　ひきだしの中の宝物（古沢夕起子・辻本千鶴編『伸び仕度―名作に描かれた少年少女―』おうふう、平20・3）
木内英実　中勘助と仏教童話―「菩提樹の蔭」成立を中心に―（「印度学仏教学研究」第56巻第2号、平20・3）
木内英実『銀の匙』改定版に関する諸点―装丁並びに初版作者自筆書入れなど―（「日本女子大学大学院文学研究科紀要」第14号、平20・3）
鈴木英夫『銀の匙』のことば（「国文白百合」第39号、平20・3）
堀越英美「郊外　その二」中勘助（『萌える日本文学』幻冬舎、平20・3）
――　銀の匙（中勘助）（立石伯監修『日本文学名作案内』友人社、平20・3）
和田忠彦・野崎　歓〈対談〉子どもの奪還―子どものちからを取り戻す（「国文学」第53巻第12号、平20・8）〈特集〈子ども〉の文学100選〉「破壊の特権―中勘助、ローリングス」を含む
市川実和子　中勘助―平塚海岸〈把手　第3回〉（「真夜中」№3、平20・10）
鈴木英夫　接続助詞モノデについて―『銀の匙』を中心に―（近代語学会編『近代語研究』第14集、武蔵野書院、平20・10）
小川洋子『銀の匙』中勘助　少年の描写において、並ぶもののない名作（『心と響き合う読書案内』〈PHP新書578〉PHP研究所、平21・3）
木内英実　中勘助蔵書における仏教・印度哲学関係資料目録〈研究資料〉（「小田原女子短期大学研究紀要」第39号、平21・3）
木内英実　明治第二世代の文学者による印度哲学受容―

啄木・雨雀・勘助―（「国際啄木学会研究年報」第12号、平21・3）

木内英実　中勘助の「銀の匙」とラフカディオ・ハーンSilkwormsとの比較考察（「日本女子大学大学院の会会誌」第28号、平21・3）

岸本静江　熱砂のオアシス　中勘助文学記念館・杓子庵（新人物往来社編『日本全国ユニーク個人文学館・記念館』新人物往来社、平21・3）

狩野美智子　豊一郎と勘助（『野上弥生子とその時代』ゆまに書房、平21・5）

市川浩昭　中勘助の嫉妬観（「国文学」第54巻第10号、平21・7）〈特集　嫉妬考〉

渡辺史郎　宗教殲滅戦後の獣人―中勘助「犬」（「香川大学国文研究」第34号、平21・9）

野崎　歓　思い出の品―『銀の匙』（『こどもたちは知っている　永遠の少年少女のための文学案内』春秋社、平21・10）

藪　禎子　作家誕生（『野上弥生子』〈女性作家評伝シリーズ3〉新典社、平21・10）「中勘助（1）」「中勘助（2）」を含む

―――　中勘助（東雅夫・石堂藍編『日本幻想作家事典』国書刊行会、平21・10）

＊角替茂二　中勘助―伝えにくい手揉茶の秘訣（1）（2）〈お茶と文学者第34、35回〉（「茶」第62巻第11、12号、平21・11、12）

―――　鈴木範久著『中勘助せんせ』〈書評〉（「図書新聞」平22・2・13）

柿木原くみ　山田正平と中勘助と〈研究余滴〉（「相模国文」第37号、平22・3）

木内英実　中勘助の『提婆達多』に関する諸点（「小田原女子短期大学研究紀要」第40号、平22・3）

渡辺十絲子　鈴木範久著『中勘助せんせ』〈書評〉（「婦人公論」第95巻第8号、平22・4・7）

堀部功夫　「菩提樹の蔭」と古典（「国語国文」第79巻第6号、平22・6）

―――　人と作品（中勘助・寺田寅彦・永井荷風著『岸』〈百年文庫28〉ポプラ社、平22・10）「島守」を収録

高良留美子　野上弥生子の恋愛・結婚小説と、中勘助との恋―『青鞜』の裏の世界（新・フェミニズム批評の

会編『大正女性文学論』翰林書房、平22・12）↓『樋口一葉と女性作家　志・行動・愛』翰林書房、平25・12

橋本　武　あとがき（伊藤氏貴著『奇跡の教室　エチ先生と『銀の匙』の子どもたち』小学館、平22・12）

ミラ・ゾンターク　鈴木範久著『中勘助せんせ』〈書評〉（「キリスト教学」第52号、平22・12）

岡野佳耶　中勘助「犬」論—衝撃的な筋から読む勘助の光と闇—（「滝川国文」第27号、平23・3）

木内英実　中勘助の「犬」における「マハーヴァンサ」の影響（「印度学仏教学研究」第59巻第2号、平23・3）

木内英実　中勘助の「犬」の典拠に関する一考察（「小田原女子短期大学研究紀要」第41号、平23・3）

木内英実　中勘助の『提婆達多』における仏伝（真鍋俊照編著『密教美術と歴史文化』〈権大僧正昇補・大日寺準別格本山寺格昇格・真鍋俊照博士古稀記念論集〉法蔵館、平23・5）

原島　正　鈴木範久著『中勘助せんせ』〈新刊紹介〉（「キリスト教史学」第65集、平23・7）

——中勘助（日外アソシエーツ編『明治大正人物事典』Ⅱ〈文学・芸術・学術篇〉、日外アソシエーツ、平23・7）

野口澄夫　中勘助（野口澄夫編著『我孫子人物誌』文芸社、平23・8）

東　雅夫　夢幻と災変と（東雅夫編『妖魅は戯る　文豪怪談傑作選・大正篇』〈ちくま文庫〉解説、筑摩書房、平23・8）「夢の日記から」「ゆめ」「夢の日記」を収録

岩橋邦枝　初恋の人・中勘助—『海神丸』と『真知子』（『評伝野上弥生子　迷路を抜けて森へ』新潮社、平23・9）

金沢　篤　戯曲『シャクンタラー姫』の和訳（2）—「カーマ・シャーストラ」受容史構築のために（3）—（「駒沢大学仏教学部論集」第42号、平23・10）「中勘助、岸田辰弥と戯曲「シャクンタラー姫」」を含む。（1）は第40号（平21・12）に掲載

小林一仁　幼い日、女の子と遊んだ思い出『銀の匙』—中勘助（『愛と死の日本文学—心ときめく、読書への誘い—』東洋館出版社、平23・10）

山本鉱太郎　滝井孝作と中勘助の我孫子時代（『白樺派の文人たちと手賀沼　その発端から終焉まで』〈ふるさと文庫200〉崙書房出版、平23・10）

――　中勘助〈文学に見る文京の坂道〉（文京ふるさと歴史館編『坂道・ぶんきょう展』〈特別展図録〉文京区、平23・10）

栗原健成　中勘助（『湘南ひらつか　浜岳地区の歴史（明治から昭和30年前後を中心に）』テクノプリント、平23・11）平24・3に改訂版

橋本　武『銀の匙』の子どもたち〈読む人・書く人・作る人〉（「図書」第753号、平23・11）

橋本　武　永遠に続く「銀の匙授業」の奇跡（『伝説の灘校教師が教える　一生役立つ学ぶ力』日本実業出版社、平24・2）

木内英実　久末淳の仏教文学における印度表象（「小田原女子短期大学研究紀要」第42号、平24・3）

木内英実『銀の匙』訳者について（「芸林閒歩」第2号、平24・3）

高橋正雄　精神医学的にみた近代日本文学（第5報）――中勘助・菊池寛・久米正雄――（「聖マリアンナ医学研究誌」Vol.12〔通巻第87号〕、平24・3）

堀部功夫　中勘助小児愛者的傾向説の検討（「文学」第13巻第2号、平24・3）

――　中勘助（我孫子市教育委員会教育総務部指導課編『ふるさと我孫子の先人たち』我孫子市教育委員会、平24・3）平28・3に改訂増補版

＊橋本　武、宮坂麻子（聞き手）　人生の贈りもの1～5（「朝日新聞」平24・4・16～20夕刊）5回連載

第三の青春　死んでるひまない／授業で読んでもらった講談本が原点／自由な校風と授業　生徒の考え育てる／後悔は嫌　85歳から源氏物語を全訳／120歳まで生き、死ぬまで授業したい

関川夏央　野上弥生子（『「一九〇五年」の彼ら「現代」の発端を生きた十二人の文学者』〈NHK出版新書378〉NHK出版、平24・5）

金巻有美「〈銀の匙〉の国語授業」橋本武さん〈著者来店〉〈本よみうり堂〉（「読売新聞」平24・5・6朝刊）

西本鶏介　小さな詩人―中勘助『銀の匙』（『文学のなかで描かれる人間像　児童文学の歴史・民話論』〈西本鶏介児童文学論コレクションⅢ〉ポプラ社、平24・

8）

新堀邦司　中勘助〈人物歳時記36〉（「日矢」第24巻第9号、平24・9）

橋本　武　はじめに／解説／あとがき（中勘助著、橋本武案内『銀の匙』〈小学館文庫〉小学館、平24・10）

真杉秀樹　中勘助〔鑑賞のポイント／作品解説（ほか）〕〈解答編〉（紅野謙介・清水良典編『ちくま小説入門』〈高校生のための近現代文学ベーシック〉筑摩書房、平24・11）「銀の匙（抄）」を収録

三橋俊明　解説（真銅正宏監修『ふるさと文学さんぽ京都』大和書房、平24・11）「天の橋立」を収録

――　発禁小説「犬」の改稿発見　静岡市ゆかりの中勘助作品　市調査遺族の寄贈資料から（「静岡新聞」平24・12・5朝刊）

――　静岡市所蔵の中勘助資料を調査する　木内英実さん〈この人〉（「静岡新聞」平24・12・6朝刊）

――　発禁小説を直す〈B級重大ニュース〉（「週刊新潮」第57巻第48号、平24・12・20）

木内英実　「犬」の成立をめぐって（「国文目白」第52号、平25・2）

木内英実　「銀の匙」に関する静岡市資料について―作者直筆校正原稿と平塚時代に関するメモ―（「小田原女子短期大学研究紀要」第43号、平25・3）

木内英実　中勘助のアレクサンダー大王東征への関心―『犬』の人物造型を視軸として―〈研究ノート〉（「総合社会科学研究」第3集第5号〔第25号〕、平25・3）

西山早帆　中勘助の出発点と岩波書店―雑誌『思想』における関わりを中心に―（「緝」第25号、平25・3）

木内英実　中勘助の小説「犬」の人物造型考（1）―大正10年当時の社会事件との関連において―（「日本女子大学大学院の会会誌」第31号、平25・4）

＊堀部功夫　中勘助と名古屋〔上〕〔下〕（「日本古書通信」第78巻第6、7号、平25・6、7）

堀部功夫　駝鳥と人間の相撲（「日本古書通信」第78巻第8号、平25・8）

高橋弘明　中勘助　平塚花水でのしづかな暮らし（平塚人物史研究会編『平塚ゆかりの先人たち』平塚人物史研究会、平25・9）

――　作家中勘助を知る　愛好団体14日に講演会（「タウンニュース」〔平塚版〕第1327号、平25・9・

19）

堀部功夫　御一新頃の中勘弥（「日本古書通信」第78巻第10号、平25・10）中勘弥は中勘助の父

――――「中勘助を知る会」の会長に就任した尾島政雄さん　勘助の心読みほどく〈人物風土記〉（「タウンニュース」〔平塚版〕第1329号、平25・10・3）

――――橋本武さん　型破りな授業 生徒育む〈追想録〉（「日本経済新聞」平25・10・25夕刊）

橋本　武　教材として打って付けだった『銀の匙』／『銀の匙』の著者との交流（『日本人に遺したい国語　101歳最後の授業』幻冬舎、平25・11）第2章「読む楽しみ」のうち

平野雅彦　月潮の羽鳥　中勘助の羽鳥（「しずおかイベントニュース」平25・12）

黒岩祐治　文庫版特別寄稿（橋本武著『灘校・伝説の国語授業　本物の思考力が身につくスローリーディング』〈宝島 SUGOI 文庫〉宝島社、平26・1）

――――中勘助〈5人の作家の「それでもダイジョブ」な生き方。〉（「Brutus〔ブルータス〕」第35巻第1号、平26・1・1／15）

石井桃子　中学生に読ませたい本「銀の匙」（『新しいおとな』河出書房新社、平26・3）

西槇　偉　幼時体験を描く文学―夏目漱石・中勘助・豊子愷―（熊本大学「文学部論叢」第105号、平26・3）

原　征男　伯母の背中で見た神田祭、中勘助の『銀の匙』（原征男著、滝山幸伸編著『東京の「坂」と文学　文士が描いた「坂」探訪』彩流社、平26・3）

――――私「銀の匙」（斎藤孝監修『ヒーロー&ヒロインに会える文学入門きっかけ大図鑑』第2巻〈青春の罪と罰〉、日本図書センター、平26・4）大島加奈子イラスト

――――作者・中勘助について（同右）

坂本正博　中勘助（原武哲ほか編『夏目漱石周辺人物事典』笠間書院、平26・7）

――――注釈（中勘助著『銀の匙』〈角川文庫〉KADOKAWA、平26・7）

川上弘美　解説（同右）

堀部功夫　年譜（同右）

出沼康男　中勘助思い詩集を刊行　平塚の市民有志（「神奈川新聞」〔湘南版〕平26・9・17）

——作家・中勘助に迫る　市民団体が詩集刊行と講演会〈タウンレポート〉（「タウンニュース」〔平塚版〕第1380号、平26・9・25）

池内　紀　読みどころ　中勘助「島守」（池内紀ほか編『日本文学100年の名作』第2巻〈幸福の持参者〉、〈新潮文庫〉新潮社、平26・10）「島守」を収録

中村　明　中勘助（『日本の作家　名表現辞典』岩波書店、平26・11）『銀の匙』を引用

木内英実「菩提樹の蔭」の成立をめぐって（「国文目白」第54号、平27・2）

なかむらみのる　中勘助『銀の匙』から学ぶ〈私の青春と文学Ⅱ〉（「民主文学」第592号、平27・2）

市川浩昭　解説／注（石尾奈智子ほか編『コレクション近代日本文学』冬至書房、平27・3）「ひばりの話」を収録

柿木原くみ　検印のこと〈研究余滴〉（「相模国文」第42号、平27・3）

木内英実　忠臣・軍神の時代における森鷗外の『阿育王事蹟』の位置づけ（「東京都市大学共通教育部紀要」第8号、平27・3）

木内英実　中勘助の「銀の匙」から『提婆達多』に至る救済の思想（「東京都市大学人間科学部紀要」第6号、平27・3）

＊堀部功夫「銀の匙」主人公の見た悪夢〔上〕〔中〕〔下〕（「日本古書通信」第80巻第4～6号、平27・4～6）

——「『銀の匙』の作家　中勘助展」（「神奈川近代文学館」第128号、平27・4）

鈴木範久　勘助塾の若者たち（同右）

＊菊野美恵子　もう一つの中勘助1～6（「図書」第795～797、799、801、802号、平27・5～7、9、11、12）6回連載

兄金一、倒れる／幼く愛しいものたち／家族、友人、文壇／ぬぐえぬ影／姉末子の死／いま一度の悲劇、そして

高野　学　中勘助の生涯と業績紹介　恩師漱石の書簡もあすから近代文学館　交流ぶり伝える（「神奈川新聞」平27・5・29）

——天声人語（「朝日新聞」平27・6・12朝刊）

橋本武と『銀の匙』を取り上げる

＊鎌田邦義「銀の匙」の作家 中勘助 上・下（「神奈川新聞」平27・6・22、23）

代表作の誕生　恩師・漱石が掲載に尽力／橋本武『銀の匙』授業　少年の思い次世代へ

―市民グループ中勘助の紙芝居を制作　地元ゆかりの作家生誕130年に（「タウンニュース」〔平塚版〕第1432号、平27・9・25）

―中勘助（日外アソシエーツ編『戦後詩歌俳句人名事典』日外アソシエーツ、平27・10）

―中勘助に触れる講演　写真公開や紙芝居上演も（「タウンニュース」〔平塚版〕第1438号、平27・11・5）

西本鶏介　解説（中勘助著、尾崎智美絵『銀の匙』〈ポプラポケット文庫〉ポプラ社、平28・1）

菅原　稔　戦後国語教育実践についての研究―橋本武の灘中学における『銀の匙』（中勘助）の指導実践を中心に―（「岡山大学大学院教育学研究科研究集録」第161号、平28・2）

東　雅夫　編者解説（東雅夫編『文豪山怪奇譚　山の怪談名作選』山と溪谷社、平28・2）「夢の日記から」を収録

木内英実　中勘助の戦争詩―「鳥の物語」との関連より―（「東京都市大学人間科学部紀要」第7号、平28・3）

坂本保富　中勘助『銀の匙』に描かれた明治の教育―愚昧な教師を見透かす子供の鋭い眼差し―（『生き方と死に方―人間存在への歴史的省察―』振学出版、平28・3）

千葉俊二　解説（千葉俊二ほか編『日本近代随筆選』1〈出会いの時〉、〈岩波文庫〉岩波書店、平28・4）「結婚」を収録

＊飯尾紀彦　中勘助の『しづかな流』などで知る　大正末から昭和初期の平塚海岸①、②（「浜岳」第6、7号、平28・6、11）

奥寺栄悦　中勘助との出会い（『文化勲章の恋　評伝・野上弥生子』文芸社、平28・7）

木内英実　野上豊一郎との交友と「能の見はじめ」〈中勘助と能楽（一）〉（「能楽タイムズ」第773号、平28・8）

―注解（中勘助著『銀の匙』〈新潮文庫〉新潮

社、平28・10）
橋本　武　『銀の匙』を教材に（同右）再録
浜田純一　解説（同右）
安野光雅　立ててある本のあひだから匂い菫の押し花が出てきた　中勘助『銀の匙』（『本を読む』山川出版社、平28・12）
前田　昇　発刊に寄せて（奥山和子著『地獄の道づれ』静岡新聞社、平29・1）

『地獄の道づれ』〈静岡新聞社の本〉（「静岡新聞」平29・1・22朝刊）
浜田純一　『銀の匙』の国語教師・橋本武先生と私（上広倫理財団編『わが師・先人を語る』3、弘文堂、平29・2）
大蔵律子　中勘助平塚で周知へ〈わが人生58〉（「神奈川新聞」平29・2・23）
阿刀田高　座右のおまじない〈おしまいのページで〉（「オール讀物」第72巻第3号、平29・3）
平山瑞穂　解説（平山瑞穂編『変態』〈紙礫7〉皓星社、平29・3）「犬」を収録

中勘助（日外アソシエーツ編『昭和人物事典　戦前期』日外アソシエーツ、平29・3）
田中章義　山里の茶の花さきぬ露ながらさびしき人の魂にそなへん―中勘助〈歌鏡159〉（「サンデー毎日」第96巻第14号、平29・4・2）
菊地真生　中勘助記念館に収蔵庫完成　静岡関連資料を集約（「静岡新聞」平29・4・15朝刊）

中勘助と駄菓子―幼き日の宝物（虎屋文庫編著『和菓子を愛した人たち』山川出版社、平29・5）
玉木研二　不都合な質問〈火論〉（「毎日新聞」平29・5・30朝刊）『銀の匙』を取り上げる

5　渡辺目録　補遺（①と②の未収載分）

井上生　中勘助氏の作品㈠　自然の頌歌として　作と人研究（「東京日日新聞」大13・9・29）

『銀の匙』〈新刊紹介〉（「読売新聞」大15・5・17）
三好達治　中勘助氏著『街路樹』〈書評〉（「東京朝日新聞」昭13・3・7）→『三好達治全集』4、筑摩書房、昭40・8
埴谷雄高　「銀の匙」（毎日新聞社図書編集部編『日本の

名著』〈毎日ライブラリー〉毎日新聞社、昭26・5）

昭51・7に新装版

藤原　定　解説（藤原定ほか編『日本詩人全集』第4巻〈大正篇2〉、〈創元文庫〉創元社、昭27・10）

山室　静　かいせつ（『日本児童文学全集』第12巻〈少年少女小説篇2〉、河出書房、昭28・6）「ひばりの話」を収録

坪田譲治　解説（『世界少年少女文学全集』第30巻〈日本編3〉、東京創元社、昭28・9）「つるの話」を収録

――――　文芸家協会から古希の祝をうける中勘助〈人寸描〉（「朝日新聞」昭30・4・16朝刊）

――――　異色の作家中勘助　上田万年を父に円地〈新人物風土記556〉〈東京都の巻　文芸編8〉（「読売新聞」昭31・3・26夕刊）

山室　静　解説（阿部知二ほか編『少年少女のための日本文学宝玉集』上、宝文館、昭31・6）「銀の匙（抄）」を収録

与田準一　解説（関英雄ほか編『日本童話宝玉集』上、宝文館、昭31・9）「すいれん」を収録

山室　静　既成詩人の動き（荒正人ほか編著『昭和文学史』下巻〈角川文庫〉角川書店、昭31・12）第8章「昭和詩の展望」のうち

――――　中勘助氏の近ごろ　『銀の匙』の続編も　大病から回復して（「朝日新聞」昭35・1・18朝刊）→『中勘助全集』第12巻〈随筆・小品Ⅸ〉月報、岩波書店、平2・9

村山古郷　中勘助の俳句―文人の俳句Ⅸ―（「鶴」第19巻8号、昭35・8）→『文人の俳句』〈俳句シリーズ人と作品14〉桜楓社、昭40・10

石井桃子　「新日本児童文学選」について（石井桃子編『新日本児童文学選』〈世界児童文学全集30〉解説、あかね書房、昭35・10）「すいれん」を収録

――――　芸術家教師〈教師の素顔6〉（「読売新聞」昭36・5・15夕刊）「沼のほとり」に言及

伊藤信吉　解説（『現代詩人全集』第4巻〈近代Ⅳ〉、〈角川文庫〉角川書店、昭36・9）

福田清人　中勘助の人と作品について（『少年少女日本文学全集』2〈夏目漱石・中勘助・高浜虚子集〉、講談社、昭36・12）「銀の匙」を収録

福田清人　写生文派の作家（同右解説）

三好達治・伊藤信吉　中勘助（三好達治・伊藤信吉編『近代詩』〈近代文学鑑賞講座23〉角川書店、昭37・4）

坪田譲治　解説（『日本文芸童話集』〈世界少年少女文学全集23　日本編〉河出書房新社、昭37・6）

赤羽　淑　中勘助の俳句（「文芸研究」第43集、昭38・3）

――朝日賞の贈呈式　文化・社会奉仕部門　15氏2団体をたたえて（「朝日新聞」昭40・1・13朝刊）

――中勘助と三木露風〈文化ジャーナル　文学〉（「朝日ジャーナル」第7巻第4号、昭40・1・24）

小海永二　鑑賞ノート（小海永二編『日本の名詩　鑑賞のためのアンソロジー』〈大和選書5〉大和書房、昭40・4）「埴輪」を収録。昭46・5に〈銀河選書〉版。昭58・11に〈銀河ブックス〉版。平7・8に新装版

――生涯失わなかった詩心〈寒流〉（「毎日新聞」昭40・5・7夕刊）

――中勘助著書目録（「日本古書通信」第30巻第6号、昭40・6）

清水克二〈銀の匙〉中勘助〈文学の中の神田17〉（「かんだ」第17号、昭40・7）

酒井不二雄　中勘助先生署名本（「日本古書通信」第31巻第10号、昭41・10）

――沼べの家・勘助と孝作と（千葉県高等学校教育研究会国語部会編著『房総の文学めぐり　郷土の文学散歩』富士出版印刷、昭42・7）第3章「大正文学の舞台（東葛地区）」のうち

――中勘助（瀬沼茂樹編『文士の筆跡』2〈作家篇Ⅱ〉、二玄社、昭43・2）昭61・5に新装版

奥山和子『提婆達多』考―卒論ノート抜粋―（「静岡女子大学国文研究」創刊号、昭43・6）→『中勘助の思想』奥山和子、［昭44］

森　豊　姥が酒（『忘れえぬ手紙』学生社、昭43・10）

――曼殊院　中勘助「古国の詩」より（京都新聞社編『京都の文学地図』文芸春秋、昭43・11）

――戦前・戦時の小説、随筆（静岡市編『静岡市史　近代』静岡市、昭44・4）第4章「戦時体制下の文化の変転」、第2節「文学の挑戦」のうち

小田切進　注解（『名作集㈡　大正編』〈日本文学全集87〉集英社、昭44・12）「犬」を収録

中野好夫　作家と作品　名作集(二)　大正編（同右）
小田切進　年譜　中勘助（同右）
福田清人　中勘助（白木茂ほか編『児童文学辞典』東京堂出版、昭45・3）
大河内昭爾　中勘助（『大日本百科事典』13、小学館、昭45・6）
伊藤信吉　九十九里浜から手賀沼の岸べへ（井上靖ほか監修『文学の旅』4〈関東Ⅰ〉、千趣会、昭48・8）
村田正夫　中勘助、山本和夫、岡本潤、壺井繁治（『戦争・詩・批評　村田正夫詩論集』現代書館、昭46・8）「戦争と詩人―その戦争協力の姿勢について」のうち
内山登美子　善光寺平から奥信濃へ（井上靖ほか監修『文学の旅』7〈信濃路・木曽路〉、千趣会、昭49・3）「野尻」を含む
杉原由美子　中勘助俗謡詩考察（「日本文学ノート」第9号、昭49・3）

―　中勘助（『ブリタニカ国際大百科事典　小項目事典』4、ティビーエス・ブリタニカ、昭49・3）
土橋治重　鑑賞の手引き（土橋治重編『明治大正昭和　名詩のすべて　愛と人生のアンソロジー』大和出版販売、昭50・10）「塩鮭」を収録
片岡文雄　人と作品（片岡文雄編『明治大正の詩』ほるぷ出版、昭50・12）

―　中勘助（三省堂編修所編『コンサイス人名辞典　日本編』三省堂、昭51・3）→『コンサイス日本人名事典』改訂版、三省堂、平2・4
西郷竹彦　日清戦争前後の小学校教師―中勘助『銀の匙』―（『西郷竹彦文芸教育著作集』6〈文芸的人間像〉、明治図書出版、昭51・4）→『西郷竹彦文芸・教育全集』12、恒文社、平8・12

―　中勘助／中勘助の日記（平塚市企画室市史編さん室編『平塚市郷土事典』平塚市役所、昭51・4）
鈴木範久　非僧非俗の道―中勘助（『現代人の心と仏教』〈日本の仏教のこころシリーズ〉大蔵出版、昭51・12）
岡田英雄　中勘助と『藁科』〈静岡市〉（『静岡県の文学散歩　作家と名作の里めぐり』静岡新聞社、昭52・3）
久保田正文　中勘助（『作家論』永田書房、昭52・7）

広島一雄　中勘助（『日本文学案内　近代篇』〈世界文学シリーズ〉朝日出版社、昭52・9）
佐藤泰正　解説（第一部）（『近代日本キリスト教文学全集』13〈詩集〉、教文館、昭52・10）「ゲッセマネ」「受胎のおつげ」を収録
林富士馬　中勘助（『詩人と風景』〈東書選書12〉東京書籍、昭52・10）
丸山朋子　中勘助の文学―中勘助における小説『提婆達多』の重要性について―（「椙山国文学」第2号、昭53・2）
稲森道三郎　中勘助（静岡新聞社出版局編『静岡大百科事典』静岡新聞社、昭53・3）
秋谷半七　中勘助（『手賀沼と文人』〈ふるさと文庫〉崙書房、昭53・8）
久松和世　中勘助と家（「大阪成蹊女子短期大学研究紀要」第16号、昭54・3）
浜田伸子　中勘助「インド三部作」覚え書（「冬扇」第3号、昭54・3）
兵藤純二　大正期・我孫子在住の作家たち（「我孫子市史研究」第4号、昭54・3）「中勘助」を含む
深沢忠孝　中勘助（小海永二編『現代詩の解釈と鑑賞事典』旺文社、昭54・3）「われら千鳥にてあらまし」を収録
尾形国治　中勘助（『日本人名大事典　現代』平凡社、昭54・7）
高橋睦郎　中勘助詩集／銀の匙（『言葉の王国へ』小沢書店、昭54・9）
大竹新助　やわらかな詩心の中勘助（『名作のふるさと』Ⅳ〈生活に根ざして〉、さ・え・ら書房、昭55・1）
阿部　猛　「銀の匙」と「戦車兵」―中勘助―（『近代詩の敗北―詩人の戦争責任―』大原新生社、昭55・2）
↓『近代日本の戦争と詩人』〈同成社近現代史叢書9〉同成社、平17・12
久松和世　中勘助―その恋愛観・結婚観―（「大阪成蹊女子短期大学研究紀要」第17号、昭55・3）
丸目紀美子　中勘助の用いる擬音語擬態語について（「昭和学院国語国文」第13号、昭55・3）
南　信一　服織（『定本東海文学探歩　駿河・遠江篇』静岡谷島屋、昭55・5）駿河篇「中駿」のうち。「中勘助」を含む

畑　有三　中勘助（三好行雄・浅井清編『近代日本文学小辞典』有斐閣、昭56・2）

――銀の匙（中勘助）（小田切進監修『ポケット日本名作事典』平凡社、昭56・9）

斎藤　昇　中勘助（千葉日報社編『千葉大百科事典』千葉日報社、昭57・3）

福田清人　中勘助『銀の匙』（日本近代文学館編『日本近代文学名著事典』日本近代文学館、昭57・5）

内田道雄　中勘助（平凡社教育産業文化センター編『日本文学事典』平凡社、昭57・9）

山本　洋　中勘助（谷山茂ほか編『日本文学史辞典』京都書房、昭57・9）

岩倉規夫　中勘助著「銀の匙」について（『読書清興』汲古書院、昭57・11）

――中勘助（古川久編『夏目漱石辞典』東京堂出版、昭57・11）

石井正之助　中勘助先生の手紙（「学鐙」第80巻第7号、昭58・7）

――よみうり寸評（「読売新聞」昭58・9・24夕刊）「白萩のやど」を紹介

生島遼一　鶴の話（「京都新聞」昭59・1・5朝刊）→『芍薬の歌』岩波書店、昭59・4

鈴木貞美　中勘助　銀の匙（森野宗明ほか編『日本文学名作事典　文学のとびらをひらく』三省堂、昭59・5）

野口武彦　お儒者のような玄関―中勘助『銀の匙』―〈現代文章講義㈠〉（「日本語学」第3巻第9号、昭59・9）→『文化記号としての文体』ぺりかん社、昭62・9

山田宗睦　中勘助著『銀の匙』〈私の一冊〉（「東京新聞」昭59・11・2朝刊）→『まち・みち・ひと・とき』風人社、平8・1

付記

本目録の作成にあたっては、『人物文献目録』（日外アソシエーツ）などの二次資料のほか、「中勘助関係資料一覧」（平塚市中央図書館編『中勘助展 目録』平塚市中央図書館、平7・11）を参照した。

なお、本目録は科研費(C)16K02421 研究の成果の一部である。

巻末資料

一　主要参考文献一覧

（一）印度学・仏教学と日本近代文学及び日本近代思想との関連

・伊藤整『求道者と認識者』（新潮社、昭和三七年一一月）
・永井義憲『日本仏教文学』〈塙選書三五〉（塙書房、昭和三八年一〇月）
・大河内昭爾「近代文学と仏教」（『国文学　解釈と鑑賞』第五五巻第一二号、平成二年一二月）
・三木紀人・山形孝夫編『宗教のキーワード集』（『別冊国文学』第五七号、平成一六年一二月）
・中島国彦「禅と近代文学」（『仏教文学講座』第二巻、勉誠社、平成七年一月）
・大河内昭爾「仏教と近代文学」（『仏教文学講座』第二巻、勉誠社、平成七年一月）
・秦恒平「仏教と戦後文学」（『仏教文学講座』第二巻、勉誠社、平成七年一月）
・田丸徳善「近代と仏教」（『岩波講座　日本文学と仏教』第一〇巻、岩波書店、平成七年五月）
・見理文周「近代日本の文学と仏教」（『岩波講座　日本文学と仏教』第一〇巻、岩波書店、平成七年五月）
・末木文美士『明治思想家論』〈近代日本の思想・再考Ⅰ〉（トランスビュー社、平成一六年六月）
・末木文美士『近代日本と仏教』〈近代日本の思想・再考Ⅱ〉（トランスビュー社、平成一六年六月）

（二）森鷗外・石川啄木・秋田雨雀・久末淳と印度学・仏教学

・森潤三郎「校勘記」（『鷗外全集　著作篇』第九巻、岩波書店、昭和一二年七月）
・久末純美・則武三雄編『久末淳集　文学篇』（照厳寺・北荘文庫、昭和四三年八月）

・森鷗外『鷗外全集』第四巻（岩波書店、昭和四七年二月）
・森鷗外『鷗外全集』第一九巻（岩波書店、昭和四八年五月）
・小堀桂一郎「翻訳原本及び創作の素材について」（『鷗外全集』第四巻月報、岩波書店、昭和四七年二月）
・平岡敏夫『日露戦後文学の研究』上（有精堂出版、昭和六〇年五月）
・平岡敏夫『日露戦後文学の研究』下（有精堂出版、昭和六〇年七月）
・玉井哲雄編『よみがえる明治の東京―東京十五区写真集―』（角川書店、平成四年三月）
・杉山次郎「森鷗外とインド学・仏教学」（『国際仏教学大学院大学研究紀要』第三号、平成一二年三月）
・南明日香『荷風と明治の都市景観』（三省堂、平成二一年一二月）
・木内英実「明治第二世代の文学者による印度哲学受容―啄木・雨雀・勘助―」（『国際啄木学会研究年報』第一二号、平成二二年三月）
・木内英実「久米淳の仏教文学における印度表象」（『小田原女子短期大学研究紀要』第四二号、平成二四年三月）
・木内英実「忠臣・軍神の時代における森鷗外の『阿育王事蹟』の位置づけ」（『東京都市大学共通教育部紀要』第八号、平成二七年三月）

（三）印度三部作作品論

①『提婆達多』

・和辻哲郎「『提婆達多』の作者に」（『読売新聞』大正一〇年六月二一～二三日）。『和辻哲郎全集』第二二巻（岩波書店、平成三年三月）収録

・三井光弥『独逸文学に於ける仏陀及び仏教』（第一書房、昭和一〇年二月）
・小宮豊隆「解説」（角川文庫版『菩提樹の蔭・提婆達多』昭和二七年三月）
・小宮豊隆「中勘助の作品」（『中勘助・内田百閒集』〈現代日本文学全集七五〉筑摩書房、昭和三一年六月）
・河盛好蔵「解説」（『中勘助・内田百閒集』〈現代日本文学全集七五〉筑摩書房、昭和三一年六月）
・関口宗念「『銀の匙』に於けるペシミズム」（『聖和』第二号、昭和三二年九月）。「『提婆達多』に於ける悪」（『聖和』第三号、昭和三六年一一月）。「「仏陀の慈悲」―中勘助と仏教―」（『聖和』第四号、昭和三八年一二月）。『中勘助研究』（創栄出版、平成一六年五月）収録
・藤原久八「「提婆達多」考」「「提婆達多」の主題」（『中勘助の文学と境涯』金喜書店、昭和三八年五月）
・山室静「中勘助の世界」（『法政』第一五七号、昭和四〇年六月）。『愛読する作家たち』〈山室静著作集四〉（冬樹社、昭和四七年九月）収録
・嘉村礒多『嘉村礒多全集』下巻（南雲堂桜楓社、昭和四〇年九月）
・奥山和子「『提婆達多』考―卒論ノート抜粋」（『静岡女子大学 国文研究』創刊号、昭和四三年六月）。『中勘助の思想』（私家版、昭和四四年頃）収録
・渡辺外喜三郎「小説から童話へ『提婆達多』」「「提婆達多」をめぐって」（『中勘助の文学』〈近代の文学九〉桜楓社、昭和四六年一〇月）
・荒松雄「解説」（岩波文庫版『提婆達多』昭和六〇年四月）
・三好行雄「中勘助・人と作品」（『梶井基次郎・牧野信一・中島敦・嘉村礒多・内田百閒・中勘助・広津和郎・瀧井孝作・網野菊・丸岡明・森茉莉』〈昭和文学全集第七巻〉小学館、平成元年五月）。『近現代の作家たち』〈三好行雄著作

集第四巻〉（筑摩書房、平成五年五月）収録
・川路重之「中野新井町」（『中勘助全集』第二巻月報、岩波書店、平成元年一一月）
・堀部功夫「『提婆達多』の参考書」（『中勘助全集』第二巻月報、岩波書店、平成元年一一月）
・平山城児「中勘助『提婆達多』」（『国文学　解釈と鑑賞』第五五巻第一二号、平成二年一二月）。『現代文学における古典の受容』（有精堂出版、平成四年一〇月）収録
・工藤哲夫「土神と狐の物語─那珂（中勘助）『提婆達多』からの影響─」（『女子大国文』第一三六号、平成一六年一二月）。『賢治考証』〈近代文学研究叢刊四五〉（和泉書院、平成二二年三月）収録
・市川浩昭「中勘助『提婆達多』とシェイクスピア『オセロ』─嫉妬をめぐる作品構造と人物造型に関する一考察─」（『上智大学国文学論集』第三九号、平成一八年一月）
・木内英実「中勘助の『提婆達多』における仏伝」（真鍋俊照編著『密教美術と歴史文化』法蔵館、平成二三年五月）
・木内英実「中勘助の「銀の匙」から『提婆達多』に至る救済の思想」（『東京都市大学人間科学部紀要』第六号、平成二七年三月）

②『犬』
・関口宗念「『犬』『菩提樹の蔭』に於ける愛」（『聖和』第二号、昭和三二年一一月）。『中勘助研究』（創栄出版、平成一六年五月）収録
・奥山和子『中勘助の思想』（私家版、昭和四四年頃）
・堀部功夫「『犬』考」『「銀の匙」考』（翰林書房、平成五年五月）
・木内英実「中勘助のアレクサンダー大王東征への関心─『犬』の人物造型を視軸として─」（『総合社会科学研

究』第三集第五号、平成二五年三月）
・木内英実「「犬」の人物造型考（1）―大正10年当時の社会事件との関連において―」（『日本女子大学大学院の会会誌』第三二号、平成二五年四月）
・木内英実「「犬」の成立をめぐって」（『国文目白』第五二号、平成二五年一二月）

③『菩提樹の蔭』

・小宮豊隆「解説」（『菩提樹の蔭・提婆達多』角川文庫、昭和二七年三月）
・関口宗念「『犬』『菩提樹の蔭』に於ける愛」（『聖和』第二号、昭和三二年一一月）。『中勘助研究』（創栄出版、平成一六年五月）収録
・藤原久八「「菩提樹の蔭」考」『中勘助の文学と境涯』（金喜書店、昭和三八年五月）
・奥山和子『中勘助の思想』（私家版、昭和四四年頃）
・渡辺外喜三郎「小説から童話へ「菩提樹の蔭」」『中勘助の文学』〈近代の文学九〉（桜楓社、昭和四六年一〇月）
・竹長吉正「引用のエクリチュール―「菩提樹の蔭」（中勘助）と「道草」（夏目漱石）を例に―」『授業に生きる教材研究』（三省堂、昭和六三年五月）
・木内英実「中勘助の「菩提樹の蔭」成立におけるインド歌劇「シャクンタラ―姫」の影響」（『小田原女子短期大学研究紀要』第三七号、平成一九年三月）
・木内英実「中勘助と仏教童話―「菩提樹の蔭」成立を中心に―」（『印度学仏教学研究』第五六巻第二号、平成二〇年三月）
・堀部功夫「「菩提樹の蔭」と古典」（『国語国文』第七九巻第六号、平成二二年六月）

・木内英実「「菩提樹の蔭」の成立をめぐって」（『国文目白』第五四号、平成二七年二月）

（四）典拠資料

・オルデンベルク著、三並良訳『仏陀』（梁江堂書房、明治四三年一二月）
・堀謙徳『美術上の釈迦』（博文館、明治四三年九月）
・リス・デヰズ著、赤沼智善訳『釈尊之生涯及其教理』（無我山房、明治四四年九月）
・山辺習学『仏弟子伝』（無我山房、大正二年四月）
・ケルン著、立花俊道訳・南条文雄校閲『ケルン氏　仏教大綱』（東亜堂書房、大正三年八月）
・中村元・早島鏡正・紀野一義訳『浄土三部経』下（岩波文庫、昭和三九年九月）
・石田瑞麿校注『源信』〈日本思想大系六〉（岩波書店、昭和四五年九月）
・中村元『往生要集』〈古典を読む五〉（岩波書店、昭和五八年五月）
・中村元『古代インド』（講談社学術文庫、平成一六年九月）
・ダンテ・アリギエリ著、原基晶訳『神曲　地獄篇』（講談社学術文庫、平成二六年六月）
・ダンテ・アリギエリ著、原基晶訳『神曲　煉獄篇』（講談社学術文庫、平成二六年七月）
・Sakuntala Drama in sieben Akten（Kalidasa Hermann Camillo Kellner Phillipp Reclam,1890）
・Buddhist India（T.W.Rhys Davids）

（五）伝記事項

・中勘助・安倍能成編『山田又吉遺稿』（岩波書店、大正五年三月）
・安倍能成「山中雑記」（『思潮』第二巻一〇号、大正七年一〇月）。『安倍能成選集』第一巻（小山書店、昭和二三年四月）収録
・比叡山学会編『将此大乗 比叡山史之研究』（比叡山延暦寺開創記念事務局、昭和一二年三月）
・猪谷善一編『猪谷妙子伝』（猪谷善一、昭和一八年七月）
・安倍能成『我が生ひ立ち 自叙伝』（岩波書店、昭和四一年一一月）
・安倍能成「中勘助の死」（『心』第一八巻第七号、昭和四〇年七月）。『涓涓集』（岩波書店、昭和四三年六月）収録
・中村元『中世思想』上〈中村元選集第二〇巻〉（春秋社、昭和五一年七月）
・渡辺外喜三郎『はしばみの詩―中勘助に関する往復書簡―』（勘奈庵、昭和六二年一二月）
・和辻哲郎「古寺巡礼」『和辻哲郎全集』第二巻（岩波書店、平成三年三月）
・武覚超『比叡山諸堂史の研究』（法蔵館、平成二〇年三月）

二　初出一覧

序にかえて　書き下ろし

第一部　インド三部作の時代的背景

第一章　「忠臣・軍神の時代における森鷗外の『阿育王事蹟』の位置づけ」（『東京都市大学共通教育部紀要』第八号、平成二七年三月）

第二章　中勘助と同年代の文学者による仏教学並びにインド哲学受容

一　「明治第二世代の文学者による印度哲学受容―啄木・雨雀・勘助―」（『国際啄木学会研究年報』第一二号、平成二一年三月）

二　「明治第二世代の文学者による印度哲学受容―啄木・雨雀・勘助―」（『国際啄木学会研究年報』第一二号、平成二一年三月）

三　「久末淳の仏教文学における印度表象」（『小田原女子短期大学研究紀要』第四二号、平成二四年三月）

第二部　インド三部作論

第一章　『提婆達多』

一　「中勘助の『提婆達多』における仏伝」（真鍋俊照編著『密教美術と歴史文化』法蔵館、平成二三年五月）

二　「中勘助の「銀の匙」から『提婆達多』に至る救済の思想」（『東京都市大学人間科学部紀要』第六号、平成二七年三月）

第二章　『犬』

一　「中勘助の「犬」の成立をめぐって」（『国文目白』第五二号、平成二五年二月）

二　「中勘助のアレクサンダー大王東征への関心―『犬』の人物造型を視軸として―」（『総合社会科学研究』第三集第五号、平成二五年三月）と「中勘助の「犬」における「マハーヴァンサ」の影響」（『印度学仏教学研究』第五九巻二号、平成二三年三月）をまとめたもの

第三章　『菩提樹の蔭』

一　「中勘助の「菩提樹の蔭」成立におけるインド歌劇「シャクンタラー姫」の影響」（『小田原女子短期大学研究紀要』第三七号、平成一九年三月）と「中勘助と仏教童話―「菩提樹の蔭」成立を中心に―」（『印度学仏教学研究』第五六巻二号、平成二〇年三月）をまとめたもの

二　「「菩提樹の蔭」の成立をめぐって」（『国文目白』第五四号、平成二七年二月）

第四章　インド三部作解釈の地平　書き下ろし

第三部　中勘助参考文献目録（鈴木一正・木内英実編）　書き下ろし

中勘助　略年譜

元号	西暦	数え年	事柄
明治一八	（一八八五）	一歳	五月二二日、岐阜県今尾藩士の父勘弥（一八四二生）、母鐘／志やう（旧姓吉沢、一八四九生）の五男として藩邸内（東京市神田区東松下町七番地）で誕生。家族は他に祖母みき、次兄金一（一八七一生）、長姉はつ、次姉ちよ、母方の伯母。
明治二一	（一八八八）	四歳	一月、妹栄誕生。
明治二二	（一八八九）	五歳	七月、母と勘助の健康のため、山の手の高台、小石川小日向水道町九二番地に転居。九月、妹やす誕生。
明治二四	（一八九一）	七歳	四月、一年早く、東京府黒田尋常高等小学校入学。
明治二八	（一八九五）	一一歳	四月、高等科へ進む。日清戦争（明治二七年八月～）終結。
明治三〇	（一八九七）	一三歳	四月、東京府城北尋常中学校（現・都立戸山高等学校）入学。
明治三三	（一九〇〇）	一六歳	春休み、京阪を旅行、「銀の匙」の伯母を訪ねる。夏、友人と大洗（茨城県）に遊ぶ。
明治三五	（一九〇二）	一八歳	三月、城北尋常中学校卒業。九月、第一高等学校第一部入学。同期に藤村操、山田又吉、江木定男、安倍能成、小宮豊隆、野上豊一郎らがいた。この頃、兄金一は子爵野村靖の娘末子（一八八三生）と結婚、まもなくドイツ留学。

明治三六（一九〇三）一九歳　四月、イギリス留学帰国後の夏目漱石、第一高等学校講師に就任（東京帝国大学英文科講師兼任）。

明治三八（一九〇五）二一歳　七月、第一高等学校卒業。七月〜八月前半、野村靖の小田原の別荘黄夢庵で江木定男と過ごす。八月後半は播州須磨の山田又吉を訪ねる。九月、東京帝国大学英文科入学、一高時代に続き夏目漱石の教えを受ける。日露戦争終結。一一月、ドイツ留学帰国後の兄金一、創設された福岡医科大学（のちの九州帝国大学医科）教授となる。

明治三九（一九〇六）二二歳　一〇月一五日、父勘弥死去（六五歳）。

明治四〇（一九〇七）二三歳　三月、江木定男、関万世と結婚。四月、夏目漱石、一高、帝大を辞職し朝日新聞社に入社。七月、播州に保養中の山田又吉を訪ね一月過ごす。九月、帝大英文科より国文科へ転科。

明治四二（一九〇九）二五歳　一月、野村靖死去。一月末に兄金一、義父野村靖の初七日に上京中脳溢血で倒れ、以後、嫂末子と家の重荷を負う。七月、東京帝国大学国文科卒業。「病床」は一一月より翌年五月までの日記。この時の病気は急性腎臓炎。

明治四三（一九一〇）二六歳　夏、野村靖の小田原の別荘黄夢庵に。「綱ひき」「トランプ」はこの時の回想記。八月末、夏目漱石、修善寺で大吐血、折紙細工の見舞をこの別荘より送る。一二月、一年志願兵として近衛歩兵第四聯隊に入隊。「兵営」は翌年四月までの日記。

明治四四（一九一一）二七歳　四月、衛戍病院入院。夏目漱石より見舞いの手紙。二ヶ月後除隊。「衛戍病院」はこの時の日記。除隊後、青山南町の長姉婚家で静養、後、信州野尻湖畔の安養寺に仮寓。九月、野尻湖の弁天島に籠る。「島守」はこの約一ヶ月の日記をもとに、翌年の島籠りの記録を織り込んだ作品。晩秋、帰京して暫く入院。東京市外千駄ヶ谷八七一那須利三郎方に仮寓。「郊外　その一」はその時の日記。

明治四五
大正元（一九一二）二八歳

夏から秋、信州野尻湖畔信濃尻村野尻の石田津右衛門方の二階で「銀の匙」を書く。七月、医師藤沢幹二に嫁いだ妹の危篤を福岡に見舞い、看病した。妹やす死去（二四歳）。「妹の死」はこの時の覚書。八月、小宮豊隆の推薦で「夢日記」を『新小説』に発表（文筆活動の開始）。九月、「銀の匙」脱稿。閲覧を乞うため夏目漱石に原稿を送る。弁天島に二度目の島籠り。一〇月半ば、帰京、下谷区上野桜木町の寛永寺山内真如院に移る。「孟宗の蔭」はこの時から大正五年一月までの日記。一二月、安倍能成、藤村操の妹恭子と結婚。

大正二（一九一三）二九歳

三月、親友山田又吉、安倍能成の家で自殺。四月、「銀の匙」が夏目漱石の推薦で『東京朝日新聞』に連載（四月八日〜六月四日）。「小品四つ」を書く。この頃、精神的苦痛、栄養不良のため重症の脚気に苦しむ。

大正三（一九一四）三〇歳

五月、脚気で信州追分へ転地療養。「裾野」はこの時の日記をもとに翌年の記録を織り込んだもの。六月末、帰京後、比叡山横川へ転地。慧心院（恵心堂）で「銀の匙」後篇（原題「つむじまがり」）を書く。七月、第一次世界大戦勃発。

大正四（一九一五）三一歳

四月、夏目漱石の推薦で『東京朝日新聞』に「銀の匙」後篇も連載（四月一七日〜六月二日）。五月、約二ヶ月信州追分へ転地。

大正五（一九一六）三二歳

三月、『山田又吉遺稿』（安倍能成・中勘助共編、岩波書店）刊行。七月、茨城県北相馬郡布川の徳満寺に仮寓。後、鵠沼の安倍能成の家の離れで静養。八月半ば、一時千駄ヶ谷の那須家に戻る。秋、居所を同家に移す。「郊外 その二」はこの時から翌年一一月までの日記。この頃から江木家長女妙子と親しくなる。一二月、夏目漱石死去。志賀直哉との交流この頃はじまる。

大正六（一九一七）三三歳
二月、「ゆめ」を書く。五月初めより約二ヶ月満徳寺で静養。一一月、「漱石先生と私」を『三田文学』に発表。

大正七（一九一八）三四歳
四月末から奈良見学旅行、東大寺二月堂元吉講に仮寓。和辻哲郎「古寺巡礼」に「N君の話」として記される。七月、徳満寺に滞在。一一月、第一次世界大戦終結。

大正八（一九一九）三五歳
秋、秋田、青森旅行。ほとんど徒歩で角館から八幡平を経て十和田湖まで往復。

大正九（一九二〇）三六歳
二月、手賀沼のほとり我孫子町我孫子高嶌貫治郎方に仮寓。大正四年以来この地に住む志賀直哉と往来。「沼のほとり」は大正一二年一一月までの日記。四月、「提婆達多」脱稿。一一月、兄発病後、家庭的紛糾が続いたが最終的に生家の世話を引き受ける。財産整理のため小石川の家を岩波茂雄に買い取ってもらう。

大正一〇（一九二一）三七歳
五月、森田草平の紹介で新潮社より『提婆達多』刊行。この頃「阿育王」を構想。一〇月、「犬」を書き始める。一二月、『銀の匙』（岩波書店）刊行。

大正一一（一九二二）三八歳
四月、「犬（未定稿）」を『思想』に発表し、同誌は発禁処分、岩波茂雄は警視庁に呼ばれる。六月、江木定男死去。七月、赤坂区表町二ノ一三番地に家を購入、家族を移す。一〇月、和辻哲郎、安倍能成、岩波茂雄らと天竜下り。

大正一二（一九二三）三九歳
三月、志賀直哉、我孫子から京都へ転居。九月、関東大震災。翌日、和辻哲郎と被災地を回る。「東京」は震災後の心境を託した日記。一二月、我孫子を引き払い赤坂へ。

大正一三（一九二四）四〇歳　二月、安房の海岸に遊ぶ。「貝桶」はその時の日記。五月、『犬 附 島守』（岩波書店）刊行。避暑避寒のため神奈川県平塚町西海岸に家を建て、昭和七年まで住む。「しづかな流」はその間の日記。

大正一四（一九二五）四一歳　一月、この頃「孔子」を構想。三月、兵隊時代の日記を書く。四月、「銀の匙」改稿に着手。七月、『沼のほとり』（岩波書店）刊行。

大正一五（一九二六）四二歳
昭和元　二月、平塚で犬（タゴ）を飼う。四月、『銀の匙』（岩波書店）刊行。一一月頃、「闘球盤」を書く。「阿育王」の執筆構想退く。

昭和三（一九一一）四四歳　二月、結婚してパリにいる猪谷妙子（江木定男、万世の長女）のために「菩提樹の蔭」を書く。

昭和四（一九二九）四五歳　四月、前年九月以来休刊の『思想』再刊、和辻哲郎が引き続き編集担当。

昭和六（一九三一）四七歳　一月、この頃より和辻哲郎の長女京子のために『鳥の物語』の構想次々と湧く。四月、『菩提樹の蔭』（岩波書店）刊行。九月、満州事変。

昭和七（一九三二）四八歳　六月、『しづかな流』（岩波書店）刊行。九月、平塚の家を売却、東京赤坂の家に家族と同居。この時から昭和一一年九月までの日記が「街路樹」。

昭和八（一九三三）四九歳　四月、前月に岩波茂雄に依頼した『提婆達多』（岩波書店）刊行。この年、斎藤茂吉の診察を受ける。

昭和九（一九三四）五〇歳　一〇月八日、母鐘、老衰のため死去（八六歳）。「母の死」はこの時の記録。

昭和一〇（一九三五）五二歳　三月、詩集『琅玕』（岩波書店）、四月、『母の死』（岩波書店）刊行。

昭和一一（一九三六）五二歳

この頃から昭和一四年末までの日記が「逍遙」。五月、詩集『機の音』（岩波書店）、一二月、詩集『海にうかばん』（岩波書店）刊行。

昭和一二（一九三七）五三歳

六月、『街路樹』（岩波書店）刊行。七月、日華事変。一〇月、詩集『吾往かん』（岩波書店）刊行。

昭和一四（一九三九）五五歳

九月、第二次世界大戦勃発。詩集『百城を落す』（岩波書店）刊行。一二月、この春から親しくなった小堀杏奴（森鷗外次女）の夫で洋画家小堀四郎、「中勘助像」を描く。

昭和一五（一九四〇）五六歳

随筆「逍遙以後疎開まで」は一月から昭和一八年一〇月までの日記。五月、『逍遙』（岩波書店）刊行。前年春の眼底出血以来病気がちだった嫂末子、蜘蛛膜下溢血で倒れる。「氷を割る」はこの時の看病日記。八月、胆石に苦しむ。「胆石」はその時の記録。

昭和一六（一九四一）五七歳

一〇月、『鳩の話』（岩波書店）刊行。この頃「トランプ」を書く。一二月、太平洋戦争勃発。

昭和一七（一九四二）五八歳

一月、天明愛吉の招待で大磯の左義長の祭を見る。その時島崎藤村と会う。三月、『飛鳥』（筑摩書房）刊行。安田靫彦宅で島崎藤村、石井鶴三らと観梅。四月三日、嫂末子死去（六〇歳）。「蜜蜂」は末子の生涯を追慕しながら書いた日記。七月、急性胆嚢炎のため猪谷妙子死去（三五歳）。「妙子への手紙」脱稿。一〇月一二日、嶋田正武の長女和と結婚。結婚式当日の一二日、兄金一自殺（七二歳）。

昭和一八（一九四三）五九歳　五月、『蜜蜂』（筑摩書房）刊行。七月、義父嶋田正武死去。一〇月、静岡県安倍郡服織村新間一〇八九ノ一二〇の前田一夫方へ転地療養。戦争激化のためそのまま疎開になる。「樟ヶ谷」はこの時からの日記。

昭和二〇（一九四五）六一歳　三月、服織村羽鳥二七二の石上広吉方に移る。「羽鳥」は帰京までの日記。五月、東京赤坂の家、「銀の匙」に出てくる小石川の家（岩波茂雄所有）ともに戦災焼失。六月、静岡大空襲。八月、終戦。一一月、義母嶋田ミネ死去。

昭和二一（一九四六）六二歳　四月、岩波茂雄死去。

昭和二二（一九四七）六三歳　五月、「故椎貝寿郎氏の思ひ出」を書く。七月、『余生』（八雲書店）刊行。

昭和二三（一九四八）六四歳　二月、『鶴の話』（山根書店）刊行。四月、帰京。義妹嶋田豊と秀の住む東京都中野区新井町四七一の妻の生家に同居。「帰京」はこの時から昭和二五年一〇月までの日記。

昭和二四（一九四九）六五歳　四月、静岡羽鳥を訪う。五月、『鳥の物語』（山根書店）刊行。一二月、森田草平死去。

昭和二五（一九五〇）六六歳　一月、「鳥の物語」ラジオ放送。二月、野上豊一郎死去。

昭和二六（一九五一）六七歳　病苦に悩む愛読者からの手紙を中心にその交流を描いた「随筆」は、この年から昭和三八年一二月までの日記。一月、『白鳥の話』（角川書店）刊行。小堀杏奴編『中勘助集』（新潮文庫）刊行。三月、詩集『藁科』（山根書店）刊行。八月、「銀の匙」前篇ラジオ放送。一一月、「服織」を『心』に発表。

昭和二七（一九五二）六八歳　三月、『菩提樹の蔭・提婆達多』（角川文庫）刊行。三月と八月に羽鳥・手越を訪う。

昭和二八（一九五三）六九歳　二月、斎藤茂吉死去。思い出の記を書く。三月、「随筆」に出てくる病床の愛読者加藤喜美子と文通始まる。四月、金閣寺、新薬師寺を根城に五月末まで京都、奈良見学旅行。帰途、加藤喜美子を安城に見舞い、羽鳥に立ち寄る。この時の紀行は「古国の詩」と「随筆」に。六月、今村小百合との交流始まる。このことは「小百合さんの思ひ出」に。一一月、『中勘助自選随筆集』上（創元文庫）刊行。

昭和三一（一九五六）七二歳　前年一二月初めから胆嚢その他の病気のため日本医科大学附属第一病院に入院。手術三回。六月退院、九月に再び入退院。

昭和三二（一九五七）七三歳　三月、『くひな笛』（宝文館）刊行。一〇月、愛読者の招待で五日間伊豆旅行。この時のことは「伊豆の旅」に。静岡市立服織中学校一〇周年記念のため校歌を作詞。

昭和三三（一九五八）七四歳　一月、流行性感冒から肺炎を起こし一時危篤となるが四〇日後回復。三月下旬から保養をかねて京都方面に旅行（翌年もこの時期京都滞在）。帰途、安城の加藤喜美子を見舞い羽鳥にも立ち寄る。

昭和三五（一九六〇）七六歳　五月、疎開中一番世話になった羽鳥の石上数雄死去。一二月、『手揉みのお茶』（静岡県製茶手揉技術保存協会）刊行の前書きを記す。『中勘助全集』第一巻（角川書店）刊行。和辻哲郎死去。

昭和三六（一九六一）七七歳　四月、京都、奈良、姫路に旅行。この年、『中勘助全集』第二巻～第九巻（角川書店）刊行。

昭和三七（一九六二）七八歳	三月、肝臓をわずらい五月まで入院。一〇月、「母の死」を脚色したテレビドラマ「もっこくの花」放映。この年、『中勘助全集』第一〇巻～第一一巻（角川書店）刊行。
昭和三八（一九六三）七九歳	八月、箱根湯ノ花沢温泉で『中勘助全集』完結の祝をうける。一一月、奈良、吉野、京都方面へ見学旅行。一二月、『中勘助全集』第一二巻（角川書店）刊行、完了。
昭和三九（一九六四）八〇歳	五月、長四畳の書斎兼居間を新築。「やどかり」はその時の感慨。七月、「風のごとし」詩碑が羽鳥に建つ。
昭和四〇（一九六五）八一歳	一月、『中勘助全集』の完結と多年にわたる文学上の業績により昭和三九年度朝日賞を受賞。四月二八日発病、入院。五月三日、日本医科大学附属第一病院にて死去。享年満七九歳。葬儀委員長安倍能成。七月、『心』（中勘助追悼）に安倍能成「中勘助の死」、小堀杏奴「再会」が掲載。一一月、遺族の手で『中勘助全集』第一三巻（角川書店）が追加刊行。

・岩波書店版『中勘助全集』第一七巻の渡辺外喜三郎編「年譜」、神奈川近代文学館企画展「生誕一三〇年没後五〇年『銀の匙』の作家 中勘助展」リーフレット、静岡市文化振興財団編『顕彰誌 緑の作家、中勘助』等を参考に作成した。

あとがき

まず、本書表紙カバー画について、説明したい。

昭和一四年一二月、勘助五五歳（数え）の頃、小堀杏奴（森鷗外次女）の夫で洋画家小堀四郎によって描かれた「中勘助像」（豊田市美術館蔵）である。岩波書店版『中勘助全集』第四巻月報（平成元年一〇月）には「中さんの肖像」との題で、小堀四郎が当時を回想したインタビュー記録が掲載された。その中で「私はずっと画きたい人、画きたいものしか画いてきませんでした。何か有っている人でなけりゃ画きません。中さんですか？孤に強い、孤独というものに強い人です、中さんは。私は藤島（武二）先生に、芸術は人だ、人間が出来なければいい芸術は生れない、人づくりに励め、組織や集団に関係するなという教えを受けています。中さんも組織というものに係わってはいません。純粋さというのはそうやって保たれるものです。（中略）肖像が出来あがったとき、中さんはとても喜ばれました。僕は中さんに差上げたのですが、疎開なさるときにもらってきました。裏には『杏奴さんへ　那迦』と書いてあったんですが……。」と述べている。

本書で扱ったインド三部作最後の作品『菩提樹の蔭』が発表されたのが、昭和七年であり、その七年後の中勘助の姿がこの「中勘助像」である。

小堀四郎の言葉にあるように「中さんも組織というものに係わってはいません」という生涯、文壇から距離をおいた職業作家であったという点から、中勘助は「孤高の作家」と呼ばれることが多い。しかし孤高であっても、「孤に強い、孤独というものに強い人」という芯の強い人間像は、「中勘助像」に巧みに表現されている。腕組みした腕は骨太で、斜め前を見据える眼光は力強く鋭い。中勘助に『銀の匙』の主人公の成長後の姿を重ね合わせ、線の細い作家を想定する人も多いが、中勘助は美丈夫という表現が相応しい作家である。

小堀四郎も「孤高の画家」と呼ばれることが多い画家であり、中勘助もまた文学作品に「書きたいものしか書かない」という信念を持った作家である。似たような価値観を持ったもの同士が引力のように引き合い互いの存在を交錯させた結実が「中勘助像」ということもできよう。

本書の構成として、第一部及び第二部が平成二六年度に日本女子大学に提出した博士論文「中勘助インド三部作研究―印度学・仏教学を中心に―」の補訂であり、第三部が科研費研究の成果の一部であることを追記する。

中勘助は、一般に『銀の匙』の作家として知られることが多いが、本書の第一部及び第二部の内容から、インド哲学へ深い造詣を有していたという意外な一面を知っていただければ幸いである。中勘助は、印度学・仏教学資料に対して学究的な関心を深く抱き、それら資料の中の、大蔵経を始めとする経典類、原始仏教資料を『提婆達多』に、インド史資料を『犬』に、インド文学資料を『菩提樹の蔭』に活かしていった。そこには「独創性」を評価した一高・東京帝国大学時代の恩師・夏目漱石、『阿育王事蹟』で印度学・仏教学資料に基づいた作品構想の先達であり、軍人でありながら暴力に懐疑的であった森鷗外からの影響が窺い知れる。

『提婆達多』『犬』では、「独創性」の発露として、印度学・仏教学資料からの典拠は、作品の歴史的著述や人物造型の一部に留めている。更に、漱石の『吾輩は猫である』とは異なる方法で擬人化を図ったのが『犬』であった。『菩提樹の蔭』では、インド文学を作品の基調に置き、ギリシャ神話、日本の物語も作品構想に加えている。つまり、印度学・仏教学資料を読みこなし、それを血肉にした結果として、印度学・仏教学資料から自由になっていったというべきだろう。

インド三部作後の『鳥の物語』が、仏典・経典からだけでなく、和漢の古典籍、聖書の物語を基に創作されていることからも、中勘助の関心はより拡大したといってもよいだろう。

筆者が、平成二四年、静岡市埋蔵文化財センター所蔵の静岡市資料を見て驚いたのが、印度学・仏教学資料の多さであった。科研費研究によって現在、中勘助旧蔵書の分類目録を作成中であるが、近々その全容が明らかになると思われる。

本書は研究の過程で至った一つの結節点であり、筆者は本書公刊を励みとして今後も中勘助文学研究に取り組んで行くことを強く希望している。

最後に、平素、指導を仰いでいる師友の皆様に、深い謝意を表したい。

特に日本女子大学大学院博士課程後期にてご指導くださった恩師・源五郎先生、倉田宏子先生、山口俊雄先生。

静岡市資料ご担当の児玉日出男様を始めとする静岡市文化振興課の皆様。前田昇先生を始めとする中勘助文学記念館の皆様。また同館を管理・運営される静岡市文化振興財団の皆様、土岐勝信様。表紙カバーに「中勘助像」の掲載をご許可くださった豊田市美術館の皆様。著作権者・小堀鷗一郎様。

本書の編集と科研費研究に対し、私の研究室内で的確にご助言くださった鈴木一正様・岡崎史様。

日本女子大学国文科最後の井上百合子先生ゼミのお仲間であった吉田智恵様（三弥井書店出版部）には、本書の編集で専門的助言を多く賜り大変お世話になった。

以上の皆様に、心より御礼申し上げる。

平成二九年一二月

『菩提樹の蔭』執筆の地・平塚市における中勘助詩碑建立を目前に控えて　木内　英実

45, 49, 97
童話……72, 130, 131, 137, 163, 181
鳥の物語……213

【な】

中勘助研究文献……13
中勘助の直筆資料のデジタル化基盤整備に伴う創作方法の解明に関する研究……10, 13
ニーチェの思想……40
日露戦争……18, 20, 21, 26, 132, 210
日清戦争……18, 20
人形……165
人形に魂のはひる話……164, 165, 199
涅槃……33, 44, 104, 141
念仏……101

【は】

バルフト……64〜67, 83
般若心経……38
比叡山……49, 55, 91, 94, 117
ピグマリオン神話……186, 199
悲劇……180, 198
風俗壊乱……123
仏教学……10〜12, 83
仏教語……33〜35, 38, 40
仏教文学……11, 13, 29, 59
仏教用語……32, 33, 54
仏伝……53, 64〜67, 70, 71, 83, 138
仏法……69
文楽……165, 195, 198
文楽座……165, 195, 198
方法論……121, 137, 161
暴力……133
無私の愛……183
無条件の愛……177, 178

【ま】

木曜会……9

【や】

唯称念仏の心……92
唯称弥陀得生極楽……92
横川の恵心堂……91, 92, 94, 100, 112, 117

【ら】

リグヴェーダ……40, 57
レクラム百科文庫……169

【か】

書き入れ……26, 70, 90, 112, 141, 187, 191
歌劇……71
我のない愛……178, 179
犍陀羅……55
ガンダーラ……56
ガンダルヴァ婚……175, 179
祇園精舎……56, 66, 67
戯曲……29, 48, 49, 50, 53, 54, 71, 90, 170, 180, 211
擬人化……122, 137
義太夫……198
キリスト教……30
救済……84, 88, 90, 99, 104, 209
経典……11, 54, 63, 88, 112, 117, 210
近代詩……28
軍神……18, 20, 26
軍人像……26
偈……77, 94
慶応義塾……45, 49, 50
傾城阿波の鳴門……198
原始仏教……11, 31, 59, 60, 83, 84, 86, 87, 90, 101, 104, 105, 111, 118, 210
極重悪人、無他方便、唯称念仏、得生極楽……92, 95
極重悪人、無他方便、唯称弥陀、得生極楽……94, 117
獄中……111
個人主義……30
古代インド……56, 59, 68, 83, 163, 170, 175
欣求浄土……99, 117

【さ】

サンスクリット……11, 12, 54, 111, 170
地獄……85, 93, 99, 101, 105, 106, 110, 112, 115, 117
自恣……67, 77, 78
静岡市資料（静岡市所蔵中勘助関係資料）……10, 13, 26, 99, 121, 122, 139, 141, 142, 158, 164, 169, 170, 186, 191
手沢本……10, 69, 90, 112, 124
巡礼詩社……52
唱歌……20, 23
浄土三部経……104
浄土門……86, 101, 104
称念……117
新体詩……28
救い……76, 82, 83, 85～87, 90, 102
成人のための童話……211
性と愛の相克……183
性暴力……132, 133, 138
西洋哲学……97, 118
戦時体制……20, 23, 26
戦争……18, 22, 25, 132, 133, 213
戦争詩……23
戦争文学……22

【た】

大乗経典……55～57, 59
大乗仏教……57, 59
大蔵経典……209
宝塚歌劇団……180
忠臣……18, 20, 26
ドイツ……71, 98
ドイツ語……98, 169, 171, 172
東京帝国大学……7, 8, 11, 12, 29, 40, 44,

Pischel, with exegetical and illustrative commentary……168
Sacontala or the Fatal Ring, an Indian Drama by Calidas……171
Sacontala oul'anneau fatal……171
Sakontala oder der entscheidende Ring……171
Sakuntala……54, 168, 192
Sakuntala Drama in Sieben Akten……164, 168, 170, 191
SAKUNTALA の初演……50, 53, 58, 60
Sakuntala, or, The fatal ring, a drama: to which is added, Meghaduta, or, Sacred song……168
The Sakuntala, translated into English from the edition of Professor……168
Select Specimens of the Theatre of the Hindus……59
Specimens of the Theatre of the Hindus……54
The Stupa of Bharhut……64
Theatre Indian……54, 59

事　項

【あ】

嗚呼忠臣楠子之墓……19
阿育王……12, 25
阿育王事蹟……18
悪人正機説……76, 92
朝題目夕念仏……101, 117
阿弥陀如来……101, 104, 117
菴没羅園……67, 77, 80
維新の志士……19
電光……40
印度学……10～12, 53, 209, 210
印度学者……12, 44
印度学・仏教学……8, 9, 11, 13, 45, 49, 118, 199, 209, 213
インド三部作……8～10, 12, 13, 31, 139, 183, 187, 206, 209, 210
インド史……17, 24, 138, 139, 141, 142, 161, 162, 207, 210, 213
インド思想……12, 40, 44
インド哲学……7, 11, 26, 29, 42～44, 46, 48, 49, 63
インド表象……31, 32
インド文学……210
雨安居……67, 77, 80
ヴェーダ……40, 55～57, 59
ウパニシャッド……40, 42, 43～45, 48, 53, 55, 56, 59
永遠……35, 37, 39, 48
厭世……81, 82, 101
大人のための童話……163, 179, 181, 184
厭離穢土……99, 110, 117

梵語戯曲シヤクンタラ……169
梵文学史……54

【ま】

毎月見聞録……51
摩耶……53
マハーバーラタ……170
曼陀羅歌……23
万葉集……22, 23
未生寃経……89
水尾寂暁師と三千院……90
三田文学……9, 50～52, 60
三田文選……52
道草……185
みちをしへ……91, 94
密教美術と歴史文化……89
都新聞……21
明星……23, 28
無名草……22, 23
無量寿経……57, 59
孟宗の蔭……81, 82
森鷗外集……22

【や】

山田又吉遺稿……96, 97
維摩経……57, 59
幽草幽花……50, 56, 58
夢がたり……22
夢日記……97
読売新聞……67, 85, 199

【ら】

梁塵秘抄より……53
黎明……28, 50, 55, 58
蓮華幻境……33

【わ】

我が生ひ立ち　自叙伝……96, 169
若きウェルテルの悲しみ……169
吾輩は猫である……9, 122, 130～135, 137, 138
早稲田文学……28
我なりき……39

【ABC】

Amitabha……46
ARS……52
Buddhist India……64, 89, 139, 141, 152, 154, 158, 206
Early Hist. of Ind.……140
The Early History of India Including Alexander's Campaigns……141, 161, 207
Gospel of Buddha……42, 46, 48
A History of Sanskrit Literature……54, 59
The Gospel of Buddha……46, 48
Indian Theater……53, 55, 59
Jean Christophe……59
Kalidasa translation of Shakuntala, and other works……168
Konig Asoka……206
Kussaka……158
The Life of Buddha……70
Lohengrin……35
Mediaeval India……152～154, 156, 161
Mediaeval India under Mohammedan Rule……142, 161, 207
PARLERIE……50, 53
Persia……158, 161, 162

中勘助『提婆達多』とシェイクスピア『オセロ』……89
中勘助と仏教童話……185
中勘助の作品……85
中勘助の死……91
中勘助の思想……87, 184
中勘助の嫉妬観……89
中勘助の世界……86
中勘助の『提婆達多』における仏伝……89
中勘助の文学……87, 184
中勘助の文学と境涯……86, 183
中勘助の「菩提樹の蔭」成立におけるインド歌劇「シャクンタラー姫」の影響……185
中勘助・人と作品……88
中野新井町……88
日蓮上人と日本国……30, 31
日蓮と基督……30
日露戦後文学の研究……22
日本歌学全書……22
日本主義……30, 31
人魚の嘆き……31
沼のほとり……104

【は】

白金独語……53
白金の独楽……53
バッド　ボーイ……130
バカワリ……185
鳩の話……212, 213
羽鳥……97
波羅葦層……49
般若心経……35, 40
比叡山史之研究……91
比叡山諸堂史の研究……94
久末淳集　文学篇……49
美術上の釈迦……64, 88, 206
日夏耿之介全集……22
広瀬中佐……20, 23
二葉亭全集……29
風流仏……183
仏所行讃経……57, 59
仏陀……53, 71
仏陀とクリシャ・ゴオタミ……41
仏陀と幼児の死……29, 41, 42, 47, 48, 49
「仏陀の慈悲」—中勘助と仏教—……86
仏陀の福音……42, 46, 46
仏弟子伝……64, 72, 74, 78, 80, 88, 106, 161, 186, 191
舞踏……53
プルムウラ……158, 210
文学界……28
文学論……135
紅鶴の話……9
変身物語……186
宝蔵秘夢……50, 50, 57, 58
北西印度、波斯、希臘……141, 210
菩提樹の蔭……8, 9, 139, 163～168, 175, 177～186, 191, 193, 194, 197～199, 208～211
「菩提樹の蔭」考……183
菩提樹の蔭・提婆達多……75, 85, 182, 186
「菩提樹の蔭」と古典……185
菩提樹の蔭　他二篇……186
法華経……35, 41, 57, 59, 101
本行集経……88
梵劇概観……50, 54, 58
梵劇 さくんたら姫……169

少年……130
昭和文学全集……88
白羽の鵠船……32, 33, 40
神曲……112, 114, 115, 117, 118
箴言と省察……172
新小説……97
新体詩抄……28, 29
随筆……9
鈴木三重吉・森田草平・寺田寅彦・内田百閒・中勘助集……170
スバル……158
寸金……53
西蔵仏伝……70, 71
雑阿含経……78
草菴閑窓……50, 55, 58
増一阿含経……78, 88
僧院尺牘……50, 54, 58
漱石先生と私……9

【た】

大正新脩大蔵経……99, 209
大蔵経……210
大日本校訂 大蔵経……99, 209
大毘婆沙論……111, 117
第○軍の歌……21
太陽……30
妙子への手紙……169, 177
高山樗牛・斎藤野の人・姉崎嘲風・登張竹風……30, 39
啄木全集……34, 38
戦へ、大に戦へ……39
耽溺……54
ダンテとその時代……112
歎異鈔……92
近松半二浄瑠璃集……196, 197
地上巡礼……50, 52, 53
中央公論……31, 44, 45
中世思想……98
土神と狐の物語……89
帝国文学……28, 41, 133
定本 佐藤春夫全集……22
提婆達多…… 8, 9, 63, 64, 66, 67, 69, 71, 74, 82〜84, 88〜90, 96, 99, 114, 115, 117, 121, 139, 160, 161, 163, 170, 182〜184, 206, 209
『提婆達多』考—卒論ノート抜粋……87
『提婆達多』考……86
『提婆達多』の主題……86
『提婆達多』に於ける悪……86
『提婆達多』の作者に……67, 85
『提婆達多』の参考書……88
『提婆達多』をめぐって……87
寺田寅彦、森田草平、鈴木三重吉三氏の思ひ出……170
天上行楽……53
天台が説く心……106
独逸文学に於ける仏陀及び仏教……71
東京朝日新聞…… 9, 29, 97
東京景物詩及其他……54
東京銅像唱歌……20, 23
独絃哀歌……33
トム ブラウン……130
鳥の物語……163, 184, 211, 212

【な】

永井荷風先生……51
中勘助・内田百閒集……75, 85, 86, 184
中勘助研究……86, 182
中勘助全集…… 9, 88, 139
中勘助『提婆達多』……89

漢語燈録……56, 59
贋作　吾輩は猫である……131
健陀羅まで……141, 199, 210
雁の話……211, 212
観無量寿経……89, 95, 96, 117
戯曲しやくんたら姫……169
義太夫年表……198
ギタンヂャリ三章……53
帰朝者の日記……21
君死にたまふこと勿れ……23
教育者ショペンハウエル……39
清見潟の除夜……39
銀の匙…… 8 , 9 , 29, 63, 81, 82, 84, 90, 97, 99, 117, 130, 134, 163, 184, 195
『銀の匙』に於けるペシミズム……86
傾城阿波の鳴門……195, 198, 199
京浜所在銅像写真……18
ゲーテとシラー……169
華厳経……57, 59
ケルン氏　仏教大綱……104
ゲーテと読む世界文学……171
原始仏教の成立……83
光触……50, 56, 58
紅野敏郎……170
国語読本……20
国民之友……28
古国の詩……91
古今著聞集……186, 194
古寺巡礼……93
古代印度思想概論……40
五分律……89
根本説一切有部毘奈耶出家事……70, 71

【さ】

最新東京名所写真帖……19
サクンタラー姫……169
様々なエピグラム……172
山家学報……99
三四郎……21
山中雑記……92, 94, 112
屍鬼二十五話……198
詩人啄木誕生……35
思想……7, 9, 139, 141, 163～165, 182
思潮……65, 93
島守……121
釈迦……30
釈尊之生涯及其教理……106
シャクンタラア SAKUNTALA……208
シャクンタラー……209
シャクンタラー　七幕の戯曲……164
しやくんたら姫……194
シャクンタラー姫……163, 168, 170～172, 175, 180, 181, 185, 191, 199, 208, 211
『シャクンタラー姫』Sakontala 他……171
邪宗門……54
沙石集……34
舎利弗……104
十字軍の騎士……194
修身経典……20
十郎兵衛住家の段……198
授業に生きる教材研究……185
趣味の遺伝……133
順礼歌……195
巡礼歌の段……197
生写朝顔話……165, 180, 185, 194, 199
小説から童話へ『提婆達多』……87
将此大乗　比叡山史之研究……91
小説から童話へ『菩提樹の蔭』……184
浄土三部経……95

作品名

【あ】

阿育王……9
阿育王事蹟……12, 17, 21, 24, 26, 138, 206, 208〜211, 213
愛読する作家たち……86
赤い鳥……31, 163, 181
秋田雨雀日記……42, 43, 46
アグニの神……31
あこがれ……28, 29, 32, 39, 40
アビジュニャーナ・シャクンタラム……172
あふさきるさ……22
アララギ……52
アレキサンドルの遠征と西北印度……141, 210
安居録……53
石川啄木……34, 38
石川啄木の『永遠の生命』……39
猪谷妙子伝……166, 167
電光……32, 35
犬……8, 9, 121〜123, 131〜135, 137〜139, 142, 154, 156, 158〜161, 163, 182〜184, 207〜210
『犬』『菩提樹の蔭』に於ける愛……182
キルウダカの叛逆……50, 53, 58
岩波書店版『中勘助全集』……192, 193
岩波仏教辞典……99, 111
隕石……22
印度歌劇シヤクンタラー姫……169
印度・支那篇……169
印度哲学研究……84
インドの古芸術と仏像の出現……65
印度文学講話……54
うた日記……18, 22〜24, 26
『優波尼沙土』断章……53
ウパニシャッドと仏教……41, 44
叡山恵心堂……96
エックハルト研究……97, 118
エックハルトの思想……98
絵のない絵本……169
閻魔王……185
鷗外全集……17, 24
鷗外のほほえみ……22
鷗外博士の軍歌……21
黄金杯……158
往生要集……93, 94, 99, 105, 110〜112, 117, 210
於母影……28
オルデンベルク氏　仏陀……104

【か】

カーリダーサとその時代……170
戒因縁経……54, 59
覚者の妻……71
鶴林寺……91
歌劇……180
歌劇　シャクンタラ姫……180
陽炎……49
梶井基次郎・牧野信一・中島敦・嘉村礒多・内田百閒・中勘助・広津和郎・瀧井孝作・網野菊・丸岡明・森茉莉……184
角川書店版『中勘助全集』……164
荷風全集……51
荷風と明治の都市景観……20
神を人間の姿に……199
芥子の種……46

山村暮鳥……52
山室静……86
山本健吉……184
与謝野晶子……23, 24
吉田松陰……20
ヨハネ……212, 213

【ら】

羅睺羅……70, 72～74
リシャール（ポール・リシャール）……41～45
李陵……212
レッシング……169
ロクサーヌ……159

【わ】

ワグナー……35
渡辺長男……19
渡辺外喜三郎……13, 67, 87, 184
和辻哲郎……7, 9, 12, 63～68, 72, 85, 87, 89, 93, 121, 141, 142, 185, 186, 199, 209
和辻照子……63, 106, 209

【ABC】

Andreev, Leonid Nikolaevich……158
Benjamin, S. G. W.……158, 162
Binyon, Laurence……168
Bruguiere, A.……171
Christophe, Jean……57
Cunningham, Alexander……64
Dahir……157
D'annunzio, Gabriele……54
Davids, T. W. Phys……64, 206
Forster, G.……171
Hardy, Edmund……17, 206
Horrwitz, E. P.……53, 55, 59
Jones, W.……171
Lane, Stanley……207
Levi, Sylvain……54, 59
Macdonell, Arthur Anthony……54, 59
Regnier, Henri de……54
Ryder, Arthur W.……168
Scott, T. Holme W.……168
Smith, Vincent A.……139～141, 161, 207
Voss, Johann Heinrich……169
Wilson, H. H.……54, 59

原子朗……135
ハルヂイ……24
久末淳（純夫）……13, 31, 32, 49〜55, 57〜60
久末純美……49, 60
人見幾三郎……18
日夏耿之介……22
日比嘉高……130, 131
平岡敏夫……22
平山城児……89
広瀬武夫……19, 20, 23, 27
広津和郎……184
頻毗娑羅……80, 81
フォッス……169
フォーグリヒ（マックス・フォーグリヒ）……71
フォルスター……172
藤田文蔵……18
藤原兼家（摂政太政大臣）……91
藤原久八……86, 183
プルムウラ……210
ベアトリーチェ……112, 114, 115
ヘイスティングス……11
ベーゼント（アンナ・ベーゼント）…42
ヘルダー……11
ヘンデル……171
法然（源空聖人）……56, 59
ポオロス……207
堀謙徳……64, 88, 206
堀部功夫…60, 63, 88, 106, 134, 139, 185, 191, 195

【ま】

牧野信一……184
増野三良……53
松下俊子……52
松村武雄……54
真鍋俊照……89
丸岡明……184
マームード（マアムッド・サルタン・マームード）…133, 142, 154, 158, 161, 207, 208, 213
水尾寂暁師……90, 94
三井光弥……71
南明日香……20
宮沢賢治……89
三好行雄……22, 23, 88
陸奥宗光……18
室生犀星……52
明治天皇……27
馬鳴……57
本山白雲……18, 19
モフィス……207
森鷗外（林太郎）……12, 17, 18, 21〜24, 26〜28, 138, 158, 206, 210, 213
森田草平……9, 169, 170, 194
森茉莉……184

【や】

耶輸陀羅（ヤショーダラ、悉達多の妻、羅睺羅の母）……68〜74, 76, 79, 83, 85, 86, 88, 90, 112, 115
矢田部良吉……29
矢野峰人……52
山崎俊夫……51
山田顕義……18
山田有策……132
山田又吉……96〜98, 118, 164, 185, 194, 198
山辺習学……64, 88, 106, 161, 186

【た】

タイス……159
高木昌史……171
高楠順次郎……12, 17, 25, 44, 49, 169
高橋五郎……169
高村光雲……18
高山樗牛（林次郎）……29〜31, 39, 40
瀧井孝作……184
武覚超……94
竹長吉正……185
タゴール……41〜45, 49, 53
田中智学……31
谷崎潤一郎……31, 130
ダヒル……207
ダリウス三世……159
ダンテ（ダンテ・アリギエリ）……112, 114, 115, 117
耆婆伽……67, 77, 80
近松半二……196, 197
微沙落起多……24
チンギス汗……212
辻直四郎……67, 172, 185
提婆達多（デーヴァダッタ）……67, 68, 70〜77, 79, 80, 82, 83〜88, 90, 110, 111, 115, 117
寺田寅彦……170
東郷平八郎……27, 132
徳川光圀……19
戸塚隆子……39
登張竹風……30, 39
友松円諦……191
外山正一……29

【な】

永井荷風（壮吉）……20, 21, 26, 32, 51, 52
中和……8, 10, 99
中勘弥……7
中金一……7, 8
中島敦……184
中島まん……121
中末子……8, 69, 86, 87
長塚節……184
中秀……8, 10
中村憲吉……52
中村元……65, 83, 95, 98, 99, 106, 111
夏目漱石（金之助）……7〜9, 21, 26, 28, 29, 41, 42, 89, 130, 133, 135, 185
ニーチェ……30, 39, 40
ニカトル……207
西田幾太郎……57
日蓮……29〜31
仁礼景範……19
ノヴァリス……11
納所弁次郎……20
野口米次郎……51
則武三雄……51

【は】

韋提希……80, 95
バイロン……31
婆耆舎……78
萩原朔太郎……52
ハジソン……43
ハジャイ（アル・ハジャイ）……156
橋本武……8
馬場孤蝶……51
早島鏡正……95

桑原隆人……53
ゲーテ……11, 169, 171, 172, 211
ケーベル（ラファエル・フォン・ケーベル）……97
ケーラス（ポール・ケーラス）……42, 46
ケルン……104
ゲレロブ（カール・ゲレロブ）……71
玄奘……111
源信（恵心僧都）……84, 90, 93, 94, 99, 105, 110, 111, 117
見理文周……29
高淑玲……32, 35, 38
幸田露伴……183
弘法大師……52
小金井喜美子……28
小島政二郎……51
小菅知淵……18
巨勢金岡……93
後醍醐天皇……19
後藤象二郎……18
小宮豊隆……7, 9, 68, 75, 85, 86, 88, 165, 170, 179, 182, 186
小森彦次……169
小森陽一……132
近藤典彦……35

【さ】

西郷隆盛……18, 20
西郷従道……18
斎藤野の人……30, 39
斎藤茂吉……52
坂本龍馬……20
佐佐木信綱……22
佐藤茂信……46
佐藤春夫……22
佐藤宗子……199
沢木四方吉……52
シェイクスピア……89
ジエイバル……208
慈恵大師……91
塩入法道……106, 118
志賀直哉……7, 164, 165, 170
品川弥二郎……18
渋谷慈鎧師……91
島準人……169
島木赤彦……52
嶋田豊……8
釈迦（悉達多喬答摩、釈尊、仏陀）……11, 24, 30, 31, 46～48, 53, 55, 56, 64, 66～68, 70～72, 74, 76, 77, 79～85, 87, 88, 90, 105, 106, 117, 183, 206, 209
釈舍幸紀……84
釈宗演……46
舎利弗……78
シュウドラカ王……209
ショーペンハウエル……31, 39, 40
ジョーンス（ウィリアム・ジョーンス）……11, 208
シラー……169
新海竹太郎……18
スウェデンボルグ……42
杉野孫七……19, 20
鈴木一正……13
鈴木大拙（貞太郎）……42, 46
鈴木三重吉……170, 184
須達多長者……64, 65
須跋陀羅……55
関口宗念……33, 86, 101, 117, 182, 184
セレウコス……207
蘇武……212

井上哲次郎……29
井上通泰……28
今井泰子……34, 38
岩波茂雄……9, 97
岩元禎……169, 172
ヴァイデーヒー……95
宇井伯寿……12, 63, 84, 185, 209
上田博……22, 24, 26, 27
上田敏……54
植松貞雄……51
優陀耶……80
内田賢太郎……192
内田百閒……75, 85, 131, 170, 184
栄三（柳本栄次郎）……165, 194
エウデモス……207
江木悦子……166
江木定男……166, 167
江木マセ子……166
エックハルト……97, 98, 118
エロシェンコ（ワシリイ・エロシェンコ）……41, 42
円融天皇……91
オウディウス……186
大熊氏広……18
大伴家持……23
大村西崖……12, 17, 25, 138
大村益次郎……18
奥山和子……87, 99, 184
オゴタイ……212, 213
小沢愛圀……50～52
尾竹紅吉……51
落合直文……28
オルデンベルク……104

【か】

カーリダーサ……168～170, 172, 185, 208, 211
梶井基次郎……184
カシム（モハメッド・カシム）……156～158, 162, 206, 207, 210
勝海舟……20
加藤恂二郎……49, 51
嘉村礒多……87, 184
カリステネス……141, 199
迦留陀夷……54
川上操六……18, 20
河口慧海……169
川路重之……76, 77, 88
川村純義……19
河盛好蔵……75, 86, 184
蒲原有明……33
木内英実……10, 89, 122, 181, 185, 194
岸田辰弥……180
北白川宮能久親王……18
祇多太子……65, 67
北原鉄雄……52
北原白秋……13, 32, 50, 52～54
紀野一義……95
木下検二……165
木村泰賢……41, 44, 45, 49
清原大僧正……94
キリスト（イエス・キリスト）……212, 213
楠正成……18, 19
工藤哲夫……89
拘那羅太子……24
久保勉……97
黒田正利……112

索　引

凡　例

○本索引は、「序にかえて」「第一部」「第二部」本文（註、表内及び図キャプションを除く）に登場した「**人名**」「**作品名**」「**事項**」の掲載頁を示したものである。配列は原則として五十音順による。外国語で表記されたものは、五十音順下に、アルファベット順に記載した。

○「人名」における原則は次の通りである。文学者名は日本近代文学館編『日本近代文学大事典』（講談社）、仏弟子・仏教者名は中村元他編『岩波仏教辞典』（岩波書店）に記載された人名による。また、異名・別称等は（　　）で補った。中勘助と小説等の作中人物（実在人物を含む）は割愛した。

○「作品名」においては、発表紙・誌、論文名は割愛した。

人　名

【あ】

阿育王……12, 17, 18, 21, 24, 26, 27, 138, 206, 209, 210, 213
秋田あや子……41, 43
秋田雨雀……12, 28, 29, 40, 42, 43, 46, 49
秋田玄庵……41
芥川龍之介……31
朝倉文夫……19
足利義満……212
阿難陀（アーナンダ、阿難）……56, 59, 95
阿闍多設咄路……67, 74, 80〜82, 85, 89, 110
阿莵楼陀……56
姉崎嘲風（正治）……12, 30, 39, 40
安倍能成……7, 9, 87, 91, 92, 94, 96, 97, 112, 169
網野菊……184
荒松雄……88
有栖川宮熾仁……18
アリストテレース……141
アルタクセルクセス……159
アレキサンダー（アグネス・アレキサンダー）……41, 42
アレキサンダー大王（歴山王）……139, 141, 142, 158, 159, 161, 199, 206, 207, 210, 213
アンデルセン……169
井川滋……51
石川光明……18
石川啄木……12, 13, 28, 29, 32, 34, 35, 38, 39, 40
石田新太郎……51
石田瑞麿……95, 106
石原磐岳（和三郎）……20
猪谷善一……166, 167
猪谷妙子（江木妙子）……163〜169, 177, 178, 181, 185, 199
猪谷洋子……166
市川浩昭……89, 121
市村瓚次郎……28
伊藤整……30

著者略歴

木内英実（きうち・ひでみ）

神奈川県小田原市出身。日本女子大学大学院文学研究科日本文学専攻博士課程後期修了。博士（文学）。
日本大学国際関係学部、小田原女子短期大学保育学科勤務を経て、現在、東京都市大学人間科学部准教授。
主な著書：『伸び支度』（共著、おうふう）、『小説の中の先生』（共著、おうふう）、『木下杢太郎の世界へ』（共編著、おうふう）、『私と私たちの物語を生きる子ども』（共著、フレーベル館）。

神仏に抱かれた作家　中勘助
—『提婆達多』『犬』『菩提樹の蔭』インド哲学からのまなざし—

平成29年12月28日　初版発行

定価はカバーに表示してあります。

発行者　　吉 田 栄 治
発行所　　株式会社 三 弥 井 書 店
〒108－0073東京都港区三田3－2－39
電話 03－3452－8069
振替00190－8－21125

ISBN978-4-8382-3329-8 C0093

整版　ぷりんてぃあ第二
印刷　エーヴィスシステムズ